中国人文社会科学学术集刊 AMI 核心集刊
中国知网、国家哲学社会科学文献中心、万方数据全文收

U0517408

当代比较文学

Contemporary Comparative Literature

第十三辑

Volume 13

陈戎女　主编

华夏出版社
HUAXIA PUBLISHING HOUSE

图书在版编目（CIP）数据

当代比较文学.第十三辑/陈戎女主编.--北京：华夏出版社有限公司，2024.5
ISBN 978-7-5222-0717-9

Ⅰ.①当… Ⅱ.①陈… Ⅲ.①比较文学 Ⅳ.①I0-03

中国国家版本馆 CIP 数据核字(2024)第 103996 号

当代比较文学 （第十三辑）

主　　编　陈戎女
责任编辑　刘雨潇
责任印制　刘　洋

出版发行　华夏出版社有限公司
经　　销　新华书店
印　　刷　北京华宇信诺印刷有限公司
装　　订　北京华宇信诺印刷有限公司
版　　次　2024 年 5 月北京第 1 版
　　　　　2024 年 5 月北京第 1 次印刷
开　　本　787×1092　1/16
印　　张　18.875
字　　数　253 千字
定　　价　58.00 元

华夏出版社有限公司　　地址:北京市东直门外香河园北里 4 号　　邮编:100028
　　　　　　　　　　　　网址:www.hxph.com.cn　　电话:(010)64663331(转)
若发现本版图书有印装质量问题，请与我社营销中心联系调换。

学 术 顾 问	乐黛云　阎纯德　杨慧林　刘小枫
学术委员会	（按姓名音序排列）陈跃红　戴锦华　高旭东
	耿幼壮　王　宁　叶舒宪　张　辉　张西平
	大卫·达姆罗什（David Damrosch）
	佳亚特里·斯皮瓦克（Gayatri C. Spivak）
主　　　编	陈戎女
编　　　委	（按姓名音序排列）陈奇佳　陈戎女　陈秀娟
	顾　钧　贺方婴　胡亮宇　黄　悦　李　玲
	李　猛　李庆本　彭　磊　钱婉约　王柏华
	许双双　杨风岸　云国强　张　华　张　源
	郑芳菲　周　阅
本期助理编辑	梁婉婧　杨书睿　王雨婷　林拉拉　张艺芬
	焦晨阳　王玥潼

主 办 单 位	北京语言大学
协 办 单 位	中国比较文学学会

目　录

纪念杨恒达教授专栏

古典学研究

学术对谈

戏剧研究

经典与阐释

比较文学与比较文化研究

会议综述

Contents

编者的话

陈戎女

　　编辑这期的文章，我们不断向两个关键词投去关注的目光：悼念与历史。保罗·利科讨论翻译时受到弗洛伊德的启发，认识到哀悼是对现实的承认，是悲痛中的回忆。那么，哀悼可能开启历史书写——这项关于回忆的古老事业。被悼念的人或事，在现世的缺席中绵延，而悼念者在悼念中得到他们的幸福。这种悲悼之念可能是孤寂的，是"惊起却回头，有恨无人省。拣尽寒枝不肯栖，寂寞沙洲冷"。月夜孤鸿的回头，无数悼念者频频的回首，历史的片段才慢慢被写就。悼念写就的历史，历史中的悼念，是这个春天我们编辑这期刊物时的领悟。

　　"纪念杨恒达教授专栏"是为了缅怀2023年7月因病去逝的中国人民大学杨恒达教授。专栏的四位作者有恒达教授的朋友、同事、弟子，他们或是回忆纪念与他的相识相知相交，或是感怀他遨游于中外文化之间的学术翻译与研究。陈建华教授的缅怀文章《睿智的学者 豁达的人生——纪念友人杨恒达》通篇浸透了作者的深情，满满的是回忆的绵密细节。文中不仅记录了陈、杨二位先生学术人生的初相遇与多次亲密无间的学术合作，更带有 80、90 年代比较文学渐成气候与世界文学研究勃兴时浓厚的历史氛围。陈建华提供了两张学者合影的老照片（分别摄于 1983 年南开大学和 1995 年北京大学），并费了一番功夫逐一"考证"了照片上的人物。当我们凝神观看这两张泛黄的照片时，学术前辈们的身姿和面庞，无不透露出那个时代的时代精神，带出一种可触可感的历史颗粒感。在陈建华笔下，杨恒达是那个风起云涌的时代响应外国文学与比较文学研究召唤的青年才俊，是尽心尽力帮助学生成才的良师益友，是精通多种外语、出版大量专著的翻译家。然而，在这些外人都可以看到的形象之外，在他的私心里杨恒达更是"一名谦和的教师和学者，不争锋，不张扬，为人厚道，注重友情"。这是一位挚友眼中的杨恒达，而谦和、不争锋的品质，在浮躁激进的年代，是何其难能可贵的品质。范方俊教授的《现代主义是一种人道主义——怀念导师杨恒达教授》是一位弟子对老师的学术纪念与悼念。范文从作者自己受教于杨恒达门下的学习经历谈起，然后从杨恒达的西方现代文学美学的翻译和研究中专门拈出卢卡奇的小说理论，唯美主义、象征主义与意象派，以及尼采美学思想这三部分内容，既讨论杨恒达在翻译和学术研究中始终以人为本的新人文主义精神，又朝向他作为学术引路人对弟子的学术引领，总结了他将"人道主义"贯彻于学术与教育的"吾道一以贯之"。弟子缅怀恩师的拳拳之意，浸润于文章的字里行间。夏可君教授的《杨恒达的语词翻译哲学：转向人性的根本之思 》独辟蹊径，阐释了杨恒达讨论一系列核心词（如 truth、以人为本、情）的英语翻译和文化理解的文章。杨恒达有大量的著述和翻译文字，夏可君却重新"发现"了这批文章。夏文提出，杨恒达形成了一种"翻译哲学"，因为他从这些核心词的翻译中看到了文化差异、时代误置、语言无意识，只有理解这些中外差异，才可能真正回到中国文化，并反省中国人的思维方式本身。夏可君相信，这批文章是杨恒达长期深入阅读与翻译尼采，与他作为卓越思想者的深刻洞察。褚丽娟专门为本专栏撰写了《杨恒达先生小传》，不熟悉杨恒达的读者，可以从这份并不短小、载有诸多历史细节的"小传"中，阅读这位先生的人生轨迹，以及他在中国人民大学培养了众多学生，他完成了如此丰沛的翻译与学术研究的实绩，由此，我们与读者诸君一道感受杨恒达曾经为这个世界带来如此多的光和热。本刊谨以此专栏，深切悼念杨恒达教授。

"古典学研究"推出两篇文章。古典学家玛莎·纳斯鲍姆的《索福克勒斯〈菲罗克忒忒斯〉中的后果与性情》解读的是索福克勒斯不太为人熟知的悲剧《菲罗克忒忒斯》。纳斯鲍姆一直关注悲剧如何呈现伦理道德冲突，该文研究了剧中三个悲剧人物（奥德修斯、菲罗克忒忒斯、涅奥普托勒摩斯）所体现的道德观，呼应了尼采对认知性"悲剧体验"的重视，由此证实，戏剧艺术的确是政治与道德生活的一部分，在认知世界与认知自我方面具有重要作用。这篇长文从头到尾一直反驳阿德金斯提出的一个著名论断：竞争性德性与合作性德性间的张力是一般的希腊道德的特征。纳斯鲍姆认为，索福克勒斯的《菲罗克忒忒斯》剧中功绩与正义并非相互对立、而是密切关联的核心德性，所以对悲剧中的个体而言，要紧的是认知自己是何种性情的个体。这篇论文的论证方式，一如纳斯鲍姆的《善的脆弱性》一书，往往有丰富的细节分析和有力的论证，始终围绕伦理冲突进行。希腊学者康斯坦丁娜·齐罗普卢的《古希腊戏剧及其在现代希腊舞台上的复兴》为我们带来一次历史的巡礼，即现代希腊舞台上复兴的古希腊戏剧演出。这提示我们，古戏的现代演出，哪怕是在本国也并非理所当然，而是由复杂的历史诉求推动而成。希腊古戏在当代希腊的舞台演出，经历了民族政治、戏剧/剧场舞台观念与全球化合力下的诸种历史变迁，值得重点关注。这个栏目的译文由几位年轻译者提供。陈驰已是第二次为本刊投稿的译者，感谢译者们的译文与投稿，也感谢罗彤老师为本刊审校希腊戏剧演出的译文。

近年来有一批具有独特眼光的学者不断推动"情感""情动"等学术研究主题。金雯教授就是其中一位非常活跃且不断发出声音的学者。本期的"学术对谈"刊出蔡宗齐与金雯2022年的一次对谈记录《情说和情感理论：蔡宗齐与金雯的对谈》，两位学者充分了解中外关于"情"的理论，自如地游弋于中西情感理论的同异关联的网络中，他们的对谈激发出颇多值得深思的观点，如情感的主观性与非主观性，情感实践的建构性，"情""性""理"的复杂关系。如若您是了解中国"抒情传统"和"情本体论"，对"情感转向"等相关话题感兴趣的读者，在蔡、金二位教授的对话与交流中去感受、去认知，自然有不同于啃读高头讲章的乐趣。

"戏剧研究"栏目推出陈琳一篇理论性很强的论文《戏剧演出符号学：理论与方法》。该文以费舍尔-李希特三卷本的

《戏剧演出符号学》为考察中心（也旁涉其他理论家），详尽梳理和阐释了戏剧演出符号学的历史、理论演进和个案分析。国内学界对当代的西方戏剧理论较为熟悉的可能是"表演性美学"和"后－戏剧剧场"，而陈琳肯定戏剧演出符号学立足在深厚现象学基础上的强大阐释力和广泛影响力。我们观察到，戏剧理论中存在文本中心主义和反文本中心主义的倾向，本刊当然没有预设立场，而是希望让问题浮现，让种种解决办法亮相，在此基础上，学界尽可展开丰富的讨论。

本刊常设栏目"经典与阐释"推出两篇解读中世纪文本的论文，它们研究的对象都与宗教相关，都与神秘生活有关。于雪的《超越理智与蔑视俗世——论圣波那文都〈创世六日宣讲篇〉中的伪丢尼修神秘主义思想与方济各精神》，题目很长，所论对象是13世纪意大利圣波那文都的神学巨著《创世六日宣讲篇》，核心论题围绕宗教神秘主义对待理智、对待俗世的超越性思维与态度展开，由于"迄今为止，我国学界对这一中世纪神学巨著尚无研究"，期待于雪的这篇论文能开启这一神学经典在中国的研究之旅。7世纪的两部基督教文学文本《富尔萨生平》和《巴隆图斯的幻象》就很神秘，两本书都描写了主人公在另一个世界的异界之旅。黄志远的论文《异界之旅的复兴——兼论〈富尔萨生平〉和〈巴隆图斯的幻象〉中的权力》把这两份文学文本放置在政治史与宗教史的背景下详加考察，揭示出宗教权力（如基督教的修道院）与启示文学传统之间错综纠缠的关系。作者也承认，异界之旅故事并不只服务于宗教中的权力斗争，这两个文本在机缘巧合下重新激活了异界之旅的传统，它们最终也成为灵魂异界故事的一部分而留于史册。

"比较文学与比较文化研究"栏目中的两篇论文分别处理的是欧洲的孔子形象和日本环境文学中的中国文化，是很典型的比较文学、比较文化的选题。张艺莹的《孔子的两副面孔——〈欧洲所刊文学日报精选〉的孔子形象书写》，分析的是西班牙国家图书馆馆藏的 18 世纪末欧洲发行量最大的报刊之一，周刊《欧洲所刊文学日报精选》中的孔子形象书写，作者得出了在欧学者（以巴斯托雷为代表）和在华汉学家两类写作者笔下的孔子，分别具有"神圣"与"非圣"两种形象。不仅如此，作者还挖掘了一些有意味的历史细节，比如《精选》周刊虽由西班牙人创办，但对孔子及中国的记载却几乎全部出现于法国专栏，说明 18 世纪法国思想的影响力很大，领先于西班牙、意大利等欧洲国家。徐嘉熠的《东亚文化的生态重塑——石牟礼道子环境文学中的中国文化意象》将我们的目光拉回到当代亚洲。石牟礼道子被誉为"日本的蕾切尔·卡逊"，徐文分析了这位日本环境文学代表性作家的文学作品中"吕太后""戚夫人""夔""西王母"等典型的中国文化形象，从东亚文化认同和天人合一的世界观理解石牟礼道子对环境问题的观察和思考。徐文的价值或许在于打破学界已有的对石牟礼道子文学的"日本性"和"世界性"（名为"世界性"，但实际上是西方的观察视角）的判定，突出了她对中国古代文化的接受和化用。

杨书睿整理撰写的《多元文明互鉴格局中的跨文化戏剧研究——"跨文化论坛 2023 暨〈古希腊悲剧在中国的跨文化戏剧实践研究〉新书座谈会"学术综述》是对去年 10 月一次

学术会议的综述，或者说，是对专家们精彩观点的编选。该文尽力恢复了现场观点的"原貌"，但限于篇幅，有些地方也不得已忍痛做了删减。感谢出席这次新书座谈会的诸位同仁和学者，他们给鄙人的新书《古希腊悲剧在中国的跨文化戏剧实践研究》提出建设性评价和修改建议，其意诚恳，其识高明，令人感佩。同时，会议也就广义上的跨文化戏剧、古希腊戏剧研究进行了卓有成效的探讨。很荣幸这本书获得了大家的肯定，但严格地讲，如果说这本书取得了一定的成绩，这当然不只是我个人的学术成绩，这甚至不是我个人"写就"的一部书，而应归功于激励我的学术前辈（他们有很多也出现在会议现场），鼓励我、陪伴我的学术同仁和老友新朋（做跨文化戏剧真是让人结识了广阔领域中的不少朋友），还有与我在课堂上、在研讨会上栉风沐雨、头脑风暴的那些年轻脸庞和心灵。

本期《当代比较文学》获得了北京语言大学一流学科团队支持计划支持（项目编号 2023YGF02）。一如既往地，感谢华夏出版社的王霄翎女士和刘雨潇女士。

窗外已经杏桃绽放，柳榆泛青，此时合该是"杏花疏影里，吹笛到天明"。但这是一个注定忙乱愁思和悼念之情绵绵不绝的春天，在上课、看论文和会议之间，匆匆写就这篇拖延很久的"编者的话"。

2024 年 3 月 25 日

纪念杨恒达教授专栏

睿智的学者　豁达的人生

——纪念友人杨恒达

陈建华

内容摘要　杨恒达是国内比较文学和外国文学研究领域内
的一位优秀教师和学者。他爱岗敬业，培养了众多人才；他潜
心学术，尤其在尼采研究方面成绩斐然；他精通多种语言，有
大量著译问世；他温和、睿智、豁达，活出了人生的精彩。作
者与杨恒达在中国比较文学学科渐成气候之际相识，在亲历外
国文学研究复兴之时相知，在人生理念的契合之中相交，40
年来感情深厚。本文为纪念杨恒达先生而作。

┃关键词　杨恒达　比较文学　外国文学　人生理念

A Wise Scholar's Splendid Life:
In Memory of My Friend Yang Hengda

Chen Jianhua

Abstract：Yang Hengda is an outstanding teacher and scholar in the
fields of comparative literature and foreign literature research in China. As a

teacher, he was passionate about his work and cultivated many talents. As a scholar, he devoted himself to scholarship and made brilliant achievements, especially in Nietzsche studies. Additionally, he was proficient in several languages and published numerous monographs and translations. He was gentle, wise and generous, living out a splendid life. Over the past 40 years, the author of this article and Yang Hengda, who first met during the rise of Chinese comparative literature, became well-acquainted during the revival of foreign literature studies, and formed a close friendship in complete agreement with their philosophy of life, have developed a deep mutual affection. The article serves as a tribute to Mr. Yang Hengda.

Key words：Yang Hengda；comparative literature；foreign literature；philosophy of life

长春会议结束时遇到大雪，回沪航班受阻。窗外银装素裹，雪花飞舞，我坐在桌旁，提笔写下"恒达"两字时，他的音容笑貌以及我们相识相知相交的诸多往事，立刻浮现在我的眼前。

一、在比较文学渐成气候之际相识

我与恒达相识于 1983 年，如今整整 40 年过去了。20 世纪 70 年代末，我和恒达先后分别进入华东师范大学和中国人民大学中文系世界文学专业学习，因远隔两地，且研究方向各异，我们并不相识。20 世纪 70 年代末 80 年代初，在一批著名学者的倡导下，中国比较文学研究开始起步并渐成气候，京沪等地一些有人文传统的高校得风气之先，参与者甚众。1983 年初夏，南开大学召开了国内第一次全国性的比较文学学术讨论会。由于学科本身的魅力，与会者有 140 余位，场面很热闹。或许是因为恒达早年在上海出生和求学的经历，他与来自上海且年龄相仿、志趣相近的我和天振等人很快熟悉起来，并成为无所不谈的挚友。那次会议，我和恒达被安排住在一个房间，我们曾彻夜长谈，加深了对对方的了解。当年漫步南开校园，在笑谈中结下的友谊，历久不衰。我有一张会议照片，那是一些比较年轻的与会者与杨周翰等几位老专家的合影（见图 1）。这是我和恒达第一次在同一张合影中出现。这次会议对推动国内比较文学研究大潮的到来发挥了一定作用，顺庆兄戏称这次会议是比较文学界的"黄埔军校"。

图 1　摄于南开大学，1983 年

　　前排左起：叶小帆、卫茂平、罗以民、陈建华、林秀清、朱维之、杨周翰、张隆溪、曹顺庆。后排左起：王力、袁浩一、杨恒达、简小滨、盛子潮、李以建、俞鸣、郭志军、李敏儒、王馨钵。

　　1983 年，会议的主办方从近百篇论文中选择了 20 来篇，编成了《比较文学论文集》一书，恒达和我的文章有幸同时入选。由于恒达和我都是从世界文学专业起步，以外国文学为基础参与比较文学研究，所以我们提交的文章都带有本专业的特点。恒达的文章名为《菲尔丁在小说结构上对欧洲各种文学形式的借鉴》。① 文章以小说结构艺术的演变为主线，展示了欧洲长篇小说发展的历史，从古罗马作家阿普列尤斯的《变形记》说起，一直谈到菲尔丁的《汤姆·琼斯》，涉及公元2世纪到18世纪的诸多文学现象。恒达认为《汤姆·琼斯》这部作品的成功与菲尔丁的结构艺术紧密相关，作品刻画了曲折动人的情节和广阔的社会背景，奠定了菲尔丁小说结构艺术在欧洲小说发展史上的地位。除了作家本人的独创外，博古通今的菲尔丁也同时"继承和借鉴了古人和同时代人作品中的有益的东西"。文章深入分析了菲尔丁的小说结构艺术所受到的外来影响，这种影响主要来自史诗、长篇叙事散文（包括流浪汉小说、家庭小说）和戏剧。文章广征博引，条分缕析，从三个方面展开了有说服力的论证，重点部分很出彩。尽管这是恒达早期的文章，但视野开阔、分析透彻、文字老到，引文不少出自英文原著，这些都显示了他的学养和才华。我对恒达的学术方面的了解正是从这篇文章开始的。

此后，恒达在比较文学教学和学科理论研究方面也有不少建树。他在诞生于世纪之交的《中国比较文学》上发表过《比较文学教材中的学科定义问题》（2001）和《一个学科的"死"与生》（2006）等文章，文中的一些观点颇受学界重视。例如，1997年高教版和2000年北师大版的两本比较文学教材都将比较文学定义为"跨民族、跨语言、跨文化、跨学科的文学研究"。恒达在《比较文学教材中的学科定义问题》② 一文中认为，这个定义"是不科学、不严密，甚至是不得要领的"，因为"四跨"无法区分比较文学和其他文学研究的差别。他对此做了认真辨析，并提出了自己的看法。他认为，比较文学应该是"重点

---

① 杨恒达，《菲尔丁在小说结构上对欧洲各种文学形式的借鉴》，见《比较文学论文集》，天津：南开大学出版社，1984，第274—286页。

② 杨恒达，《比较文学教材中的学科定义问题》，《中国比较文学》，2001年第2期，第108-114页。

在于探讨各文学现象（包括文学理论）之间文化差异及其人文精神内在联系的一种文学研究"，并对这个定义进行了详尽的阐释。在另一篇文章《一个学科的"死"与生》① 中，恒达再次对比较文学学科理论存在的严重缺陷表示忧虑。作者除了重申自己在前文中提出的关于这个学科的定义外，还从"比较文学与文学研究""比较文学与文化研究""比较文学与翻译研究"三个方面展开论述。作者最后强调，比较文学是一种文学学科内的文化研究，一定程度上也可以说是翻译研究，但其重点应该是文学翻译研究。在作者看来，关于这个学科生与死的讨论并不可怕，只要选准方向，比较文学仍有"一条宽阔的大路"可走。

尽管恒达文中的观点是一家之言，但他有自己独到的思考。恒达在新世纪初写的这些文章有一个大的背景，那就是在经过近 20 年的发展后，比较文学研究中存在的问题日渐暴露。学界对此有不少讨论，如关于"移中就西"的倾向、X 与 Y 的比较模式、"比较文学消亡论"一类的提法，以及关于全球化与民族主义、比较文学研究与文化的关系、影响研究在当代的作用、比较文学与世界文学学科的建设等问题。其中最引人关注的是关于比较文学研究与文化的关系的讨论。有人认为，被文化"淹没"的表象后面的实质是文学研究的深化；有人则担忧，文学本体的失落将危及比较文学作为一门独立学科的存在。恒达参与了这场讨论，提供了自己的极有价值的思考。我认为，恒达在日后的研究和翻译中，一直在实践自己的主张。

恒达和我都参与了比较文学大潮来临之际的一些工作，分别担任过初创期和发展期的北京市和上海市的比较文学研究会的副会长，都有过一些相关的研究成果。尽管专业背景使我们的研究会较多关注于欧美文学或俄苏文学，但比较文学研究始终在我们的视野之内。2000 年恒达

---

① 杨恒达，《一个学科的"死"与生》，《中国比较文学》，2006 年第 1 期，第 1-10 页。

与陆贵山合著的《人论与文学》，① 以及恒达 2002 年出版的个人文集《诗意的叛逆》② 就很能体现这个特点。

二、在亲历外国文学研究复兴之时相知

改革开放以后，中国的外国文学研究迎来蓬勃发展的时期。我和恒达恰逢其时，都有幸成为这一过程的亲历者。恒达的专业方向是欧美文学。20 世纪 80 年代中后期，恒达去德国留学，回国后不久出版了专著《尼采美学思想》。③ 中国的思想解放运动使包括尼采在内的不少国外思想家受到关注。尼采美学思想是尼采思想体系中不可分割的部分，国内当时对此缺少系统的研究，恒达的选题极具创新性。该书从尼采美学思想的哲学基础及其根源、尼采美学思想的基本体系、尼采对美感的分析、尼采论悲剧及其他、尼采美学思想的历史地位以及对现代文学创作的影响等五个方面加以论述，每一部分都有充分的展开。如在第一部分，作者谈到了德国精神的召唤、希腊文化的魅力、浪漫哲学的影响、瓦格纳-德国音乐的启示、"上帝死了"、强力意志-永恒轮回-超人等诸多方面，语言深入浅出，严谨明晰，有关问题得到有力阐释。这本专著在 20 世纪 90 年代发行量就达 20 多万册，这个数字在当时的学术著作中是不多见的。它的学术水平也得到学界认可，先后获得北京市哲学社会科学中青年学者研究成果奖和冯至德语文学研究二等奖。

我手头还有一张我们在北京大学未名湖畔的合影，那是 1995 年 4 月参加外国文学教学研究会年会时照的。照片中还有北大的任光宣和张冰、江西师大的傅修延、四川大学的刘亚丁、厦门大学的王诺等，恒达站在最左侧，还是那副笑眯眯的模样（见图 2）。

---

① 陆贵山、杨恒达，《人论与文学》，北京：中国人民大学出版社，2000。
② 杨恒达，《诗意的叛逆》，北京：中国大百科全书出版社，2002。
③ 杨恒达，《尼采美学思想》，北京：中国人民大学出版社，1992。

图 2　摄于北京大学，1995 年

左起：杨恒达、任光宣、张冰、王诺、刘虎、陈建华、傅修延、刘亚丁

在那次会议上，恒达与黄晋凯老师等主编的《象征主义·意象派》、我与倪蕊琴老师合编的一本文集，同时获得由会长季羡林教授签署的"首届全国高校优秀外国文学著作奖"。《象征主义·意象派》①是中国人民大学中文系外国文学教研室编辑的"外国文学流派研究资料丛书"中的一种，20世纪80年代末至90年代陆续出版，颇受读者欢迎。编者在"总序"中称，编这套丛书的本意就是"想为外国文学的教学和研究做一点扎扎实实的工作"。这些年来，这种"扎扎实实的工作"恒达一直在做。他参与了中国人民大学出版社一再重版的《外国文学简编》的撰写，与刘象愚、曾艳兵合作主编了颇具影响的"面向21世纪课程"教材《从现代主义到后现代主义》②等等。我的一位博士生曾经告诉我说："《从现代主义到后现代主义》这本教材，我在为学生开选修课时用得最多。"我和恒达在20世纪90年代还一起参与了由天振兄牵头的

---

① 黄晋凯、张秉真、杨恒达主编，《象征主义·意象派》，北京：中国人民大学出版社，1989。

② 刘象愚、杨恒达、曾艳兵主编，《从现代主义到后现代主义》，北京：高等教育出版社，2002。

外国名家传记的撰写工作，我写过《托尔斯泰传》和《陀思妥耶夫斯基传》两本书，恒达也撰写了《卡夫卡传》等书稿，先后在台湾和大陆出版。此后，恒达还有多种关于卡夫卡和海明威的读物问世。

我与恒达在外国文学领域另一次较为重要的合作是 2006 至 2009 年的辞书编写。新世纪初期，上海辞书出版社邀我担纲主编"外国文学鉴赏辞典大系"①。该社从 20 世纪 80 年代开始陆续出版《唐诗鉴赏辞典》等书籍，中国文学系列已达 17 卷，社会上反响不错。经筹划，外国文学部分准备以诗歌、小说、戏剧等文体来分类，一次性推出 15 卷辞书。辞书要求很高，编者不仅需从浩如烟海的外国文学作品库中挑选最有价值的作品，而且鉴赏文字也要强调信息准确、重点突出，兼顾知识性、学术性与趣味性。要达到这样的目标，每卷主编的人选就变得极为重要。我知道恒达对欧美现当代文学深有研究，也写过欧美当代诗歌的评论，而且做事认真，由他来领衔《外国诗歌鉴赏辞典（现当代卷）》是可靠的。② 后来的事实证明，恒达主持的这一卷编写很成功。这一卷有 117 万字，内容丰富，选篇精当，评价到位。作为该卷的主编，恒达不仅为这一卷的编写理念和整体构架付出了心血，甚至还直接参与了部分诗作的鉴赏工作。在书籍编写期间，我们之间有过很多交流。

该卷主编的卷首"前言"写得也很精彩。此文谈了三个方面：1. 诗歌鉴赏与比较意识，2. 诗与时代：20 世纪诗歌精神溯源，3. 以语言为切分线：20 世纪诗歌的差异、互动与传译。作者认为："在屏隔了中国成分的'外国诗歌'场域内，比较文学意义仍然没有丧失。"因为虽然谈的是外国诗歌，但"中国诗歌却是在场的"，我们心目中的"外国诗歌"是由"白话的、无韵的翻译语言——汉语所构成的"。因此，鉴赏

---

① 陈建华（总主编），《外国文学鉴赏辞典》（15 卷），上海：上海辞书出版社，2009—2010。

② 杨恒达，《外国诗歌鉴赏辞典》（3-现当代卷），上海：上海辞书出版社，2010。

外国诗歌要有中外比较文学的眼光。在作者看来，20 世纪的诗歌情绪是奠基在反思和追索之上的，因此"它的繁荣就是可以想见的了：现实世界太多的无奈为它提供了丰厚的素材，太多的憧憬为它描画出无限的前景"，"时代的多变与多维铸造出诗歌的辉煌"。作者还从语言切分来解析 20 世纪诗歌，认为诗歌在不同语言之间传递时会有一个突出的症结，那就是"在翻译过程中，无法尊重原作的音韵"，这甚至会造成"双重的误读"。因此，更有必要强调翻译的重要："诗歌翻译已然是一种再创作，这种创作以传写原作的义、理、神、韵为标的，是对包括诗人在内的中国翻译家的智慧的挑战。"恒达 2009 年深秋来上海参加这套丛书的出版座谈会，各卷主编都是学界朋友，大家相聚甚欢。那天，作为辞书顾问的草婴、徐中玉和钱谷融等先生也来了。在会上，恒达就他编辑的这一卷辞书做出的恳切而精到的发言中就融入了上述观念。这套丛书后来获得了不少好评，并且出现在习主席的书架上，这与包括恒达在内的各卷主编和所有参与者的辛勤付出是分不开的。

恒达在他学术生涯的中后期更多地关注尼采作品的翻译和研究。他主持了 26 卷本《尼采全集》的翻译工作，并先后出版了《尼采生存哲学》《人性的，太人性的：一本献给自由精灵的书》《尼采，自由精灵的导师》《查拉图斯特拉如是说》《悲剧的诞生》等译著。此外，他还翻译了卢卡奇、韦勒克、德里达等人的理论作品，翻译了亨利·米勒、劳伦斯、阿加莎·克里斯蒂、门得特·德琼、尤里·奥莱夫、伍德沃德和伯恩斯坦等人的文学作品。我的书架上有不少恒达送给我的译著。

三、在人生理念的契合之中相交

我和恒达都是高校的普通教师，在教书的同时也做点学术研究，所以教书育人和学术人生是我们共同的本色。同时，我们都在中文系外国文学教研室工作，工作的时间段也几乎相同，因此也就有不少相似的经历，例如都开设过"外国文学史"和"比较文学概论"等主课，上过各种本专业的选修课，带过文科基地班学生，指导过硕士生和博士生，编写过外国文学史教材，负责过外国文学教研室工作等等。如果算上本科生，几十年下来我们教过的学生非常多，硕博生也有几十位。我们会对学生有要求，但也许是性格使然，大概都不属于"严师"，都爱设身处地为学生着想。只要学生努力，我们都会尽可能给予他们帮助。聊到自己的学生取得的成绩，我们都会感到高兴。我们也常常把教学和学术联系在一起。前面提到的那套辞书，我和恒达都组织部分研究生参与了书稿的撰写，希望在我们的把关下，提高学生的研究能力。对恒达的教学工作，我从自己的一位硕士生那里有所了解。这位学生后来去人大慧林兄处读博，她说恒达是她的任课教师，对她帮助很大，"杨老师平时对学生们都特别好"。恒达的敬业和对学生的好是可以想见的，他获得"北京市优秀教师"称号并非偶然。尽管由于研究方向不同，我没有资格评判恒达学术研究的深度，但我一直佩服恒达学术追求的精神。作为文学院的教授，能精通多种外语，有大量专著和译著问世，尤其在尼采研究和翻译上成绩斐然，如果不是超人的勤奋，不是艰巨的付出，那是难以想象的。他一辈子潜心学术，离开工作岗位后，事业仍有声有色，活出了夕阳人生的精彩。

这几十年，我和恒达分处京沪两地，且都忙于自己的工作，并不常常往来。但是自从相识后，我们都互相关注，在生活上也有过交集。他邀请我去了他在北京海淀的寓所；来上海时也邀我去过他在上海的老家。我当年住的地方与恒达的老家，以及我们曾就读的中小学，隔得并不太远，太原路、复兴路、淮海路等附近的区域都是我们当年熟悉的地方。20世纪50、60年代的上海市中心和现在相比，虽然不那么繁华，但老上海的味道很浓，我们有着共同而亲切的记忆。相互熟悉后，我们了解了彼此蹉跎岁月中的以往，有机会也会谈论如今生活中的喜乐和烦恼。

生活中的恒达是一名谦和的教师和学者，不争锋，不张扬，为人厚道，注重友情。记得 1983 年南开会议后，我和天振为《中国比较文学》创刊之事去北京钱锺书先生家。事毕，恒达一定要做东请我们吃饭，因我和天振的俄苏文学专业背景，所以去了北京的"老莫餐厅"，盛情款待。世纪之交，我的孩子赴京求学，他多方照顾。尽管平时联系不多，但每逢节日我们总会相互问候，有时候也会打个电话聊上几句。后来有了微信，他有空时会发来信息，如好听的俄语合唱、俄苏电影 150 部大合集、欧美经典音乐、新得诺奖的作家作品等；他知道我出生在宁波，有时也会发来关于宁波的信息和趣事，看得出他对友人兴趣的关照。在疫情期间，他发来的微信多与上海有关，如老上海的秘密、上海记忆、话说上海、上海老底子等，上海是恒达的牵挂。他有时也会发一些关于美食的微信，如长乐路的老洋房里别具一格的咖啡馆、进贤路上各具特色的上海菜餐厅、淮海路上新开的甜食店等等。这几条路我们都比较熟悉，我曾约他疫情后到他提及的某上海菜餐厅聚聚。他后来身体的某些指标有点问题，有一次我看到他发来有人大口享用冰淇淋的视频，就调侃他："还敢不敢这样大口吃甜食？"他回答干脆："一次吃一个应该没有问题。还有哈根达斯。"恒达对友人的真情在天振病倒后表现得最为明显。2019 年深秋，天振在上海动了手术，恒达很关心，经常与我通信息。2020 年 2 月天振病情出现反复，此时的局面使治疗受到一定的影响。4 月，天振病重，我和明建一起去医院探望了他，并及时把天振的状况告诉了恒达。几天后，天振还是走了。恒达获悉后很是悲痛，他让我代他送花圈，也为天振临终时遭受的磨难而难受。疫情期间，恒达给我发来过防疫知识的信息。我有一次去社科院外文所开会时与他通话，他说刚从颐和园散步回来，出了一身大汗。当时我觉得他挺注意养生防疫的，但谁知他还是没能挺到最后，不辞而别。

恒达离去时，人民大学的一位友人给我发来噩耗，我回复："震惊！痛惜！"恒达小我一岁，那么温和、睿智、豁达的朋友，就这样匆匆走了，真让人难以置信和极感痛惜。恒达走得太早太急。那天，在我的硕博群里，我转发关于恒达的讣告，并说了一段伤感的话，学生们在哀悼恒达时也宽慰我，有一位已经是教授的学生写道："这一代学人几乎是重塑了中国对于外国文学的理解和研究，加之他们个体的生命经验更是让人敬重。"恒达是当得起这个评价的，他的才华与精神会长存在人们的心中。这一代人在进入学界后起的承上启下的作用基本完成，现在有的已经离开，有些年龄偏大的也正在逐步退出舞台，如今在这个舞台上唱主角的是中青年学者，其中的佼佼者有更为开阔的视野与学识，有更为出彩的表现。祝福他们！相信这也是恒达在天之灵的心声。

2023 年 11 月长春—上海

作者简介：

陈建华，华东师范大学中文系教授、博士生导师，兼任国家社科基金外国文学学科评审组成员、《辞海》外国文学分科主编、教育部重点研究基地学术委员会主任等。主持国家社科重大、重点和教育部重大等诸多项目。有主要著作十余种，其他编著、译著作二十余种，如《20世纪中俄文学关系》《阅读俄罗斯》《俄罗斯人文思想与中国》《当代苏俄文学史纲》《中国外国文学研究的学术历程》（12 卷）及《中国俄苏文学研究史论》（4 卷）等。成果先后获教育部高等学校社科优秀成果奖一等奖、上海市社科优秀成果奖一等奖、上海市教学成果一等奖等诸多奖项。主要研究方向为俄罗斯文学、中外文学关系、外国文学学术史。

现代主义是一种人道主义

——怀念导师杨恒达教授

范方俊

内容摘要　杨恒达老师的学术兴趣和关注点聚焦于西方的现代派文学（美学）。这既与他个人的学习成长经历密不可分，也与 20 世纪 70 年代末中国改革开放、思想解放之后重新引入现代派文学的时代大潮休戚与共。他在现代派文学、理论和美学的翻译及研究上的突出特征是对于研究对象的新人文主义性质的关注和强调，揭示了现代主义与西方人文主义传统之间的历史渊源，以及现代派文学（美学）不同于传统人文主义的新人文主义特征。归根结底，现代主义的实质是一种人道主义。

关键词　杨恒达　现代主义　人道主义　新人文主义

Modernism as a Humanism:
In Memory of Professor Yang Hengda

Fan Fangjun

Abstract: Professor Yang Hengda's academic interests and focus center on Western modernist literature (aesthetics). This is closely intertwined with his personal academic journey and the shared experiences of the era when China reintroduced modernist literature after the reforms and ideological liberation in the late 1970s. His outstanding contributions to the translation and research of modernist literature, theory and aesthetics manifest in his attention to the neo-humanistic nature of the research subject. He reveals the historical roots between modernism and the Western humanistic tradition, emphasizing the new humanistic characteristics that distinguish modernist literature (aesthetics) from traditional humanism. Ultimately, the essence of modernism is a form of humanism.

Key words: Yang Hengda; modernism; humanism; neo-humanism

1994 年，我考入中国人民大学中文系，师从杨恒达教授攻读比较文学与世界文学专业硕士学位。第一次拜会导师，他送了我三本书：他翻译的匈牙利现代文论家格奥尔格·卢卡奇（Georg Lukács）的《小说理论》、他与人大中文系同事黄晋凯和张秉真两位教授共同主编的西方现代派文学系列丛书之《象征主义·意象派》，以及他的个人专著《尼采美学思想》。我记得当我手里拿着这几部西方现代派文学、理论和美学书籍的时候，头皮直发麻，心里直打鼓。回去粗略翻阅之后，根本看不懂。因为数年前在安徽老家的大学中文系本科汉语言文学专业的外国文学课上，老师根本没有讲授西方现代主义文学部分，我个人只是为了报考研究生，所以从社会上的考研参考资料中自学了一点西方现代主义文学的内容。而我们当时所能接触到的考研参考资料对于西方现代主义文学的介绍，一是各种流派内容混杂在一起，缺少细致有条理的分析，加上一堆以前没有听过的人名、书名和术语，晦涩难懂，根本看不明白；二是对于西方现代主义文学的价值和意义，几乎全盘否定，西方现代主义文学仿佛洪水猛兽和大毒草，让人觉得不读为妙。但是，我在备考时，从出题上就直观感受到人大中文系外国文学方向对于西方现代主义文学的重视。入学后，从导师手里接过书，我再一次真切地认识到人大中文系外国文学方向和我的导师所重点关注的领域就是西方现代派文学。在此后三年的硕士学习生涯中，导师对我的专业指导也主要是围绕英国的奥斯卡·王尔德（Oscar Wilde）、奥地利的弗兰兹·卡夫卡（Franz Kafka）和美国的尤金·奥尼尔（Eugene O'Neill）等现代派代表人物展开的。我后来的硕士学位论文以俄国形式主义代表人物什克洛夫斯基（Viktor Shklovsky）和德国布莱希特（Bertolt Brecht）的"陌生化"理论为选题，也是潜移默化地受到了导师的熏陶和影响。

现代派文学是对西方 19 世纪中后叶至 20 世纪前半叶在文学领域内出现的以反叛传统、标新立异为宗旨的各种现代主义文学流派的统称。① 众所周知，19 世纪中后叶西方社会开始由近代（自由竞争资本主义）向现代（垄断资本主义）转型，西方现代社会在物质生产极大丰富的同时，也出现了现代人被"异化"的精神危机。悲观、颓废、苦闷、绝望的"世纪末"情绪，成为现代人的精神特征，以及西方现代主义文学流派产生的社会根源和心理基础。而 20 世纪第二个十年间第

---

① 狭义的现代派文学指的是西方在第一次世界大战之后出现的各种现代主义文学流派。然而，无论是从思想渊源还是文学、美学观念上，"一战"后出现的现代主义文学与 19 世纪中后叶的唯美主义、象征主义、颓废主义等都有密切关联，后者可以被看作现代派文学的先驱或早期阶段。

一次世界大战的爆发，则在催生现代主义文学走向兴盛的同时，也将现代人家园破碎、精神无所归依的痛苦和迷茫推向极致。现代派文学是西方现代社会各种尖锐复杂的矛盾和冲突在文学领域内的时代产物和真实反映。它不仅成为人们了解和认识西方现代社会的一面镜子，其在文学观念和美学规律上的求新探索，也为包括中国文学在内的其他文学提供了有益借鉴。早在 20 世纪初，正在西方勃兴的现代派文学就引发鲁迅、郭沫若、茅盾等中国新文学先驱的关注和译介，并对 20 世纪上半叶中国现代文学的发展产生一定的影响。新中国建立后，受制于当时东西方冷战的世界格局和中国的地缘政治处境，中国与西方现代主义文学之间的关联一度沉寂。20 世纪 70 年代末，随着中国施行改革开放政策和在思想领域内提倡思想解放，与中国当代"新时期"文学反思"十年动乱"、探索现实主义文学深化之路形成呼应、并行发展的是对西方现代派文学的系统性译介。1979 年，袁可嘉撰写介绍西方现代派文学产生的社会背景、思想根源、艺术特征及其意义的长文，并于 1980 至 1985 年间主持完成了四册十一个专辑的《外国现代派作品选》的编译工作，内容包含后期象征主义、表现主义、未来主义、意识流、超现实主义、存在主义、荒诞派文学、新小说、垮掉的一代、黑色幽默等现代主义文学流派，有力地推动了现代派文学在中国的传播和影响。

杨老师 1948 年 11 月出生于上海，早年做过知青插队务农，后做过筑路工人，1979 年考取中国人民大学中文系外国文学专业研究生，1982 年毕业留校任教。1985 年至 1987 年留学于德国波恩大学，学习比较文学与德国文学。1987 年，人大中文系外国文学教研室启动"外国文学流派研究资料丛书"的编译工程。在首卷《唯美主义》中，杨老师参与了唯美主义代表人物奥斯卡·王尔德的文论翻译工作。1991 年，他与同事共同主编了次卷《象征主义·意象派》，杨老师主要负责英（爱）美象征主义和意象派诗人的理论及诗歌创作的编译工作。此外，他自己还翻译了 20 世纪著名文论家卢卡奇的《小说理论》，并且出版了自己潜心研究德国 19 世纪现代哲学家尼采的成果专著《尼采美学思想》。这些翻译和研究，不仅见证了他在 20 世纪 80 年代末至 90 年代初在译介和研究现代派文学、理论和美学上的学术贡献，而且开启了他此后 30 年间矢志不渝地聚焦于现代派文学、理论和美学的翻译及研究的学术热诚和专业兴趣。以我浅见，老师之所以会把自己的学术兴趣乃至生命倾注于现代派文学、理论和美学的翻译及研究，一方面与他个人的人生和学习经历密不可分，另一方面也与 20 世纪 70 年代末中国改革开放、思想解放之后重新引入现代派文学的时代大潮休戚与共。而他个人在现代派文学、理论和美学的翻译及研究上的突出特征则是对于研究对象的人文主义性质的关注和强调。在他看来，从 19 世纪中后叶生发并一直延续至 20 世纪的西方现代派文学、理论和美学，在本质上是一种不同于旧的人文主义而带有新人文主义色彩及性质的"人论"和文学。在说明西方现代派文学、理论和美学的"人论"性质或特点时，他引述了法国存在主义哲学家、文学家萨特在《存在主义是一种人道主义》中对于"人"的著名定义："首先是人，人碰上自己，在世界上涌现出来——然后才给自己下定义……人除了自己以为的那样以外，什么都不是。"① 如果让我用一句话来概括老师对于西方现代派文学、理论和美学的新人文主义的"人论"及文学性质或特征的核心主张的话，那就是：现代主义是一种人道主义。

一、《小说理论》：现代人找寻"新世界"的哲学尝试

1988 年，杨老师翻译了卢卡奇的《小说理论》，由中国台湾五南图书出版公司出版发行。卢卡奇 1885 年出生于匈牙利布达佩斯，中学毕业后在布达佩斯大学学习法律和国家经济学，后来改读哲学系，他特别

---

① 萨特，《存在主义是一种人道主义》，汤永宽、周煦良译，上海：上海译文出版社，1988，第 8 页。

研究了德国哲学家威廉·狄尔泰（Wilhelm Dilthey）、哲学家和社会学家格奥尔格·西美尔（Georg Simmel）的著作。1906 年他在科罗茨瓦获得法律博士学位。1909 年他获得布达佩斯大学哲学博士学位。同年他去意大利和法国旅行，其间主要研究德国古典哲学——康德（Kant）、费希特（Fichte）、谢林（Schelling）和黑格尔（Hegel），后来扩展至近现代哲学——文德尔班（Windelband）、李凯尔特（Rickert）、拉斯克（Lask）和胡塞尔（Husserl）。1910 年他出版论文集《心灵和形式》（*Soul and Form*），翌年出版《现代戏剧发展史》（*Evolutionary History of the Modern Drama*）。1913 年他出版论文集《美学文化》（*Aesthetic Culture*），并在海德堡与著名社会学家和哲学家马克斯·韦伯（Max Weber）结交。1914 年夏，卢卡奇开始撰写《小说理论》的第一版草稿，并于 1915 年冬完稿，1916 年首先刊登在麦克斯·德斯瓦尔（Max Dessoir）的《美学与普通艺术科学杂志》（*Zeitechrift fur Aesthetik und Allgemeine Kunstwissenschaft*）上，1920 年由柏林的保尔·卡西勒（Paul Cassirer）出版社作单行本出版发行。

《小说理论》分为两个部分。第一部分以"时代文明是整合的文明，还是问题重重的文明"为标题，考察了伟大史诗文学的形式，具体内容包括：1. 整合的文明，2. 形式的历史哲学问题，3. 史诗与小说，4. 小说的内部形式，5. 对小说及其意义之历史与哲学的制约。第二部分是"对于小说形式的类型学所作的尝试"，具体内容包括：1. 抽象的理想主义（比如《堂·吉诃德》），2. 幻灭的浪漫主义（比如《萨朗波》《情感教育》），3. 作为一种力图达到的综合（比如《威廉·麦斯特的学习时代》），4. 托尔斯泰与超越生活的社会形式之尝试（托尔斯泰与陀思妥耶夫斯基的小说形式）。很显然，《小说理论》的第一部分和第二部分所提出的问题和所要考察的内容是有明显区别的。具体来说，第一部分从黑格尔哲学的人的总体性观念出发，从人与社会的和谐性奠基于一切存在的总体性入手，对于作为"自然形成的存在总体"

之象征的文学形式如何从史诗向小说演化作出哲学探讨，而第二部分则是从文学史或文学批评的视角对小说形式的发展和类型的分类进行说明。两个部分无论是在内容上还是学理逻辑上都有些脱节，相互之间缺乏紧密的联系。因此，《小说理论》出版之后，尽管不乏列文（Levin）、阿多诺（Adorno）、本雅明（Benjamin）和戈德曼（Goldmann）等当代知名学者、文学批评家的肯定和赞誉，但也有许多文学评论家对该书的方法与内容提出尖锐的质疑和批评。

1990 年，新加坡学者何启良撰文《小说的哲学基础》，以导读的形式向中文读者介绍了《小说理论》。① 在他看来，《小说理论》是一本难度极高的书，它不能为人所轻易接受、让人望而却步的原因在于，书名和内容虽然谈的是小说的历史进程和文本类型，但作者对小说的探讨早已超越单纯的小说理论研究或文学史的范围，而导向深邃和抽象的哲学范畴。他个人建议读《小说理论》可从两个角度着手："第一，从文学评论的角度，即把它当作一本小说形式发展与类型分析的书来读。第二是把它视为一本哲学著作。换言之，读此书的体认是：卢卡奇最终关心的，并不只是小说的文学形式而已，而是想透过小说形式的产生、它的历史与社会背景和类型分析，来进一步解释与阐清他的世界观。"②事实上，卢卡奇本人在 1962 年《小说理论》再版时所写的《序言》里清楚地说明，写作《小说理论》的"直接动机"是第一次世界大战的爆发所引起的，他的"内心态度是强烈地、完全地，尤其在一开始，几乎是笼统地反对这场战争，特别是反对这场战争的热诚"。对于第一次世界大战，卢卡奇一方面希望这场战争能够导致俄国沙皇制度、霍亨索伦王朝（Hohenzollerns）和哈布斯堡王朝（Hapsburgs）的倒台，但同时，

---

① 何启良的《小说的哲学基础》原文载于《中国论坛》1990 年 1 月第 29 卷第 8 期，1997 年中国台湾唐山出版社再版杨恒达编译的《小说理论》，把何文作为全书的导读一并印行。

② 何启良，《小说的哲学基础》，第 ix-x 页。

当时德国可能获胜的前景，让他感到"如梦魇一般"。因此，"《小说理论》的第一次草稿就是在这样的心情中写成的……本书是在一种对世界状况感到永久绝望的情绪中写成的"。卢卡奇反思了自己当时思想的不成熟乃至幼稚，"显而易见，我对战争的抵制，以及与之伴随而来的对当时资产阶级社会的抵制，是纯粹乌托邦式的"。但是卢卡奇坚定地认为，写《小说理论》时，他"不是在寻求一种新的文学形式，而是十分明确地在寻找一个'新世界'"。①从这个意义上讲，《小说理论》代表的是现代人找寻"新世界"的严肃的哲学尝试。诚如他在《序言》中所言："《小说理论》只停留在一种尝试的水准上，这种尝试在构想和具体实施中都失败了，但是在意图上却比它的同时代人所能做的更接近于正确的答案。"②

需要指出的是，何启良在《小说的哲学基础》一文中的开篇专门提及了卢卡奇的著作在海峡两岸的中文翻译情况。他指出，卢卡奇是一位具有鲜明意识形态色彩的现代哲学家和思想家，他早年醉心于康德、黑格尔哲学，其包括《小说理论》在内的早期著作基本上是以康德、黑格尔哲学为基础的，所以不受一贯奉马列主义为圭臬的大陆评论界所"热衷"。③卢卡奇后来转为马克思主义者，致力于马克思著作的诠释与研究，于1923年撰写了他的巨著《历史与阶级意识》，成为西方马克思

① 卢卡奇，《小说理论》，杨恒达编译，台北：唐山出版社，1997，第ix-x页。
② 卢卡奇，《小说理论》，第xxvi-xxvii页。
③ 1980年由中国社会科学院外国文学研究所外国文学研究资料丛刊编辑委员会编辑、翻译出版的《卢卡奇文学论文集》（二卷本），对于卢卡奇的著作，只提及早年的《现代戏剧发展史》，重点罗列其马克思主义文论著作，比如《历史和阶级意识》（1923）、《青年黑格尔》（1931—1948）、《十九世纪文学理论和马克思主义》（1939）、《论历史小说》（1936—1938）、《帝国主义时期的德国文学》（1944）、德国文学中的进步和反动》（1945）、《文学与民主》（1947）、《现实主义论文集》（1948）、《德国新文学史纲》（1953）、《理性的毁灭》（1959）、《美学史论文集》（1959）以及《社会主义社会中的批判现实主义》（1958）、《文化上共处的问题》（1964）、《列宁和过渡时期的问题》（1968）等重要论文。

主义哲学的启蒙先驱，以后他的有关美学和文学评论的著作，如《历史小说》（1937）、《年轻的黑格尔》（1938）、《当代写实主义的意义》（1956）等，皆奠基于强调历史性和总体化的马克思主义的中心概念，也因此难以引起中国台湾文学评论界的"共鸣"。正因如此，何启良对《小说理论》中译本的出版给予高度的肯定和评价。"卢卡奇的《小说理论》中译本终于问世，应算是第一本卢卡奇完整文学著作的翻译。这项出版工作，实际上带有打头阵的性质。"①可谓一语中的。

二、唯美主义、象征主义和意象派：新人文主义的人论与文学

唯美主义、象征主义和意象派是西方现代派文学中出现得最早的几个文学流派，也是杨老师译介现代派文学的开端。关于包括唯美主义、象征主义和意象派等在内的现代派文学在西方现代社会里的整体发展走向，杨老师指出，西方现代社会存在着科学主义和人文主义两大社会思潮的对峙和冲突。相较而言，人本主义社会文化思潮在西方现代社会中"占据着主导和支配地位，它渗透并规范着现当代西方社会的人论和文学的全方位和全过程，成为现当代西方社会的人论和文学的核心和灵魂"。② 在他看来，西方的人文主义源自文艺复兴时期"人"的觉醒和重新被发现，它冲破了封建专制主义和教会禁欲主义的束缚，让西方社会呈现出迅猛发展的趋势。然而，自 19 世纪末以来，在西方现代社会资本主义高度发展和扩张的过程中，原先被人文主义者发现的"人"已经被物的洪流"淹没"，并由此生发对于资本主义文明对人的异化的猛烈批判，以及对于现代人的前途、命运悲观绝望的苦闷心理和情绪。

---

① 卢卡奇，《小说理论》，第 vii-viii 页。
② 陆贵山，《人论与文学》，北京：中国人民大学出版社，2000，第 238 页。（注：《人论与文学》的下编部分一共 5 章，除了第五章的第 2 节之外，全部由杨恒达撰写。）

正因此，西方现代的人文主义与文艺复兴以来的人文主义，无论是在思想内涵还是精神意向上是判然有别的，有必要在两者之间作出区分，可以把文艺复兴以降至启蒙运动、狂飙突进运动等时期的人文主义称为传统的或"旧人文主义"，而相对应地把 19 世纪末以来的人文主义称为"新人文主义"。①在译介唯美主义、象征主义和意象派的过程中，杨老师也着重强调这些现代流派的新人文主义的人论与文学性质及特征。

在袁可嘉主编的多卷本《外国现代派作品选》中，唯美主义并没有被纳入。而在 1987 年中国人民大学中文系外国文学教研室所编译的"外国文学流派研究资料丛书"中，唯美主义则被看作西方现代派文学的首个流派。《唯美主义》的主编之一徐京安教授在本书序中指出，唯美主义的唯美倾向和对"纯艺术"的追求，早在古希腊"希腊化时期"卡利马科斯（Callimachus）和古罗马晚期文学的诗歌中，已初现端倪。降至近代，西班牙的贡戈拉派（Gongorism）和意大利的马里诺派（Marinism），在其创作中以雕琢辞藻、追求华丽形式为艺术旨趣。18 世纪，德国的康德提出了审美活动的独立性和无利害感的观念，莱辛（Lessing）、歌德（Goethe）、席勒（Schiele）等人对这一问题也进行了探讨。至 19 世纪初，唯美思想形成了明确的理论，其代表人物是法国作家、诗人戈蒂耶（Gautier），他提出的"为艺术而艺术"的主张是包括唯美主义在内的一切颓废主义文艺流派的总纲领、总口号。19 世纪 80 和 90 年代，唯美主义在英国达到高潮，奥斯卡·王尔德被认为是唯美主义的最具代表性的人物，"是唯美主义美学思想的有力继承者、鼓吹者和实践者"。②《唯美主义》选译了王尔德的多篇文章——《英国的文艺复兴》《谎言的衰朽》《作为艺术家的批评家》《〈道连·葛雷德画

---

① 陆贵山，《人论与文学》，第 238 页。
② 徐京安，《序》，见赵澧、徐京安主编《唯美主义》，北京：中国人民大学出版社，1987，第 1-2 页。

像〉自序》《关于〈道连·葛雷德画像〉的两封信》和《关于〈莎乐美〉的一封信》。其中的《谎言的衰朽》一文由杨老师翻译。在《谎言的衰朽》中，王尔德以格言警句之形式，向世人宣告了唯美主义反叛传统、不屑流俗的三大原理：

第一，艺术除了表现它自身之外，不表现任何东西。

第二，一切坏的艺术都是返归生活和自然造成的，并且是将生活和自然上升为理想的结果。

第三，生活模仿艺术远甚于艺术模仿生活。①

杨老师在讲述西方新人文主义有别于旧人文主义时，曾把反理性主义、反个人主义和反新教伦理总结为新人文主义的人论和文学在"人"的主体性认知上的三个"重大变异"，② 唯美主义在这些方面同样起到了引领风气的先驱作用。

象征主义是西方现代派文学中出现较早、持续时间久且影响最大的一个流派。它的起源是 19 世纪中叶法国著名诗人夏尔·波德莱尔（Charles Baudelaire）在理论上提出的以通感、象征为主的"感应论"，以及以《恶之花》和《巴黎的忧郁》为代表的现代主义诗歌创作。1886 年 9 月 15 日，法国诗人让·莫雷阿斯（Jean Moréas）在巴黎《费加罗报》上发表《象征主义宣言》，该文成为象征主义文学运动正式确立的标志。象征主义文学通常被分为前后两个发展阶段。其中，前期象征主义的代表性诗人有法国的保尔·魏尔伦（Paul Verlaine）、阿瑟·韩波（Arthur Rimbaud）和史蒂芬·马拉美（Stéphane Mallarmé），后期象征主义的代表作家有比利时诗人爱弥儿·维尔哈伦（E'mile Verhae-ren）、法国诗人保尔·瓦雷里（Paul Valéry）、奥地利诗人马利亚·里尔克（Maria Rilke）、美英诗人 T. S. 艾略特（Thomas Stearns Eliot）、

---

① 王尔德，《谎言的衰朽》，杨恒达译，见《唯美主义》，第 142-143 页。
② 陆贵山，《人论与文学》，第 255 页。

爱尔兰诗人威廉·叶芝（William Yeats）、俄国诗人亚历山大·波洛克（Alexander Pollock）和谢尔盖·叶赛宁（Sergei Yesenin），以及爱尔兰剧作家约翰·辛格（John Synge）、比利时剧作家莫里斯·梅特林克（Maurice Maeterlinck）和德国剧作家盖尔哈特·霍普特曼（Gerhart Hauptmann）等。杨老师对于象征主义文学流派的编译，在吸纳袁可嘉主编的《外国文学作品选·后期象征主义》的基础上，进一步增选了其他象征主义诗人诗作，比如爱尔兰诗人乔治·拉塞尔（George Russel）、英国诗人亚瑟·西蒙斯（Arthur Symons）、美国诗人华莱士·史蒂文斯（Wallace Stevens）、德国诗人斯蒂芬·格奥尔格（Stefan George）和胡戈·冯·霍夫曼斯塔尔（Hugo von Hofmannsthal）等。此外，他在说明西方现代派的人论和文学特征时特别指出："20世纪西方文学的一个最鲜明的特点，是善于运用象征和寓意，对人的存在和命运进行深刻的哲学反思，失去自我、寻找自我是20世纪西方文学中的一个带有普遍性的重大主题。"[1] 象征主义在这方面无疑是"创新开拓的先声"，[2]在20世纪西方现代派文学中有着独特的历史地位和影响作用。

意象派是从后期象征主义诗歌中衍生出来的一个诗歌流派，它的灵魂人物是美国诗人艾兹拉·庞德（Ezra Pound）。在袁可嘉主编的《外国现代派作品选》中，意象派并没有被单独列出，只是作为英美后期象征主义诗歌的一部分，该书选译了庞德的三首诗——《休·赛尔温·莫伯利》《在一个地铁车站》和《合同》。杨老师对于意象派的编译，保留了《外国现代派作品选·后期象征主义》中所选译的庞德的《休·赛尔温·莫伯利》和《在一个地铁车站》这两首诗，增加了庞德的三首诗——《河上商人之妻》《归来》和《诗章》（节选）。同时，杨老

---

① 陆贵山，《人论与文学》，第269页。

② 黄晋凯，《象征主义·意象派·序》，见黄晋凯、张秉真、杨恒达主编《象征主义·意象派》，北京：中国人民大学出版社，1991，第1页。

师还选译了庞德之外的英美意象派诗人的诗作，比如英国意象派诗人托马斯·恩内斯特·休姆（Thomas Ernest Hulme）、弗兰克·斯图尔特·弗林特（Frank Stuart Flint）和理查德·阿尔丁顿（Richard Aldington）以及美国意象派诗人威廉·卡洛斯·威廉斯（William Carlos Williams）、希尔达·杜利脱尔（Hilda Doolittle）、约翰·高尔德·弗莱契（John Gould Fletecher）、埃米·洛威尔（Amy Lowell）和玛丽亚娜·摩尔（Marianne More）等。此外，在介绍庞德的部分，杨恒达着重说明了庞德意象派诗歌的艺术特征及其对于英美现代派诗歌发展的重要贡献：

> 他和他周围的一批诗人、作家一起发起了意象派运动，推动着英美诗歌朝现代派方向转变。他们从中国、日本的诗歌中汲取了许多有益的东西，以具体清晰的意象来表现主观的冲动。庞德认为："'意象'是这样一种东西：它表现的是在一刹那时间里理智与情感的复合。"一个描写的意象可能是"任何冲动的最充分的表现或解释"；它是"一个辐射束……一个漩涡，观念由它产生，经过它并不断冲击它"。他为意象派诗歌作了大力宣传，并极力阐明他关于意象和意象派诗歌的观点。①

杨老师后来在总结西方 20 世纪现代派文学在美学思想上更强调对美的感性认识中的非理性特征时，也特别提及了象征主义和意象派诗歌："象征主义诗人把原先诗歌中的单一象征变成多重象征，把语言和词汇变成传达直接诉诸官能的感性因素的杠杆，以流露和衍生出丰富的意蕴。意象派诗歌也试图使语言利用通感的融串起到雕塑的作用，更直接地诉诸人的视觉，以引起复杂而繁复的联想和想象。"②

---

① 杨恒达，《诗五首》，见黄晋凯、张秉真、杨恒达主编《象征主义·意象派》，1991，第 539 页。

② 陆贵山，《人论与文学》，第 366 页。

三、尼采美学思想：如何抚慰现代人痛苦、迷惘之心灵？

尼采是杨老师最感兴趣和关注的研究对象，对于尼采思想的研究和著作翻译贯穿了他学术生命的始终。其中，《尼采美学思想》是重要的开端。他在《尼采美学思想·前言》中指出，尼采被尊为现代最有影响的思想家之一，在现代人中间造成非常大的影响，这不仅与尼采所处的时代密切相关，也是因为他所探讨和思考的问题比较集中地反映了现代人对自身"命运"和"出路"的关切：

> 尼采……关心人的问题，探讨人如何求得自身的充分发展。
>
> 自从资产阶级知识分子在文艺复兴时期宣称自己重新发现了"人"以来，他们一直在为求得人的充分发展而努力，但是他们曾为之呐喊的资本主义制度并没有给人的发展带来美好的前景。尤其是尼采生活的时代，正是西方资本主义开始由自由竞争走向垄断的时代……资产阶级知识分子在垄断资本主义这个逐步固定下来的资本主义模式中看不到个人与社会的出路，前途一片渺茫。当时流行的各种资产阶级哲学思想无法帮助人们摆脱时代对人们的困扰，只有尼采从人类角度对资产阶级思想家在其中生存与活动的社会环境的各个方面作出的彻底批判似乎引起了人们强烈的共鸣……使他们坚信尼采关于一切价值重估的必要性。①

很显然，杨老师是把尼采哲学思想定位为对"人"自身的哲学思考，认为其核心问题是对于现代人的命运和前途的关注与探讨，这一思路也体现在他对尼采的美学思想研究之中。

首先是对尼采美学思想的非理性主义哲学根基的说明。在《尼采美

---

① 杨恒达，《尼采美学思想》，北京：中国人民大学出版社，1992，第 iv 页。

学思想》中，杨老师开宗明义地指出，尼采的美学思想是其整个哲学体系中的一个重要组成部分，尼采哲学是他的美学思想的"基础"和"根源"。① 在他看来，尼采的哲学思想在形成过程中虽然受到德国古老精神、希腊文化和基督教文化、浪漫化哲学以及瓦格纳（Wagner）浪漫主义音乐的影响，但是最终他以激进的反传统的姿态，对于从古代至近代所形成的理性主义文化传统作一番"彻底的清理"，来一次"价值的重估"。②尼采所有哲学观点的出发点是要对一切价值作重新估价，为此他喊出了他那个时代里最惊世骇俗也最激越人心的口号——"上帝死了"：

> 西方的资产阶级思想家从文艺复兴开始，就一直在试图建立人的真正价值，但是人仍然屈服于种种异己的权威……人越来越感到正在失去自我，正在受到强大的异己力量的无法摆脱的控制，人变得更加无耻、卑微、懦弱。20 世纪的西方人普遍感到的失去自我的痛苦，敏感的尼采在当时就已强烈地感受到了，所以他提出："成为你自己！你现在所做的一切，所想的一切，所追求的一切，都不是你自己。"
>
> 一个人若不能成为他自己，如何能有他自己的价值？尼采痛切地感到以往人文主义思想家在追求人的价值上的种种努力终归失败，之所以失败的原因，是人没有把自己看作权威，而总是要求助于异己的权威，在诸种异己的权威中，人始终没有摆脱的便是上帝。上帝不死，人是无法实现一切的价值的重估的。由此可见，尼采提出"上帝死了"的概念具有何等深远的意义！③

因此，他特别指出，尼采对人本身价值的追求和肯定，尤其是"忠实于

---

① 杨恒达，《尼采美学思想》，第 1 页。
② 杨恒达，《尼采美学思想》，第 40 页。
③ 杨恒达，《尼采美学思想》，第 45 页。

大地""成为你自己"等主张，尽管从字面上同文艺复兴以来的西方人道主义传统属于同一思想体系，但在实质上是根本不同的，尼采哲学具有反叛理性主义传统的"更大的勇气和彻底性"。①

从尼采的"上帝死了""重估一切价值"出发，杨老师重点辨析了尼采哲学的三个基本概念——"强力意志""永恒轮回"和"超人"。关于"强力意志"，他指出，"强力意志"（der Wille zur Macht）这个词，在中国原先被翻译成"权力意志"，让人望文生义，以为这"权力"必然同政治有关，而事实上，"Macht"这个词的基本意思是"强力、支配力"，尼采使用"der Wille zur Macht"正是立足于这些词的基本意思，强调世界的本质是强力意志，生命的本质是强力意志，存在的最内在的本质也是强力意志，即"真正的存在是永恒的生成……尼采用'强力意志'这个概念来解释的世界就是由这种生成所构成的"。② 关于"永恒轮回"，他指出，这个概念与"强力意志"紧密相连，尼采之所以称"永恒轮回"为"人类所曾获得的最高肯定方式"，是因为要赋予生成以价值。由于尼采的"强力意志"主张世界始终处于生成之中，于是"永恒轮回"作为"强力意志"的透视图而出现，它给予一个根本上被解释为生成的世界以它所能有的最高价值，"通过赋予生成的世界以价值，尼采也同样赋予生成的世界中的人以价值，从而把人与永恒结合在一起了"。③关于"超人"，他指出，这个概念同样与"强力意志"和"永恒轮回"密不可分。尼采用"永恒轮回"的概念完成了他的"强力意志"概念对世界的解释，同时把人和永恒结合起来，但是现实中人的发展并不符合世界的最高存在，因为人性中一些固有的特点使人无法超越自己，因此"人必须自己来充当否定力量的因素，一旦人充当了这种因素，他就不再是一个人，他超越了自己，变形成为超人，

① 杨恒达，《尼采美学思想》，第 45 页。
② 杨恒达，《尼采美学思想》，第 52 页。
③ 杨恒达，《尼采美学思想》，第 54 页。

从而符合了最高存在"。①这样，尼采用"强力意志""永恒轮回"和"超人"的三位一体的概念建构了一整套的非理性主义哲学体系，从根本上奠定了其美学思想的根基。

其次是对尼采美学思想的"审美的人生"观念的分析。杨老师指出，按照尼采本人的哲学推论，人生和世界是没有出路的，但是尼采早就在第一部著作《悲剧的诞生》中为自己的思想准备了一条出路："只有作为一种审美现象，人生和世界才显得是有充足理由的。"其含义在于：

> 艺术世界是一个人们可以在其中为所欲为的天地。虽然艺术脱离了现实的社会关系也不可能存在，但艺术家可以为人们假设一个不受任何约束的世界，人可以充分展现自我，也可以充分超越自我，只有在艺术世界里，"做你愿做的事"才能成为可能，甚至道德虚无主义也变得不那么危险，因为艺术中的道德虚无主义还必须诉诸现实中人的良知和判断力，人们明白这毕竟不能成为现实，而且人们通过艺术能更充分地看到道德虚无主义可能给人类带来的危险而提高对其的警惕性。总之，尼采哲学思想的最终价值只有在艺术领域里才找到了自己真正的归宿。②

关于尼采美学思想的核心，杨老师指出，尼采认为美是不存在的，它只是"外观的幻觉"，所以尼采对美的关注和分析，并不在于事物本身是否为美，而在于它们如何能够刺激给人以美感，并由此得出"只有人是美的"这一结论，"因为尼采认为世界本没有美，只因有了人，人把世界人化了，所以世界上才有美"。③ 在杨老师看来，尼采美学思想的核心是对审美的人生的强调。他引用西方学者的观点，即尼采哲学的

---

① 杨恒达，《尼采美学思想》，第 56 页。
② 杨恒达，《尼采美学思想》，第 58-59 页。
③ 杨恒达，《尼采美学思想》，第 81 页。

基本特点在于运用审美来摆脱世界的痛苦，点出了尼采美学思想的审美的人生的艺术宗旨：

> 尼采的全部哲学思想在于力图把人类从一个受压抑、不自由的痛苦世界中解放出来，从而使人类获得最大可能的自由和幸福。
>
> 尼采的这种尝试立足于人的生命本能和人必须在环境中生存的现实性……尼采在审美领域寻求人生的出路，寻求摆脱受压抑、不自由的痛苦世界的途径，也是理所当然的……
>
> 将艺术的最高目的推广到整个社会生活，便是尼采审美的人生的基本出发点，他在希腊人身上看到了……道路，这就是希腊人那种审美的人生。①

同时，杨老师肯定了尼采的审美的人生的美学思想对于抚慰西方现代人痛苦、迷惘心灵的影响作用：

> 尼采那种审美的人生在西方具有广泛深远的影响，其作用不仅仅限于从审美的角度来看人生，还要参与科学本身的作用……尼采的美学思想不仅要解决心理学问题，而且要解决生理学问题，他那种审美的人生要同科学一起解决人生实践中的许多技术问题……
>
> 尼采那种审美的人生是有其理论依据和社会现实性的……审美的人生不仅属于精神领域，也属于物质领域，它既改变着人的心理，也改变着现实。②

时至今日，虽然发端于一百多年前的西方现代主义文学（美学）大潮早已过去，但是其在西方文学发展史上的独特价值，以及它对包括中国现当代文学在内的 20 世纪世界文学的影响作用，却是不容忽视的。从西方文学的自身发展而言，19 世纪中后叶现代主义文学的兴起，标

---

① 杨恒达，《尼采美学思想》，第 136–155 页。
② 杨恒达，《尼采美学思想》，第 157–158 页。

志着西方文学由传统形态向现代形态的重大转向，并从根本上奠定了西方 20 世纪以来现当代文学的整体发展走向。中国现当代文学与西方现代派文学之间的渊源长达一个多世纪，西方现代派文学不仅对 20 世纪上半叶的中国现代文学的发生、发展产生一定影响作用，更重要的是，伴随着 20 世纪 70 年代末中国实行改革开放政策与倡导思想解放，国内学界开启了系统性译介西方现代主义文学（美学）的热潮，西方现代派文学的引入和研究，对中国当代"新时期"文学的发展和现实主义文学的深化，提供了有益借鉴。

在这方面，许多前辈学者筚路蓝缕、兢兢业业，在译介和研究西方现代派文学（美学）方面做了扎扎实实的艰辛工作。杨老师就是其中的一员。他把自己的研究兴趣和关注点聚焦于西方的现代派文学（美学）的译介和研究，并且着重强调西方现代派文学（美学）不同于传统的旧的人文主义的新人文主义特征。这不仅有助于我们了解和认知西方现代派文学（美学）的独特的思想内涵与美学价值，而且西方现代派文学（美学）对现代人的命运和前途的精神探索和心灵慰藉，同样让身处现代化进程中的我们感同身受。而就我个人与老师的交往而言，30 年前我有幸拜入老师门下，老师是把我带入学术之路的引路人。无论是学习上还是工作上甚至是个人生活上，我很幸运地得到老师无私的关爱、提携和帮助。2023 年老师不幸离世，学生永失良师，悲痛不已。重温老师的著作，睹物思人，泪流满面，不能自抑。谨以此文表达我对老师的感恩之心和深切怀念！

作者简介：

范方俊，中国人民大学文学院教授、博士生导师，人大复印报刊资料《外国文学研究》主编。主要研究方向为英美文学与戏剧、中西比较文学与戏剧。

杨恒达的语词翻译哲学：
转向人性的根本之思

夏可君

内容摘要　一个翻译家的哲学思考是与众不同的，这是尼采所言的语文学之为哲学思考的前提。杨恒达对几个核心词的独特翻译与细节理解，不仅体现出 20 世纪语言转向与跨语际交往的翻译哲学背景，也是他自己对中国文化思潮与人性的深入洞察。本文通过他对几个关键词的理解，比如罪、心、情、以人为本等，试图理解杨恒达独特的翻译哲学观，发现其内在的思想深度与启发价值，并且指明，这样的翻译哲学还来自他在对尼采的翻译与思考中所获得的深度共鸣，其潜在的思想价值，还有待于继续发掘和研究。

┃关键词　杨恒达　尼采　核心词　翻译哲学　人性转向

Philosophy of Idioms Translation in Yang Hengda: Toward a Fundamental Rethinking of Human Nature

Xia Kejun

Abstract: A translator's philosophical thinking is distinctive, echoing Nietzsche's assertion that philology is a form of philosophical contemplation. Yang Hengda's unique translations and nuanced understanding of a few core words reflect the translation philosophy of the twentieth-century language shift and interlingual interactions. It also showcases his profound insights into Chinese cultural trends and human nature. This paper aims to comprehend Yang Hengda's personal translation philosophy, and explore its inner depths of thought and inspirational value through his understanding of the key words during his lifetime—such as sin, heart, emotion, humanity-oriented, and more. It seeks to unveil Yang Hengda's unique philosophical perspective on translation and its inherent depth of thought and inspirational value. The paper also highlights that this philosophy is rooted in the resonance he experienced while translating Nietzsche and reflecting on Nietzsche's works. Thus, the potential value of his philosophical thoughts remains to be further investigated.

Key words: Yang Hengda; Nietzsche; core words; translation philosophy; humanistic-orientation

当一个朋友离开，我们突然面对这意外的不辞而别时，这提前的死亡，这不合时宜的死亡，才让我们发觉，要了解一个似乎很熟悉的朋友，其实并不容易。只是在他离世之后，我们才开始真正地理解他，"真实地"理解他，我们才知道友情这桩日常的交往行为，有着生命的真理含义，似乎真实的思想交流，可能永远需要重新开始，甚至，只能在朋友离开后才可能开始，这为时已晚的实际性。

就如同德里达在《友爱的政治学》① 中所思考的悖论，生命理解的真实性在于：似乎只有朋友离去时，我们才开始理解他。而作为德里达《立场》的译者，②杨恒达老师其实早已先于我们领悟到了这生命的无常与思想的真实。

我在这里反复说"真实"这个词，不是随意的。我在杨恒达老师去世后，才开始整体阅读他的一些著作，尤其是我发现了之前我根本不知道的杨恒达老师的一些翻译活动，例如他在《东方翻译》上以"翻译工作坊系列"为主题发表的核心词翻译计划。③ 杨恒达老师就几个词——真实与真理、国家、罪、权、心、情、"以人为本"（或人性）——给出了他自己的翻译理解。我不知道这个计划进行到了什么地步，或者说，在他心中，这可能是一个很系统的思想计划，甚至可能今后成为一部他自己的翻译字典，形成他自己的翻译哲学！杨恒达老师在打通古今中西的独特语词化现象之后形成了自己的哲学观，并把自己深入研究翻译与世界的多年心得，以看似轻巧却无比深邃的思想，以他自己所擅长的中西比较的方式表达出来。

一、以真理的翻译为根本的反思出发点

在《Truth 怎么译："真实"还是"真理"?》一文中，杨恒达更偏爱用"真实"来翻译 truth，哪怕是在《圣经》福音书耶稣基督自

---

① 德里达，《友爱的政治学及其他》，夏可君编，胡继华译，长春：吉林人民出版社，2011。

② 德里达，《立场》，杨恒达译，台北：台湾桂冠图书股份有限公司，1998。杨恒达教授选择翻译这个文本，可以看出他对于解构的深入理解。

③ 《东方翻译》创刊于 2009 年，是上海文学艺术界联合会主管的学术双月刊。杨恒达老师从 2009 年第 1 期到 2011 年第 1 期在《东方翻译》上连续发表了系列文章。本文以他在这些文章中翻译的关键词为主线展开。

己所言的语段中，他也确信阳马诺用的是"真实"而不是"真理"来翻译！也许杨先生这一代人，经历了太多关于"真理"大概念的运动与大道理的讨论，因而他认为这些讨论还是缺乏个体的生命真切性，因此，他选择以"真实"来译 truth，这其中蕴含着自己的深入反思，这是要把大道理或大概念还原为个体化的生命经验，使之具有切实的体验。①

这也是杨恒达一贯的思想品格，他在评论荷兰华文女作家林湄的小说时，也是如此肯定的："在这里，作者［指林湄］没有像许多现代、后现代的作家那样，只是描写现代人的生存状态，而是写出了现代人在平庸处境下的精神追求，以及这种追求在日常生活中所面对的（也许是提倡精神追求的文学书往往会忽略不计的）各种问题和各种琐碎的干扰。"② 这种浮士德式的在"每天每日去争取生活与自由"的真实性，也是杨先生自己的生活风格。

这也是作为翻译家的杨恒达，从尼采那里获得的启发。他曾指出在翻译"真理"一词时，中国学人存在形而上学思维方式的局限性，还有趣地指出了《国际歌》在翻译时有所增改：

> 然而，尼采在这里所说的关键，是知识的真实性问题，也是我们是否能用概念和名称一成不变地把握认识对象的问题。按照尼采的看法，用相对固定或稳定的概念和名称去把握在动态中瞬息万变的认识对象，是不可能具有恒定真实性的，这由人本身的局限性所决定。形而上学思维方式依靠概念进行演绎，当然会离真实性越来越远。而中国学界一般都将这样的真实性（德文中的 Wahrheit 或英文中的 truth）翻译成"真理"，从而倾向于把真实性理解为"真

---

① 杨恒达，《Truth 怎么译："真实"还是"真理"?》，《东方翻译》，2011 年第 1 期，第 73 页。

② 杨恒达，《〈天外〉：一种实现灵魂超越的尝试》，《世界华文文学论坛》，2018 年第 2 期，第 105 页。

实的道理"。这实际上又使形而上学思维方式的局限性在中国文化中成为必须隐讳的东西。当尼采质疑 Wahrheit 的时候，虽然他实际上是在怀疑人们对事物的认识是否会有恒定的真实性，但中国人也许会认为他大逆不道，竟然怀疑真理的存在。尤其是，中国人唱的《国际歌》歌词中，有一句"要为真理而斗争！"可是，如果你通读法、英、德文的《国际歌》歌词，你会发现根本找不到中文翻译成"真理"的这个词（法文中是 verité，英、德文中如前所注），这是因为在西方语言中，这个词并无"道理"的含义在内，只是强调真实性而已。从这一点可以看出，文化差异对形而上学思维方式的影响，而且进一步说明尼采对形而上学思维方式的挑战在当代中国具有更为深刻的意义。①

杨恒达对这几个核心词的选择与思考无疑直接指向思想的内核，当然，这也是他个人思考与关心的核心问题。也许我们可以说这些词是"关键词"，但对于他而言，他选择这几个关键词绝非随意，这些词既触及了中国现代思想最深处的神经，也是他自己作为思想者内心最为关切的基本问题。

从一个听起来耳熟能详或众所周知的翻译语词出发，杨恒达老师却可以看出文化的差异、时代的误置、译者的无意识、精神的强弱，体现了从语言无意识展开解构思维的精髓！从一个个关键词的翻译开始，深入这个词的文脉细节，杨恒达体现出了他自己的个性，他充分利用自己熟悉的德语和英语的语文学背景以及自己在汉学研究中的优势，把看起来"很大"的概念和问题，以极为"细小"的管窥方式，来细致入微

① 杨恒达，《序言》，见《尼采全集》（第3卷），杨恒达译，北京：中国人民大学出版社，2015。关于真理的翻译，杨恒达先是在《Truth 怎么译："真实"还是"真理"？》（《东方翻译》，2011 年第 1 期）上仔细讨论过，后来人大版《尼采全集》出版，杨恒达撰写总序时，从尼采哲学更进一步讨论"Truth"如何翻译以及由此折射的中国学人的思维局限。

地区分，就如同《管锥编》一样，在古今中西之间纵横驰骋，让人读后深有启发。

我自己读到这些文章时，只觉得错过向他求教的机会了，他一定对很多语词，特别是很多尚未写出的关键词，都有着深入的思考。对这些看起来偏日常的词汇却有着大智慧般的思考肌理，这也是杨老师自己的生命风格：把文化与政治的根本问题都放入日常生活的经验之中，并且带有历史的纵深感，这就如同尼采的谱系学还原，比如把"罪"向着"欠债"还原，解构了整个基督教伦理学。

这其中有着杨恒达的自觉思考，同时也是他在翻译尼采时所做的自我理解。他对逻各斯中心主义的批判接续了德里达的解构道路，并且认为，尼采不仅指出了语言背后的真理观（当然这也与尼采对于真理与谎言的思考相关），也指出了工具理性的危险：

> 其实，当尼采最初传入中国的时候，新文化运动的倡导者也在倡导语言的改革，这本是一个可以从尼采对语言的真知灼见中悟出其中道理的契机，并从对语言改革的思考中把握当时正在影响中国思想界的形而上学思维方式和逻各斯中心主义的一些重大问题，因为逻各斯中心主义总是在试图寻找一个永恒的中心，一种形而上的本源和绝对的权威，而历来的语言传统正是人们不断进行这种追寻的顽固工具。这就是之所以不少思想家在批判形而上学传统时，却在语言上仍然无法摆脱这种传统影响的原因。尼采也属于这样的思想家。但是，尼采却早在 19 世纪就已经看出了语言上这种问题的倾向。他说："语言对于文化演变的意义在于，在语言中，人类在另一个世界旁建立起了一个自己的世界，一个人类认为如此固定不变的地方，立足于此，就可以彻底改造其余的世界，使自己成为世界的主人。人类长期以来把事物的概念和名称作为永远真实的东西来相信，同样也养成了他们借以居于动物之上的那种骄傲：他们真的认为在语言中掌握了关于世界的知识。语言的创造者没有谦虚到

了如此地步，乃至于相信他给予事物的只是一些符号，他宁愿认为，他是在用言语表达关于事物的最高知识。从这段话里，我们不仅看到尼采对西方语言，对逻各斯中心主义式的思维方式的质疑，而且听得出他对人将自己置于世界主人或世界中心地位的做法感到不屑的口气。但是当时中国语言改革的倡导者并未注意尼采在这方面的先见之明，只是致力于让语言更好地发挥工具理性的作用，让更多的中国人更容易接受启蒙"真理"的教育，进而参与对旧文化、旧传统的批判，尼采也只是作为传统的彻底叛逆者的形象进入到新文化倡导者的视野中。①

二、人性的重新定向

现在让我们进入杨恒达老师对于几个核心词的深入思考。

我们首先从"罪"开始，杨老师一般首先会罗列出所有相关词汇的词源学来源，从希腊语到拉丁语，再到德语和英文，主要是围绕英文和德文展开，尤其是区分开宗教神学的含义与法学的含义，比如"罪"有着相关的不同词汇，但不能翻译为 sin 的词根，因为 sin 带有严格宗教的意义，法律上的罪应该是 crime。②

其次，杨老师会从中西比较上展开，因为中国人对于罪感没有很强的自我意识，因此在交往上就会形成误解，比如基督教的七宗罪，中国文化对此就没有明确的区分意识，认为它们在道德上也算不上罪。至于原罪的宗教神学含义，那就更是不会接受的，而基督教文化一旦判定人生来就有罪，那只能通过信仰来得救，这还不可能是个体的行为，必须借助于效法基督以及通过基督教教会共同体的作用。因此，一旦把 sin 的概念翻译为"罪"，就必须注意其宗教神学含义，杨恒达也注意到佛

---

① 杨恒达，《序言》，见《尼采全集》（第3卷），第3-5页。
② 杨恒达，《"罪"字如何翻译》，《东方翻译》，2010年第4期，第73页。

教的罪孽与之相通，但也不同。①

其三，翻译的哲学思考，仅把外文翻译为中文是不够的，同时还要关注到把中文再次翻译到外文时的情况，这就要注意到可能的混淆以及背后的话语背景，比如把法律的犯罪（crime）与宗教的罪感（sin）区分开来。例如，杨恒达敏感地注意到，中国人在填写表格时，往往不准确，或者怀有某种欺骗目的，这就会给犯罪活动留下空间；但在美国人看来虚报表格是非法的（illegal），即认为这已经是一种法律的犯罪，而中国人会认为这是小题大做，最多也是一个差错（fault）。如此细节的区分，当然也体现出思想者对于东西方人类行为的仔细辨别。②

其四，涉及一些重大的人类问题的看法，比如堕胎是不是一种犯罪，它是宗教上的 sin，还是法律上的 crime，甚至是不是佛教上的 evil（罪恶或罪孽）——我们一旦使用不同的语词，就隐含着不同的语境或者上下文话语模式的差异。福柯所言的话语与权力的关系，其实已经隐含其间。③

其五，杨恒达对语词翻译学的辨析是为了回到中国文化，从而反省中国人自身的思维方式。因为中国人的思维里"罪"（guilt）本来就有罪过、过错的含义，属于某种"坏"的范畴，而且中国人偏向于道德伦理的判定，尤其针对极大的罪恶时可以翻译为 evil 或 vice。

其六，杨恒达对不同程度的罪做出了严格区分，比如对于日本侵犯中国的罪责，就是"滔天罪行"，应该翻译为 monstrous crime。同时，他也注意到汉语中的成语习惯，比如"罪大恶极"中"罪"与"恶"有所区分，因此，翻译为 evil 也可以。④

最后，杨恒达对一些关键的成语总是会给出自己的独特翻译。这让

---

① 杨恒达，《"罪"字如何翻译》，第73-74页。
② 杨恒达，《"罪"字如何翻译》，第74页。
③ 杨恒达，《"罪"字如何翻译》，第74页。
④ 杨恒达，《"罪"字如何翻译》，第75页。

我们想到，为什么中国知识分子会从"将错就错"这样的成语中获得自我安慰，为什么明明是错误的，还要守住这个错误，错误到底。也许是因为，他们在潜意识中对于过错与罪过没有深入的区分与剖析，或者陷入模糊和习惯性的套路中，自我麻痹与麻痹他人。

我们以"罪"这个语词的细节分析为例，试图进入杨恒达的思维世界。在他那里，对于一个语词的细微辨析以及对西方的关键词在翻译中带来的差异辨析，在我看来，其实是一种非常彻底的现代思维。他直面翻译的政治，乃至翻译的人性，这是在跨文化交流中，通过翻译所体现出的文化无意识与政治无意识，也是让我们理解自己文化的思维无意识。

这是一种来自日常习语的"字典思维"，在中国文化中非常重要。因为汉字哲学是一种"字思维"，一个一个字的停顿、琢磨与倾听，及其翻译的变异，就已经是思想，就是哲学，就是人性。

尤其是当我读到杨恒达老师翻译"以人为本"这个词时所体现出来的睿智时，真是受益匪浅。

"以人为本"的命题不再是一个字，而是"人"与"本"两个字的组合。这个成语，一方面是很古老的，因为中国文化中的儒家就有一种很深的人本主义思维，另一方面这也是20世纪80年代中国社会思潮中最为重要的精神。20世纪80年代的中国知识分子在反思过去的历史灾难时，以马克思《1844年经济学哲学手稿》中的人道主义以及对于异化的批判为起点来思考人性的本质，突出了尊重人性的必要性。因此，杨老师思考这个习语，其实也体现出那一代人对于历史意识反思责任的延续，是以个体的方式在思考人性之本质的基本问题。

这也是为什么，很多时候看起来杨老师似乎是在从事文学翻译与研究，但其实，他更想做一个思想者或哲学家，他后来会把自己的翻译志业锚定在《尼采全集》的翻译上，不也是因为与《人性的，太人性的》尼采式思考相关？

我们来看杨老师怎么理解这个习语的翻译后效。越是习语，就越是难以理解，如同德里达的解构所言，习语已经深入我们的思想与心灵，以至于成为"习性"，以至于结成了"痂"，或成为"死结"。中国思维除了是一种哲学化的"字思维"，在大众那里更是成了一种"成语思维"，成语是更为普遍的习语，是凝缩了这个民族精神的无意识思想的词典。钱锺书先生的《管锥编》是一次审美的综合，但中国文化可能更需要一本如同杨恒达老师这样的思想词典式的《管锥编》吧！我也希望有兴趣的学者继续杨老师的思想方式，继续展开对其他关键词的研究。因为说到底，在20世纪的语言学转向之后，哲学问题，或者所有的文化问题，比如翻译的语际性，都是语词翻译的差异。现代性的基本问题是发现自身与他者之间的差异关系，语词的翻译差异，不就是最为基本的哲学问题吗？

让我们进入"以人为本"的杨恒达式理解。首先，"以人为本"有着各种翻译表达：people first, put people first, human-centric, focus on people, people-centric, based on human nature, people-based 以及 humanistically oriented 等等。①

显然，一旦我们面对这几个看起来差不多的翻译方式，我们可以直接感受到对关键的两个词的不同理解：把"人"翻译为 human、people 抑或是 humanity，其中有各种细微的差异指向；以及"本"被翻译为首先的、中心的、基础的、特性本质的，抑或是转向式的或开放式的翻译方式，也有着各种不同的思想取向。

一旦我们选择其中的一种，我们立刻就明白了伽达默尔所言的关于解释学与人性关系的一句箴言："你告诉我如何理解翻译，我就知道你是怎样的一个人。"即，你是怎么样的思想背景，你背后的那个人就会显露出来。就如同孔子说："己所不欲，勿施于人"——这个人到底指

---

① 杨恒达，《"以人为本"如何翻译好?》，《东方翻译》，2009 年第 1 期，第 82 页。

谁呢？"三人行必有我师焉"，其中的人有女性吗——显然这是一个现代西方式女权主义的提问！

在杨恒达细致的解构区分中，这个习语的翻译，涉及思维的各种策略、路线与方针，尤其是这个习语还指向政治的重大决策！但是，也可能出现重大的错置，即看似以人为本，但因为对于何谓人性、何谓根本并没有准确的理解，所以其实在做着全然不相干的事情，但却一直都打着这个伟大的旗号。语际翻译的内在差异的区分与实践理解，对于政治思维无疑是最好的"解毒剂"。

"民"，之为 the people，在英文中，针对不同的对象会有所不同，虽然是泛指，但加上冠词，针对官员则是民众，针对贵族则是平民。尽管林肯说政府来自人民、为了人民，但这个人民，到底是官员还是民众呢？当然林肯指的是普遍的民众，不是某一类人。但人与人必然有着差异，如何既凸显普遍性，又体现差异独特性呢？显然求同存异的前提是必须理解何谓"本"。

如果是 the people 这个用冠词的普通名称所指的人性，那是普遍性的指向。如果仅仅是 people first，则有所限定了，不同时代选择会不同。如果肯定个体的首要性，就不是 people，而是 person 之个体化的人。一旦说people，它总是指向多数人，是民众，或现代性所言的大众主体，乃至于福柯所分析的民众，或者社会学批判的乌合之众。如果"以人为本"翻译作 man first 呢，这个 man 又主要指向男性了，那女性会不同意！

杨恒达老师追溯了中国历史上"以人为本"的基本观念史，从注重民生的《管子》开始，这是霸王政治所兴起的治国之本！孟子当然有着更为明确的"民为贵"的发挥，而中国传统历来就有着民本位与官本位的区分，这是所谓的中心（center）或基础（base）的差异。① 但无论以哪个为中心或基础，都会陷入到自我中心的地步，都会陷入偏

---

① 杨恒达，《"以人为本"如何翻译好?》，第83页。

颇。也许，这个区分就是中国社会的本体论差异，如何处理好二者的关系及其在现代性中如何转化，可能是中国政治最为核心的问题了！因为这是取消特权阶层的关键转换。如果对于"以人为本"没有现代性的理解，显然不可能走出传统的思维框架。

杨恒达认为，即便说官员是人民的公仆，也还是官本位的。因为人乃是普遍性的人性，是平等的，也就没有公仆之说，这就要把民众与人民的概念，向着现代性的人性转换。这就走向了 humanity 的翻译，从 people 到 humanity，无疑进行了关键的一步转换。因为人性的思考，一方面有着本质特性（nature），另一方面有着平等性。不同于之前"民众"的翻译总是会出现富人与穷人的等级制，在"人性"这个词中，就隐含着平等性与理性，乃至于自由，尤其启蒙以来更为明确。因此，"人性"这个词打开了普遍性的维度，摆脱了社会身份的等级制与文化身份，具有了现代性的平等性。

但杨恒达老师认为如此翻译还不够，那个"本"不应该是中心或基础，因为进入现代性的文明社会，并没有什么中心与基础，而应该以面对未来之改革开放的方向为主导！这就是杨恒达老师把"以人为本"的"本"翻译为 oriented 的原因。①

把"本"翻译为 oriented，无疑是一个了不起的翻译！以人为本，不再是以 first 之首要的领导为主，不是某种中心观、向心式（focus）或基础主义的理解，而是保持持久的"转向"，面对不确定的未来，保持"开放"的转向，时刻保持觉醒。此定向的转向，乃是充分认识到人性本质的非本质化、非同一性以及欲望的复杂性，如同尼采对于权力意志的洞察，因此，保持思想的敏感与转向，才是这个 oriented 最为重要的体现。

将"以人为本"翻译为 humanity-oriented 包含着多重的思想价值。当杨恒达老师就这个译法与西方学者对话时，后者认为它具有现代性的

---

① 杨恒达，《"以人为本"如何翻译好?》，第 83 页。

普遍价值，它既不是与基督教区分的文艺复兴以来的人道主义，也不是西方固有的人本主义，而是更具有普遍性的现代性的人性观，它包含了每一个人，并且让人性继续去展开自身的潜能与不同的方向。①

在笔者看来，值得继续思考的是，杨恒达选择 orient，其实体现了作为一个国际汉学思想者的内在多重联想的可能性。其一，orient 与"东方学"或"东方主义"（Orientalism）相关，具有转向东方的某种无意识。这也是为什么杨恒达与中国人民大学文学院比较文学与世界文学的同行做了大量的国际汉学工作的原因。其二，orient 来自德国哲学的伟大传统：从康德的思想中"定方位"，至尼采颠覆价值之后的重新"定向"，直到雅斯贝尔斯存在主义的"世界定向"。对于熟悉德国思想的杨老师而言，以"定向"来翻译 oriented，也是德语思维的反向作用与激发。其三，这与杨老师这一代人对西方文化保持开放的精神态度相关。当他们面对现代世界的不确定性时，没有祖宗既有之法可以依靠，一切都在面对人性的复杂性中寻找可能的方向。这是笔者今后试图发挥的"方位学"，面对全球化的"球体学"（如同斯洛特戴克的三大卷著作），我们需要另一种的"方位学"吧！

面对人性的复杂性与世界的混杂性，中国"以人为本"的思想，需要重新给自己定方位，这也是给世界重新定方位。这个哲学任务还远远没有完成，或者说才刚刚开始。

三、核心词的文化无意识发现

我们可以继续跟随杨恒达老师思考其他几个词，尤其是"心"与"情"。

就"心"这个词而言，可以翻译为：heart, core, center 以及相关

---

① 杨恒达，《"以人为本"如何翻译好?》，第 84 页。

的 mind，mental，think 与 miss 等等。杨先生敏感地指出，与心绪或情绪相关的行为，用 heart 比较合适；而与心思相关的词汇，用 mind 比较好。但是，在西方文化中如此的区分也不总是合适，愉快的心情也用 mind，这是为了突出心情的感知。①

而一旦进入中国文化，情况似乎更为复杂。"心"，在中国，就过于包罗万象了，从感觉到心情，到心理活动，到心态，到心知与心智，再到心灵与心念，几乎包含了整个思想活动。这也是为什么中国哲学有"心本论"，儒家王阳明的心学为最后的集大成。稍后我们讨论"情"时也是如此。一旦心与情相关，比如所谓宋明理学的"心统性情"，或者生命的本质乃是李泽厚先生所言的"情本论"，心即情，情即心，正如尼采的"知识就是意志，意志就是意欲"，那么，如何翻译这两个词，就愈发困难了。

我们且看杨老师是如何处理的。他细微地区分了"心"，不用笼统的偷懒方式，或大而化之的中国思维。他区分不同的心之性：到底是与感觉有关，还是与心机的算计相关；到底是情欲，还是心力。尤其是对于"心有余力"的细微处理以及对于"良心"的翻译，还有日常语言中的"心腹"等等，他给出了非常明确的区分。②

如此的剖析，可以让中国人的思维得到极好的训练。中国人对人性的复杂性有着深切的体会，但并没有自觉反思的表达。英文翻译的重要性及其教育学价值在于，外语词汇翻译的困难与差异，可以让我们中国人对于自身的习语表达有着内在的感触，因为心感的现象学就是对此人性细微经验的区分！当然，中国人与西方人交流时，如何表达自己的心情而不陷入词不达意的错误，甚至对于国家政治的表达都无疑是非常关键的事情。

那么，"情"如何翻译呢？比如"情面难却"这个成语中，"情"

---

① 杨恒达，《"心"字如何翻译?》，《东方翻译》，2010 年第 1 期，第 72 页。
② 杨恒达，《"心"字如何翻译?》，第 73 页。

一般都译为 friendship（友谊），但这显然无法传达出中国文化的复杂性
以及兼具混杂与深度的情感体验。这也涉及"情"在中国文化的地位，
还有情爱与爱情的差异，杨恒达老师尤其思考了"情理"的独特性与
重要性。

杨恒达同意西方学者所认为的中国文化中感情先于理性的观点，但
也认识到中国文化并不缺乏情理，以及实用理性的逻辑。因此，如此的
情理，就不能翻译为 emotion，而应该翻译为 emotional intelligence。杨恒
达老师卓越地区分开了英文中"情"的各种可能表达，认为虽然英文
的表达非常丰富，但中国文化中与"情"相关的词汇，在外延上比西
方更丰富。

这就是汉语的"情"，不仅仅是情感与情欲，还有感发（affec-
tion）、情境（situation）、情势（trend of events）、情态（disposition）的
意义。正是在这里，杨老师再次回到了他自己的"真实观"：真情或实
情的思考，是主观认识与客观现实的一致，有着对于情势或事态、时间
与空间的深入感知。因此，在翻译的时候，要有着严格的区分，"情"
甚至就翻译为 truth，而不仅仅译为 feeling 与 emotion，此即真实的情感：
true feelings 以及 real sentiments。①

最后，杨恒达老师严格区分了"情"与"爱"，并且提醒我们，不
要夸大中国人"情"大于"法"的文化前见，② 如同邓晓芒教授很多
年来一直在"情"与"爱"的差异中所批判的那些似是而非的中国观，
这恰好是要通过对"情"，还有"心"的翻译，在跨语际交流与翻译实
践中，让中国人对于自身生命情感的表达有所反省。

这也是他与尼采达到的共鸣：

　　尼采将形而上学的局限性归结为人的局限性，从某种意义上

---

① 杨恒达，《"情"字如何翻译?》，《东方翻译》，2010 年第 2 期，第 89 页。
② 杨恒达，《"情"字如何翻译?》，第 89 页。

讲，也是要引起人们对文化问题的关注。人通过文化而掩盖了人自己的局限性，将弱点美化为优点。人的生命和活动范围、感觉器官、大脑皮层的有限，决定了人类的认识能力无法穷尽无限丰富的世界。由于在封闭环境下形成的文化心态，人们往往会把自己的一孔之见当成对整体事物的全面看法，从而养成从单一视角以偏概全地看问题的习惯，最终把自己当成了世界的尺度，无限拔高了自己。最可怕的是把对世界、对事物的肤浅、片面、有限、不求甚解的认识当成了"真理"，以不可质疑的权威强加于人。中外历史上由此而引起的冲突、迫害、杀戮、战争还嫌少吗？曾几何时，"人定胜天"的口号在中国激动了多少人的心弦，甚至大腕科学家都为之呐喊，为之论证，但结果如何呢？[1]

因此，读到杨恒达老师对这些文化核心词的翻译和阐释，我更愿意相信，这是一个长期深入阅读与翻译尼采的卓越思想者，对于生命感受与中国人性的深刻洞察！

尽管杨恒达老师翻译《尼采全集》的工作不可能完成了，但一旦我们了解他对于核心词翻译的深切体会与细致分析，就会发现他的尼采翻译必然与其他人有所不同，在很多细节上，他的翻译体现了他对于语文学的"较真"，以及个体生命经验的"真实"！

而这一切都来自杨恒达老师在自己的翻译实践中，在对东西方文化之人性的洞察中所体会到的智慧，这也是我们可以继续为之的未竟之志业！

作者简介：

夏可君，中国人民大学文学院教授、博士生导师。主要研究方向为比较哲学。

----

[1] 杨恒达，《序言》，见《尼采全集》（第3卷），第4—5页。

杨恒达先生小传

褚丽娟

内容摘要 杨恒达先生是一位成长于共和国的知识分子，是促进中西文学和文化交流的桥梁人物。他一生致力于汇通中西方的比较研究，通过文学、哲学和伦理学等翻译实践与学术研究，形成了一套打通古今中西的独特的翻译哲学观。先生四十余年的学术研究，不仅与中国比较文学学科的发展共振，亦对中国如何走向现代有深入反思。本文追忆先生的学术人生，并思考一位知识分子如何突破学科壁垒，在跨学科的研究与实践中回应历史与社会提出的大问题。

┃关键词 杨恒达 比较文学与比较文化 翻译哲学 中西文化

A Brief Biography of Mr. Yang Hengda

Chu Lijuan

Abstract：Mr. Yang Hengda, an intellectual who grew up in the People's Republic of China, is like a bridge to promote the exchange of Chinese and

Western literature and culture. He devoted his life to the comparative study of China and the West. Through the translation practice and academic research of literature, philosophy and ethics, he formed a unique set of translation philosophy that links the ancient world and contemporary, as well as China and the West. His more than 40 years of academic research not only resonates with the development of Chinese comparative literature, but also reflects deeply on how China is moving towards modernity. This article recalls his academic life and describes how an intellectual broke through disciplinary barriers and responded to the big questions raised by history and society in interdisciplinary research and practice.

Key words：Yang Hengda；comparative literature and comparative culture；translation philosophy；Chinese and Western culture

杨恒达，中国人民大学教授、博士生导师，著名翻译家，中国人民大学文学院学术委员，中国人民大学外国文学教研室主任，华人文化研究所所长。他深耕于东西方文化理论的比较研究，尤其是在国外汉学的研究、东西方伦理学的比较研究以及尼采哲学与翻译方面有专长，精通英语和德语，掌握法语。曾在美国陶森州立大学（Towson State University）、美国波士顿麻省大学（University of Massachusetts）哲学系任客座教授。

图1 杨恒达先生

　　杨恒达 1948 年 11 月 19 日出生于上海，祖籍江苏省无锡市。祖父杨光泽为知名中医，后被聘为上海中医文献馆馆员，外祖父丁云亭乃中国近代历史上最早的职业图书经理人，后创办尚古山房（1952 年后被并入上海古籍书店）。父亲自上海商科大学毕业后在租界和洋行从事财务工作，思想开明，对他产生深刻影响。杨恒达 1952 年进入上海市徐汇区永嘉路第二小学学习，1962 年升入上海市第五十一中学，1965 年进入上海市淮海中学学习，次年因"文革"中断学业停课在家，自学高中课程。

　　1970 年，杨恒达赴湖北潜江燃化部五七干校插队务农，次年辗转甘肃省庆阳县，在长庆油田工程团当石油工人，挖山筑路。在长庆油田的六年时间里，他在艰苦环境中坚持自学大学人文学科课程和英语、德语、法语。他当时自学的境况是"白日出工，自饮深山雨雪土窖水；夜里学习，挑起窑洞土炕煤油灯"，最初两三年，手上的外语学习材料只有一本牛津大辞典，他就是靠着磨破辞典、背熟单词的韧性，夯实了英语基础。1974 年，杨恒达转入长庆油田子弟学校担任中学英语老师。1976 年调任徐州华东输油管理局子弟中学，担任英语教师。1977 年，他与中国石油勘探开发科学研究院职工职茉莉结婚。

　　1979 年，杨恒达考入中国人民大学中文系，师从赵澧先生（1919—1995）攻读硕士研究生学位。1982 年获得硕士学位，同年留校任教，担任比较文学专业的助教，1984 年起担任讲师，从此任教于中国人民大学直至退休。

　　1985 年，杨恒达留学德国波恩大学，学习比较文学与德国文学，两年后回国。在此期间，他开始研究卡夫卡，并完成《卡夫卡传》初稿。这部书稿经过七年的打磨，1992 年终于在台湾出版繁体版（台湾业强出版社），两年后推出简体版，书名更名为《城堡里的迷茫求索：卡夫卡传》（世界图书出版公司）。1999 年，他将自己回国后十多年的新发现加入其中，推出新版本《卡夫卡》（四川人民出版社）。也是在 1999 年，他与陈戎女、范方俊编著的《变形的城堡——卡夫卡作品导读》由上海世界图书出版公司出版。在杨恒达早期学术生涯中，卡夫卡研究是一个至关重要的领域，吸引他的不光是卡夫卡的作品，还有卡夫卡本人的生命经验与人生轨迹。平凡与伟大、繁华与孤独的巨大冲突汇集于卡夫卡一身，让杨恒达以及经历"文革"之后、八九十年代的那代人与这位奥匈帝国的犹太作家产生强烈的情感与思想共鸣。1999年的再版序言中，他写道："卡夫卡为我们提供了一个窥视现代人心灵的窗口……现代人爱读卡夫卡的作品，恐怕不仅是从中看到了自己的生存状态，而且也感受到一种超越悖论的力量。"① 杨恒达在学术生涯的发轫期即带着强烈的时代意识和对社会现实的观察，这构成了他之后学术事业的底色。

1988年，杨恒达翻译卢卡奇（György Lukács）的著作《小说理论》（*Die Theorie des Romans*），由台湾五南图书出版公司出版。同年，他与黄晋凯、张秉真合编西方文学理论著作《象征主义·意象派》，全面收录了两个流派最有代表性的理论著作和文学作品。次年，该作由中国人民大学出版社出版。

1990年，杨恒达升任中国人民大学中文系世界文学专业副教授。同年，他的《企业的良心：论规范功能与职业道德》由辽宁大学出版社出版，自此他开启了对伦理学的研究。他不断深入思考社会发展进程，他的学术焦点不光集中在从文学反思人性，经济活动中的群体性的伦理准则也成为他后来关注的重点。

1991年，杨恒达翻译了韦勒克（René Wellek）《现代文学批评史：1750—1950》（*A History of Modern Criticism* 1750—1950）第5卷，由中国人民大学出版社出版。同年，他因杰出的教学工作获得北京市优秀教师称号。

1992年，杨恒达赴美国马里兰州的陶森州立大学现代语言系任客

---

① 杨恒达，《卡夫卡》，成都：四川人民出版社，1999，第4-5页。

座教授，讲授中国语言与中国文化，同时在该校举办了关于美国文学在中国、中国哲学以及中国商业伦理三个不同主题的公开演讲。赴美访学期间，他受到卡莱尔市（Carlisle）美国文理学院狄金森学院（Dickinson College）邀请，就中国经典美学和中国传统文化发表演讲。同年，他的专著《尼采美学思想》由中国人民大学出版社出版，并获得冯至德语文学研究二等奖，1997 年该书荣获北京哲学社会科学中青年学者研究成果奖，这部高水平的学术专著是 20 世纪 90 年代杨恒达先生的学术代表作。

1995 年，杨恒达加入中国作家协会。他翻译了亨利·米勒（Henry Miller）的《南回归线》（*Tropic of Capricorn*）和《黑色的春天》（*Black Spring*），1995 年由时代文艺出版社初版，2004 年中国人民大学出版社再版，2014 年译林出版社推出第三版。同年，他翻译法默尔（Steven Farmer）、安东尼（Juliette Anthony）的《活出欢喜的心》（*Healing Words*），中文版在台湾问世（由台湾业强出版社出版），这本原版出版于 1992 年的心理学著作，副标题是"心理治疗的言语"（affirmations for adult children of abusive parents），讨论的是如何用语言进行心理治疗，转变认知。从心理学角度关注语言的功能，与他后来形成的翻译哲学之间存在着某些内在的联系。

1996 年，杨恒达晋升为中国人民大学中文系世界文学专业教授。同年，他带领学生郝燕、吴晓妮和秦启越翻译的美国畅销书作家帕蒂·斯莉姆（Patty Sleem）的《再见钟情》（*Second Time Around*）由文化艺术出版社出版。自此他将翻译与教学结合，通过带领学生与后辈翻译文学作品，提升他们的外语水平。之后杨恒达一系列的合作译著，均是在这种背景下诞生的：1998 年与秦启越合译英国作家阿加莎·克里斯蒂（Agatha Christie）的《葬礼之后》（*After the Funeral*，贵州人民出版社）；2000 年，河北少年儿童出版社出版了他领衔翻译的三部儿童文学译作，其中美国儿童文学作家门得特·德琼（Meindert DeJong）的《六十个老爸的房子》（*The House of Sixty Fathers*）是他独译，以色列儿童文学作家尤里·奥莱夫（Uri Orlev）的《从另一边来的人》（*The Man From The Other Side*）是与杨帆合译，《巴勒斯坦王后莉迪娅》（*Lydia Queen of Palestine*）是与李嵘合译。也是在 2000 年，他带领樊红、袁媛合译亨利·米勒《我一生中的书》（*The Books in My Life*），由中国人民大学出版社出版。2001 年，他与陶明天合译英国科幻作家布莱恩·拉姆利（Brian Lumley）的《召亡人》（*Necroscope*，花山文艺出版社）。2002 年，他与李嵘合译美国儿童文学作家门得特·德琼《学校屋顶上的轮子》（*The Wheel on the School*，河北少年儿童出版社）。2008 年，他与杨婷合译的 D. H. 劳伦斯（David Herbert Lawrence）《查泰莱夫人的情人》（*Lady Chatterley's Lover*）由北京燕山出版社初版，2014 年上海三联书店再版，这部作品是他最后一次与学生合译文学作品。随着杨恒达晚年研究兴趣的转向，他已很少翻译文学作品，但这种以翻译培养学生的模式被延续下来。2010 年，北京大学出版社推出的"培文书系"中的《世界文明的源泉》（*Sources of World Civilization*），由马婷、王维民、陈昱、喻琴、朱海棠、王慕尧等硕博生初译，他统筹、审校，最后把关以确保译著的质量，便是这一培养思路的延续。

1998 年，杨恒达开始担任美国 Consortium Universities 驻北京文化教育项目北京中国学中心高级学术顾问（The Beijing Center of Chinese Studies of the Study Abroad Programs of the U. S. Consortium Universities），在之后的二十多年直至去世前，他一直给该项目的美国大学生用英文教授中国哲学、中国伦理的课程，积极而切实地推动中美之间的文化对话。他翻译了在中国方兴未艾的后现代主义哲学家德里达（Jacques Derrida）的著作《立场》（*Positions*），由台湾桂冠图书股份有限公司出版，他也将目光更多地投入后现代主义思潮当中，2002 年由高等教育出版社推出的《从现代主义到后现代主义》，他是主编之一。同年，他编译《司各特精选集》，由山东文艺出版社出版。针对图书市场上的翻译乱象，他发表了论文《翻译是一项伟大的工程》，从解读任晓晋等译《海明威》出发，提出一名译者做好翻译应该具备的几种条件。①

1999 年，杨恒达与陆贵山合作申请的国家社科基金重点项目"人论与文学"立项，同名著作于次年由中国人民大学出版社出版。他的另一部人物传记《海明威》由长春出版社出版。除了卡夫卡，美国作家海明威是他作传的第一位作家，他将海明威定义为"创造'硬汉'的'上帝'"，并且将其作为传记的副标题，描写了海明威波澜壮阔的一生。

2000 年，杨恒达的译著《尼采散文》由浙江文艺出版社出版，该译作一经问世，即获大卖，次年再版。这是他从尼采研究走向尼采著作翻译的关键时刻。在此后的人生中，他耗费大量心血翻译尼采著作。同年，他翻译的美国作家卡尔·伯恩斯坦（Carl Bernstein）和鲍勃·伍德沃德（Bob Woodward）合著的《总统班底》（*All The President's Men*）由工人出版社初版，这部政治小说在 2004 年由广东经济出版社再版，2019 年由上海译文出版社出版第三版。这一年，就中西文化的比较与翻译理论，杨恒达分别发表《对基督教伦理和儒家伦理的比较研究的方法论反思》② 和《作为交往行为的翻译》③ 进行讨论，发表英文论文《八十年代以来中国小说中的西方形象》④ 探讨 20 世纪 80 年代以来的中国小说中的西方形象。

2001 年，杨恒达担任北京大学出版社"未名译库"经济伦理学译丛《经济伦理学》《国际经济伦理学》《金融伦理学》《环境伦理学》

---

① 杨恒达，《翻译是一项伟大的工程》，《中国翻译》，1998 年第 3 期。
② 杨恒达，《对基督教伦理和儒家伦理的比较研究的方法论反思》，见许志伟、赵敦华主编，《冲突与互补：基督教哲学在中国》，北京：社会科学文献出版社，2000。
③ 杨恒达，《作为交往行为的翻译》，见谢天振主编，《翻译的理论建构与文化透视》，上海：上海外语教育出版社，2000。
④ Yang Hengda, "Images of Westerners in the Chinese Novel since the 1980s", Meng Hua & Sukehiro Mirakawa（eds.），*Images of Westerners in Chinese and Japanese Literature*，Amsterdam-Atlanta, GA：Rodopi，2000.

等书的编委会主任，与罗世范（Stephan Rothlin）合写《"经济伦理学译丛"导言》。他也在《比较文学教材中的学科定义问题》这篇论文中，对比较文学教材方面出现的问题进行了学科上的探讨。①

2002 年，杨恒达的专著《诗意的叛逆》由中国大百科全书出版社出版，主要探讨了文艺规律与美学问题，也对海明威、茨威格、卡夫卡、庞德等做了文学分析，最后对翻译进行了理论探讨。他半生徜徉于西方文学和西方哲学中，该书是他对自己近二十年学术研究的总结，论题广泛涉及文学本体论的理论思考、批评实践、翻译实践与翻译哲学。他将自己最重要的文章汇集成书，以"诗意的叛逆"描述最令他着迷的现代精神。

2003 年，杨恒达担任学术刊物《问题》第二主编。同年，他从教学问题出发，发表论文《我国外国文学研究中的问题意识》探讨外国文学研究中如何建立问题意识，鼓励进行个性化探索。②

2004 年，杨恒达发表论文《尼采与后现代性》，③ 翻译的尼采著作《人性的，太人性的》由中国人民大学出版社出版。同年，他翻译美国经济伦理学家帕特利霞·威尔汉（Patricia H. Werhane）、塔拉·拉丁（Tara J. Radin）和诺曼·博威（Norman E. Bowie）三人合作的著作《就业与员工权利》，由北京大学出版社出版。这一年，他还发表论文《王佐良与比较文学》，④ 指出王佐良对我国比较文学的贡献主要体现在比较文学与世界文学观念上的两种新倾向。

2006 年，杨恒达在《中国比较文学》第 1 期的专栏"比较文学教学与学科理论建设"中发表《一个学科的"死"与生》，指出比较文学

---

① 杨恒达，《比较文学教材中的学科定义问题》，《中国比较文学》，2001 年第 2 期。

② 杨恒达，《我国外国文学研究中的问题意识》，《外国文学研究》，2003 年第 3 期。

③ 杨恒达，《尼采与后现代性》，《外国文学》，2004 年第 6 期。

④ 杨恒达，《王佐良与比较文学》，《中国比较文学》，2004 年第 3 期。

是一种文学学科内的文化研究，一定程度上也是翻译研究，从学科角度旗帜鲜明地主张比较文学、文化研究与翻译研究的融合。

2007 年，译林出版社出版了杨恒达的译著：尼采的《悲剧的诞生》和《查拉图斯特拉如是说》。前者在 2009 年、2010 年再版，后者在 2009 年、2019 年再版。也是在 2007 年，他应《博览群书》之邀，在第 5 期发表题为《传统汉学在中西交流中的当代意义》的特稿。作为发起人之一，他推动中国人民大学成功举办首届世界汉学大会。

2008 年，他发表文章《中国古代政府的廉政建设》，① 从为官准则和廉政制度建设两个层面讨论如何"防腐"的政治伦理。在人大工作的近三十年间，他担任外国文学教研室主任、华人文化研究所所长等职务，一直关注海外华人群体的创作与生活、文化与困境，曾经承担国务院侨办的项目"20 世纪海外华人文化的格局、流变与现状"。

2009 年，杨恒达赴美国波士顿麻省大学访学，在该校哲学系任教。在此期间，他先后在美国惠顿学院（Wheaton College）和美国宾州西彻斯特大学（West Chester University）发表演讲。从 2009 年到 2011 年，他在《东方翻译》上连续发表了探讨翻译的系列文章，比如《Truth 怎么译："真实"还是"真理"?》等，充分展示了他游刃于古今中外文化之间的从容，以及对翻译的真知灼见。

2010 年，杨恒达从中国人民大学文学院荣休。退休后的他"退而不休"，一方面肩负起 22 卷本《尼采全集》学术翻译的重担，另一方面积极组织参与和中华文化、中外文化交流、伦理对话等相关的学术活动。自 2010 年起，他开始参加中华炎黄文化研究会（以下简称"炎黄"）工作，成为理事和学术委员会委员，参与了"中华文化世界论坛"的组织工作，出席在澳大利亚墨尔本举行的第七届"文明对话与中华文化精神"会议（2012 年），出席在奥地利维也纳举办的第八届"中

---

① 杨恒达、刘颖，《中国古代政府的廉政建设》，《理论视野》，2008 年 11 期。

欧文化交流的过去与未来"会议（2014年）。

2011年，杨恒达组织推动由中国人民大学出版社出版的22卷本《尼采全集》翻译项目，该项目亦被列入中国人民大学"'985工程'人文经典翻译项目"，他邀请杨俊杰、陈晖、赵蕾莲三位学者加入翻译团队。首先推出的是《尼采全集》第2卷和第4卷，均为他本人独译，之后推出第1卷和第3卷，第1卷中《1870—1873年遗稿》是他与赵蕾莲合译，第3卷中《朝霞》《墨西拿的田园诗》和《快乐的知识》是他与杨俊杰合译，其余部分均为他独译。到先生去世时已出版的四卷书稿中，可以说百分之九十以上的工作由他亲力亲为。《尼采全集》虽然未毕全功，但仍在尼采汉译史上留下了浓重的一笔。2018年，他翻译的埃利希·海勒（Erich Heller）的文集《尼采，自由精灵的导师》（*The Importance of Nietzsche*）由漓江出版社出版。海勒是西方著名的尼采哲学研究者，先生选择翻译这本书，可能是因为从尼采到海勒所表达出的批判精神以及回应时代问题的勇气，而这正是纠缠他一生的"尼采情结"的根源。

2013年，他担任《外国文学简编（欧美部分）》的副主编，该书由中国人民大学出版社出版。

图2　杨恒达部分著作、译著书影

    2015 年，杨恒达在"炎黄"的框架下创立了二级分会——伦理专业委员会，并担任首届执行会长，他以此为平台，推动学界和商界展开中西之间的伦理对话，这是他余生的一项重要志业。一年后，他在北京组织和主持了中华炎黄文化研究会伦理专业委员会与考克斯圆桌组织（Caux Round Table，以下简称 CRT）联合举办的"中华传统文化的精神"学术研讨会，并在同年赴广东珠海出席第九届"生态文明视野下的多元文化对话与社会发展"会议。两年后，伦理专业委员会与 CRT 合作举行了一系列活动：3 月在京都，与京都产业大学世界问题研究所合办"企业的社会责任与亚洲思想：与中国知识界的对话"（日本京都）；8 月在北京，与北京外国语大学全球史研究院合办"《墨学：中国与世界》（第一辑）新书发布会暨全球史观下墨学国际学术研讨会"和"全球化的《易经》"工作坊。此后，伦理专业委员会与京都产业大学世界问题研究所建立合作关系，2018 年 9 月联合北外历史学院概念史研究中心联合举办"来自日本的'世界'思想"工作坊。在上述不同场合，杨恒达的主旨发言基本围绕中国传统思想，尤其是儒家、墨家中的普遍伦理与世界思想对话，寻求解决当下经济危机的东亚思想资源。可以说，他始终以推动中国与日本、东南亚以及欧洲和北美的商业组织、学术组织建立对话机制，作为文化交流活动宗旨。

    也是在 2015 年，杨恒达翻译的意大利思想家基阿尼·瓦蒂莫（Gianni Vattimo）的《现代性的终结》（*End of Modernity*）由河南大学出版社出版。2016 年，他从翻译史角度发表文章《他们把堂吉诃德请到中国来》，[1] 纪念塞万提斯逝世 400 周年。

    2023 年 7 月 12 日，杨先生因病去逝。

    杨恒达毕生躬耕于中西文学与文化的比较研究，他在文学、哲学、伦理学等不同领域的翻译实践和学术研究，提出了一套兼顾中西文化的

----

①   杨恒达，《他们把堂吉诃德请到中国来》，《博览群书》，2016 年第 10 期。

翻译哲学。他是一位成长于共和国的知识分子，是促进中西文学与文化交流的桥梁人物。他从文学研究、翻译实践到东西方伦理学的比较研究乃至对商业伦理的关注，无一不是对 20 世纪以来中国文化思潮与西方文化之相遇后所经历的跨语际跨文化交往的回应，无一不是对中国现代道路的挫折与坎坷的思考，对人性的深入洞察，以及对当下中国社会人际关系、企业与社会关系的应然模式的理论反思。他不仅为后辈学者的研究提供了融汇诸多学科的方法论指引，更显示了一位知识分子肩负历史之重责，以跨学科研究的宏大视野直面历史与社会提出的大问题的担当。先生已逝，但文泽流长，精神长存。

作者简介：

褚丽娟，北京外国语大学全球史研究院/历史学院副教授。通信地址：北京市海淀区西三环北路 19 号北外西院国内大厦 4-210 室；邮编：100089。

古典学研究

索福克勒斯《菲罗克忒忒斯》中的后果与性情[*]

玛莎·纳斯鲍姆　著　陈驰　译

内容摘要　本文是纳斯鲍姆论证悲剧与哲学之关系的一篇重要且极具启发性的论文。纳斯鲍姆认为，阿德金斯的词汇学方法和审美疏离论皆非对待希腊悲剧的恰当路径。唯有尼采正确指出，作为一种主动认知活动的"悲剧体验"不仅能满足我们对学习的爱欲，更能帮助我们认识世界以及我们自己。于是，悲剧也同发展完善的哲学示例一样，有助于测试我们普遍伦理理论的有用性。基于此，纳斯鲍姆以包含着一个连贯道德冲突的《菲罗克忒忒斯》为例，通过细致疏解剧中三个主要

----

* 本文也将以略微不同的形式刊于戈登（Richard Gordon）编、剑桥大学出版社出版的《悲剧时刻：希腊悲剧论集》（*The Tragic Moment：Essays in Athenian Tragedy*）中。这部新论集将阐明许多对希腊悲剧的不同批评路径，并强调文学评论与目前的古代史、哲学和人类学研究的联系。我也要感谢卡维尔（Stanley Cavell）、戈登、劳埃德·琼斯（Hugh Lloyd-Jones）、普特南（Hilary Putnam）、弗拉斯托斯（Vlastos）和威廉斯（Bernard Williams）对本文的早期文稿提出的诸多极为有益的评论。

本文原载于 *Philosophy and Literature*，Vol. 1，No. 1，Fall 1976，pp. 25–53。原文页码文中用方括号注明。凡是没有标明为译注的，均为纳斯鲍姆原注。——译注

人物的道德观及其缺陷与后果，表明索福克勒斯其实暗示了贵族式伦理标准才是正义最有希望的来源。而纳斯鲍姆也由此进一步指明了阿德金斯所持的竞争性与合作性道德系统截然对立的看法存在谬误。

| 关键词 古希腊悲剧 悲剧与哲学 索福克勒斯 《菲罗克忒忒斯》

Consequences and Character in Sophocles' *Philoctetes*

Martha Nussbaum

Abstract：This article is an important and highly illuminating paper by Martha Nussbaum to argue the relationship between tragedy and philosophy. Nussbaum argues that neither A. W. H. Adkins' lexical method nor the aesthetic-detachment theory is the appropriate approach to Greek tragedy. Only Nietzsche rightly points out that "tragic experience" is an active cognitive activity that not only satisfies our love of learning, but also helps us to understand the world and ourselves. Thus, Greek tragedies are also helpful to test the usefulness of our general ethical theory as a well-developed philosophical example. With this in mind, Nussbaum takes the example of *Philoctetes*, which contains a coherent moral conflict, and by carefully unpacking the moral views of the play's three main characters and their flaws and consequences, she argues that Sophocles actually implies that aristocratic ethical standards are the most promising source for justice. Nussbaum thus identifies the fallacy in Adkins' belief that competitive and cooperative moral systems are warring.

Key words：ancient Greek tragedy; tragedy and philosophy; Sophocles, *Philoctetes*

[25] 希腊悲剧为我们提供了有关前柏拉图式（pre-Platonic）伦理思想的重要信息。我们大部分人都会同意这一说法。但细察之下，所谓的同意是肤浅的。因为对许多评论者而言，这个说法并不意味着悲剧本身就是伦理反思的重要组成部分，反而恰恰因为它们不是，所以才揭示出一些柏拉图和亚里士多德作品中"用哲思覆盖"的文化预设，并让我们得以洞察那个时代的一些流行观点。阿德金斯（A. W. H. Adkins）在其研究中就是这么说的，而且他对这些问题的解释仍广为流行，影响很大。① 阿德金斯认为，哲人接近悲剧家的最佳方式是研究他们对一些关键伦理语词的用法，而不去过多关注剧作的行动或人物，以此证明当代社会也能使用这些语词。细致研究这些伦理语词，对分析这些悲剧固然重要；但倘若在推进研究之际疏忽大意，没有将戏剧作为一个整体去解释，其实不太可能增进我们对某位悲剧作家道德观的理解。② 在这点上，古代评论家们的意见帮不了我们。阿里斯托芬（Aristophanes）批评"欧里庇得斯的道德"，他没有考虑是谁说出了所谓不道德的诗行，也没有考虑结果如何。同样，亚里士多德有时也在区分悲剧作家的观点（或某部悲剧暗示出的观点）与悲剧中一些人物所表达的观点时失之粗疏。

当然，像阿德金斯这样的评论家并未明确宣称自己已经得出了索福克勒斯（或某部索福克勒斯悲剧）对某些伦理问题的观点。他们说的是索福克勒斯剧作中体现出的流行观点。尽管如此，他们的研究仍预设了一些关于索福克勒斯的看法：他并未建设性地参与当时的伦理论争并形成观点，他对道德问题也没有任何原创说法。他是民众的代言人（*vox populi*），他很成功，因而成为公众意见的风向标。而阿德金斯为了这一预设采用的词汇学（lexical）方法 [26] 也确实让他无法发现索福

---

① A. W. H. Adkins, *Merit and Responsibility*, Oxford: Clarendon Press, 1960, p. 9.

② 我通常指的是我们在某部悲剧中发现的道德观；为避免尴尬，我使用这一替代表达形式，仅此而已，别无他意。

克勒斯剧作到底说了什么，所说的又是何等有趣。① 我们都知道莎士比亚的戏剧在演出时面对的是一群不守规矩、漫不经心且普遍缺乏理智的观众，并且获得了认同。但我们大部分人都会反对如下看法，即对《李尔王》（King Lear）的研究能够改造这些观众的平庸道德（尤其是研究《李尔王》个别诗行中对"善［good］"和相关语词的运用），而这是哲人对《李尔王》感兴趣的唯一原因。阿德金斯以为，希腊悲剧作家与莎士比亚不同，他们是"原始的"（primitive），或许他这一未经审察的假设正是其目标和方法受到广泛认可的原因。就我所知，驳斥这一偏见的最佳路径是，表明希腊悲剧表达的是一些非凡而远非原始之物。这便是本文希望处理的问题。若某位剧作家的确仅仅试图反映其观众的平庸思想，那么他实际上就只具有古玩收集者的趣味。倘若尼采将平庸的目标归于欧里庇得斯是正确的（但我认为他不是），那么他问的问题——"是什么对观众的奇怪考虑使他［译按：指欧里庇得斯］背弃他们？"② ——以及将欧里庇得斯从伟大艺术家行列中剔除也就同样合理了。一位仅会"复制"（假设存在这种事情）的作家在他似乎意在奉承的观众之处表现了对他们的轻蔑。伟大的戏剧艺术满足了我们对学习

---

① 更困难的是，阿德金斯在研究时发现的任何观点，悉以他对康德的道德责任概念相当不明确的阐述以及其未经辩护的预设为据加以分析，即"我们现在都是康德主义者"（A. W. H. Adkins, *Merit and Responsibility*, p. 2）。因此他拒绝承认希腊悲剧可能会对康德提出一些良性的反驳，以及可能会更加充分地阐明我辈的某些道德直觉。他甚至也没有明确告诉我们他如何理解康德，或他何以认为康德的道德哲学要优于希腊人的道德哲学。这使得他对希腊思想的分析晦涩，并出现了曲解。关于对阿德金斯方法的有用的批评，读者可参考 R. Robinson, "Review of *Merit and Responsibility. A Study in Greek Values*, by Arthur W. H. Adkins", *Philosophy* 37, 1962, pp. 277–279; H. Lloyd-Jones, *The Justice of Zeus*, Berkeley: University of California Press, 1971, esp., ch. I; 以及 A. A. Long, "Morals and Values in Homer", *Journal of Hellenic Studies* 90, 1970, pp. 121–139。

② Friedrich Nietzsche, *The Birth of Tragedy*, trans. Walter Kaufmann, New York: Vintage Books, 1967, p. 11.

的爱欲；它能克服偏见与先入为主，还能教我们用一种全新的方式观看这个世界和我们自己。毕加索曾告诉其看官："倘若他们来这儿是为了发现相似……他们就看不懂这些画。"① 悲剧同样如此。我们不能像阿德金斯那样假设真正能看懂索福克勒斯某部剧作的观众只是为了发现他自己面孔的影像。我们也不希望只能通过在索福克勒斯的作品中寻找那些失去的面孔、姿势和行为方式来"看懂"他。

不过会有许多评论者，尽管在反对戏剧研究的词汇学路径（因为它忽略了剧作的结构和内在节奏）上与我们达成一致，但仍会攻击我们的做法，理由是文学艺术作品不能被恰当地视作道德反映的来源，也不能帮助我们勾勒美好生活的图景。倘若我们是在审美地观看一部戏剧，那么我们观看它既不是为了指导自己的行为，也非旨在了解这个世界以及我们在其中的身位。真正的审美体验与实践理性相去甚远，正如远离出自饮食的寻常快乐一样。对待索福克勒斯的恰当反应并非探索、询问，最终到行动，而是在其诗作的形式美中体会到一种独特的愉快。我们不应该将我们的哲学求知欲、道德困惑以及［27］向他者证明我们行动合理性的兴趣带到悲剧中去——而应只带入我们对形式、比例以及和谐的敏感性。哲学是一回事，艺术欣赏是另一回事；我们一定不能把它们混为一谈。

这种攻击可能有许多形式；而详细的回应——即使是针对悲剧这一特别情况——远远超出了本文的范围。② 但我坚持认为，无论是这种审美疏离论（aesthetic-detachment），还是将"悲剧效果"视为一种本质上被动的体验（它使观众在不使用其认知能力的情况下浸淫在某种"悲剧情感"中），都没有为我们提供充分的解释，即说明什么是对文

---

① Picasso in 1994, cited by André Malraux, "As Picasso said, why assume that to look is to see?", *New York Times Magazine*, November 2, 1975, p. 78.

② N. Goodman, *Language of Art*, Indianapolis：The Bobbs Merrill Co., 1968. 古德曼（Goodman）在该书第六章极富启发性地讨论了这些问题。

学作品的体验，或为什么人类身边应该有这类将其生活复杂化的作品。我认为，尼采远比康德、叔本华或享有盛名的亚里士多德更接近事实，他坚称"悲剧体验"是认知性的，而由于我们对学习的钟爱，它应该受到重视，总之，它是一种体验，凭此我们能认识世界以及我们自己。① 这并非意味着这些情感不是主动的；它们是学习进程和所学之物的内在因素。在"悲剧体验"中，我们学习关于我们自己以及我们本性的知识；而我们的学习方式是通过对我们眼前之物做出情感反应。通过观看我们如何以及被什么打动，我们学习我们之所是以及我们之所能是。但这种体验不单是一种情绪的洗礼，我们带给它的也不只是一系列准备好起刺激作用的原始情感（更不只是一系列特别的审美感受能力）。我们将自己的实际偏见、兴趣与困惑带入悲剧，并理所当然地期望获得知识。正如尼采写道，

> 只有艺术家，尤其是戏剧艺术家才赐给人们眼睛和耳朵去看和听……每个人自己是什么，自己经历了什么，自己想要干什么。只有他们教会了我们……将自己置于舞台并观察自己的艺术。②

我们不需要因为坚持狭隘的疏离主义，或执着于认知与情感之间似是而非的差别而拒绝这一礼物。公元前 5 世纪的希腊人没有想过哲学探究与诗学写作会彼此分离，就像柏拉图及其后世作家所试图区分的那样。悲剧诗被认为是城邦的政治与道德生活的一部分，旨在激发学习和行动。③

---

① Friedrich Nietzsche, "Attempt at Self-Criticism", in *The Birth of Tragedy*, trans. Walter Kaufmann, New York: Vintage Books, 1967, p. 1.

② Friedrich Nietzsche, *The Gay Science*, trans. Walter Kaufmann, New York: Random House, 1974, p. 78.

③ Hilary Putnam, "Literature, Science, and Reflection", *New Literary History*, 7, 1976, pp. 483-489，普特南的这篇新论文就文学何以作为"道德知识"的来源提供了一种令人印象深刻的解释。

但我们说在悲剧中发现道德观是什么意思呢？而且作为观众，我们又如何知晓它呢？评论者如何从一部复杂的戏剧作品中推断出对一个哲学问题的某种观点？一种谨慎的答案可能如下。一部 [28] 富有想象力的文学作品跟一个发展完善的哲学示例一样，也描绘了某种复杂的特殊情况，我们可以而且的确经常在该情况下测试我们普遍理论的有用性，以及测试我们认为自己所信奉的原则与我们最深刻的信念和情感的一致性。我们可能会认为某种伦理观相当有吸引力，但倘若它所主张的行动方针与我们在特定情况下的直觉相冲突，我们就会被说服而放弃它，或至少是质疑它。在许多希腊悲剧中——黑格尔在这里指出了一些至关重要的东西——剧中主要人物都支持或捍卫一个（些）成问题的观点，而其他人物则在诗人的语言选择和行动制定中以更加微妙的方式对这个（些）观点进行公开评论。但我们看似谨慎的提议现在呈示出一种令人烦恼的复杂性；它引发的批评问题似乎多过它所解决的。因为在解释这样一部悲剧时，正如文学作品与哲学示例的类比所暗示的，我们面对的不是作者在理论陈述后紧接着做出自己的评论，而是陈述与评论的彻底融合，陈述自身即包含了作者的深思，而这一深思有时就存在于当他陈述成问题的理论时，对每一个语词的拣择之中。

那么，我们如何才能确定正在讨论的是什么观点，以及作者关于它是怎么说的呢？譬如，我在希腊悲剧中发现了一个尤其令人困惑的难题，即私密（privacy）的普遍缺乏：即使是在尝试决定单个人物的道德观时，我们通常也只能发现其观点的各种公开表达。为了不让评论毫无意义，我们敢在多大程度上提出真诚（sincerity）的问题？要回应所有这些困难很简单，即从悲剧体验的认知方面抽离出来，回归对作品形式属性的讨论，在这方面可能更容易达成共识。简单归简单，但终究是空洞无物的。我们不应为了澄清问题而使自己的思想变得贫瘠，而应在阅读希腊悲剧时尽力提高敏锐性和反应能力，并尽力去了解希腊语言、希腊诗歌、当时的政治和思想史，以及对悲剧所遭遇的那类伦理问题的其他哲学解释。

对于文学与哲学之间的关系，以及对哲学议题感兴趣的人应如何阅读和谈论一部文学作品，哲学家们需要进行更多书写。① 本文并不试图给出某种一般性的理论回答，虽然这些一般性的反思应该有助于表明我的一些目标和问题。本文力图公正地处理一部剧作的复杂性。我之所以分析《菲罗克忒忒斯》，是希望通过将之视为一个有意建构的整体，[29] 表明它包含了一个连贯且发展完善的道德冲突，而且，关于一个人的天性与其行动之间的关系、行动与其后果之间的关系，关于对诚信（integrity）② 的关注与共同善（general good）之间的关系，它提供了一些有趣的想法。

奥德修斯

奥德修斯为其计谋呼求了一对奇特的神明："愿诡计之神、护送者赫耳墨斯，引领我们，还有胜利女神——雅典娜，城邦的护卫者，我永远的庇护者。"（行 133-134）③ 他掌控菲罗克忒忒斯及其弓的诡计将受到欺骗之神与促进全体邦民公共利益之神的支持，后者在这里指的是宙斯的女儿，即胜利之神。诡诈的赫耳墨斯作为奥德修斯狡猾计谋的支持者似乎很合适，而雅典娜则是这位英雄众所周知的女恩主与保护神。但以邦民护

---

① 针对这一问题，我所知的最有启发性的成果来自卡维尔（Cavell），尤见 Stanley Cavell, "The Avoidance of Love: A Reading of King Lear", in *Must We Mean What Say?*, New York: Cambridge University Press, 1976, pp. 267-353。

② Integrity 也可译作"完整性"，因为纳斯鲍姆用该词表达剧中人物，尤其是涅奥普托勒摩斯的性情与行动之间的一致性（性情与行动的冲突似乎可视作纳斯鲍姆写作本文的核心线索之一）以及他个人的完整性。译文中选择"正直/诚信"的译法，是因为更易理解。——译注

③ 本文中所有索福克勒斯《菲罗克忒忒斯》引文，皆由我自译［译按：纳斯鲍姆指她的英译］。

卫者的身份呼求她，又给她叠加了胜利女神的身份，这样做的意义更加难以理解。据我们所知，索福克勒斯之前的诗人们在描绘奥德修斯的英勇事迹时从未让他呼求过这个特定身份的雅典娜。我们不会期待奥德修斯这样做，因为雅典娜可能是凭借在此之后的事迹才获得这一身份的。倘若这不只是一个取悦观众的年代错误，那我们就必得寻求进一步的解释。在奥德修斯看来行骗与保护邦民之间有何联系？二者与其计谋又有何关联？

在佚失的欧里庇得斯的《菲罗克忒忒斯》中，奥德修斯是一个自私自利的荣誉追求者，他总是为了维持并巩固其名誉而招揽新的风险。在决定是否要采纳某种行动时，他考虑的是其结果会对自己的名声有什么影响，正因为他一直关注的是自我发展，所以他并不关心他者的权利与利益。① 与这个有着一贯行为标准（尽管有缺陷）的人物相比，索福克勒斯笔下的奥德修斯让我们觉得他是个毫无个性（faceless）之人，最近有个评论家也已经称其为一个"没有任何标准"的人。② 然则，在我看来，他确实持有某种有趣的、一贯的观点，而该剧的主要目的之一便是审察这一观点及其带来的困难。

在开始引出奥德修斯道德观的性质时，我们可以考察伯纳德特（S. Benardete）最近的评论："在索福克勒斯的《菲罗克忒忒斯》中，我们能观察到整部剧如何在'（主观的）必须'（chrē）与'（客观的）必须'（dei）的对立中发现其行动。"③ 这两个表示"必须"的希腊语词大致以如下方式对立：chrē 是"主观的"，dei 是"客观的"。④ "（主观的）必须"表达的是［30］主体在进程中的参与（他必须主动承担起做某事的责任），"（客观的）必须"表达的则是情势或事态的客观要

---

① 比较 Dio Chrysostom, *Discourses* 37-60, trans. by H. Lamar Crosby, Cambridge, MA: Harvard University Press, 1946, pp. 438-439。

② B. Knox, *The Heroic Temper*, Berkeley: University of California Press, 1964, p. 124.

③ S. Benardete, "*Chrē* and *Dei* in Plato and Others", *Glotta* 43, 1965, p. 297.

④ 也比较 G. Redard,《*Chrē* 与 *Chrēsthai* 探究：语义研究》（*Recherches sur Chrē, Chrēsthai: Étude Sémantique*），Paris: H. Champion, 1953, esp., p. 40, p. 53。

求，它迫使行动者无法顾及自己对这一计划的主观同意。我们可以进一步扩展这一评论：使用"（主观的）必须"的行动者因此强调了某些行动的重要性，以及该行动属于他自己，用"（客观的）必须"描述其立场的行动者则似乎强调的是某种事态的重要性，某个行动者或其他人的行动都被视作实现事态的一种手段。① 正如伯纳德特所简要概述的，对该剧的考察表明奥德修斯十分典型地使用"（客观的）必须"，菲罗克忒忒斯使用"（主观的）必须"，涅奥普托勒摩斯（Neoptolemos）的使用则在行动的关键时刻发生了转变。那么这一语言要点的意义何在？

我想论证的是，索福克勒斯将奥德修斯刻画为一个赋予事态以终极价值的人，尤其是那些代表了全体邦民最大利益的事态。他支持任何他认为最能促进共同利益的行动，还拒绝一个行动者因其性情和原则而不愿意从事某些行动的说法，并斥责这一观点是娇气（squeamishness）的表现。索福克勒斯关心的是向我们展现奥德修斯式论点最初的吸引力与最终的缺陷，并询问持有这种观点的人可以是什么样子、其观点如何影响他与他者的关系，以及他可以给予信守诺言、友谊、完整性和正义什么价值——在奥德修斯的意义上讲，就是一位城邦女神雅典娜（Athena Polias）的崇拜者如何同时让自己致力于为诡计之神赫耳墨斯服务。

菲罗克忒忒斯侵犯克律塞岛上雅典娜的圣地并非缘于他自己的过错，而是神赐的偶然（行 1326；比较行 1316-1217），作为惩罚，他被守卫圣地的毒蛇咬伤（行 265-267，1327-1328）。他的脚溃烂流脓，这给他带来了持续的痛苦和突然发作的急剧疼痛。伤口的恶臭令他周围所有人都感到不适（行 890-891，473-474，520，900-901），同时，他在疼痛发作时发出的渎神的喊叫也使军队无法完成对诸神的基本献祭与奠

---

① 当然，"（客观的）必须"既用于行动，也用于其结果：不仅表示"这必须发生"，而且表示"这必须被做"。但是，"（客观的）必须"所表达的行动必要性是实现某些事态的必要性，是满足某种情境要求的必要性；其中总是不强调行动者的个人参与，即不强调该行动是他的行动。

酒（行8-11），而他们认为，想获得军事胜利毫无疑问要大大仰赖这些祭祀活动。将他留在军队中会危及所有人的命运并给所有人造成沉重的苦难。将他抛弃在一群文明的岛民中（正如在埃斯库罗斯和欧里庇得斯的剧作中那样）也会给他们的日常生活和事业造成同样的困难。缺乏人的陪伴加深了他的苦难：没人帮他寻找食物，没人听他的抱怨，［31］没人为他提供生活所需的基本救济（比较行169以下，183-185，188-190，228，269，尤其是行279-282，691-700）。但是，倘若他真的有任何一位人类同伴，那这两人都会无法祈求诸神，一个处于可怕的痛苦中，另一个则不可避免地感到不适。令我们与歌队都会感到震惊的是，尽管他无罪，但那些亏欠他许多的人已经如此无情地对待他，而且他们还会亏欠他更多。但是毫无疑问，领导者的这种冷酷无情从功利角度看是正确的。倘若其叫喊妨碍了宗教仪式的进行，而这些仪式对文明人而言又必不可少，那么还不如就将他送去与动物们一起生活，与"多斑的和多毛的野兽"在一起（行184-185），它们没有仪式，也没有诸神。此外，他还与一个无生命物为伴，即赫拉克勒斯（Heracles）的弓。他的病情会更糟糕，但反正他无论如何也得不到治愈，而且没有其他人会因这一决定而受苦。

然则，正如我们可能预见的，菲罗克忒忒斯充满了怨恨。将领们很现实，并不指望他支持他们看待事物的观点。奥德修斯自遗弃他后就再没有见过或听过关于他的消息，他明白菲罗克忒忒斯将疑心深重，满怀敌意（行70以下），现在不愿意被说服（行103）去为了公共善（common good）而行动，即使这意味着治愈和荣誉。当初正是公共善给菲罗克忒忒斯造成了可怕的苦难。说服是行不通的；而获取胜利需要的物品，即弓，凭强力夺取也是不可能的（行103-105）。因此，必须用计，而且需要一个缺乏军事经验、具备优秀资质的年轻人的帮助，因为可以获取这个意欲报复之人的信任。

奥德修斯是公共善的工具，他寻求的并非个人荣誉，而是对所有人而言都最好的结果。"他是全军中的一个，受他们之命"（行 1143），为了实现"共同利益"（行 1145）。于他而言，全军的利益比他自己的利益更重要。他说涅奥普托勒摩斯可以用任何后者认为有用的方式来中伤奥德修斯自己："这些都不会给我带来痛苦。但倘若你不这样做，你将为所有阿尔戈斯人带来苦难。"（行 66-67）短语 ho sumpas stratos（"全军；整个军队"）在其论证中出现了不止一次（行 1257，1294，比较行 1226），到了行动的关键时刻，他将全体阿开奥斯人（Achaian）人格化为一个单一存在，这一存在将实现他为之效力的目的：

> 奥：有（there is）某人——有——将阻止你做这件事。
>
> 涅：什么？谁将阻止我？
>
> 奥：全体阿开奥斯民众，以及他们中的我……你做这件事时不畏惧阿开奥斯军队吗？（行 1241-1243，1250）

[32] 在奥德修斯自己看来，与其说他是一个人，不如说是一个综合的政治"人"的一部分，其欲求融入了一个单一系统。他为自己能适应情势的要求而自豪："无论何时必须（dei）有这样的人，我就是这类人。"（行 1049）客观的 dei 不仅决定了他的行动，甚至还决定了他的性情。作为共同利益的完全灵活的工具，没有什么是他不愿做的，这并非因为他完全缺乏标准，而是因为他将作为结果的共同善视作唯一重要的标准。他提及的唯一自然需要（行 1052）是对胜利的政治性欲求——这显然既包含整体结果，也包含能促进整体胜利的更加即时的胜利（如胜过菲罗克忒忒斯）。他欲求某个确定的结果，在实现这个结果的过程中，任何类型的行动、任何原则或性情的转变都是被允许的。①

---

① 我们发现这个毫无个性的环境代理人三次被拐弯抹角地称作 Odusseōs bia（"奥德修斯的力量"或"力量，奥德修斯"：行 314，321，592），尽管剧中没有其他角色被这样称呼，但这或许并不令人惊讶。事实上，他就是社会中的一股"力量"，而非一个具有个人性情和事业归属的行动者。

当他开始吩咐涅奥普托勒摩斯时，他首先大胆、独特地使用了"（客观的）必须"："阿基琉斯之子，关于你来这儿的目的，你必须（*dei*）是高贵的（*gennaios*）。"（行 50-51）① 在他看来，情势客观地要求涅奥普托勒摩斯以某种确定的方式行事。对奥德修斯而言，这与要求他"是"某种确定类型的人是一回事。从词源学和共时角度看，语词"高贵的"似乎与一个人的天性和血统（heritage）紧密相关，甚至强调了对天性的一致性和忠实度（比较亚里士多德《动物志》488b19："*gennaion* 就是指不偏离自己的天性"）。② "高贵的"人就是忠实于自己的遗传血统的——因此，更为重要的是要忠实于自己的天性（*phusis*）。③ 但奥德修斯将要求涅奥普托勒摩斯为了成功实现计划而背离其天性，还告诉涅奥普托勒摩斯他在为该计划服务时必定是"高贵的"；奥德修斯并不觉得这有什么问题，而且用"（客观的）必须"表达了这一要求。奥德修斯要么没有感觉到"高贵的"与内在之物和遵从性情之间的联系，要么他提供了一个有说服力的定义，试图表明一个真正"高贵的"人应该服从情势而非内在要求。

他命令涅奥普托勒摩斯必须用言辞欺骗菲罗克忒忒斯的灵魂（行 54-55），而且必须想出能够借此窃得那战无不胜之武器的计谋（行 77-78）。但是，他认识到涅奥普托勒摩斯不会像他那样乐意为情势的要求而令自己屈服：

---

① 由于纳斯鲍姆下文对语词 *gennaios* 进行了分析，译者直译了原文。本句引文的语意为"阿基琉斯之子啊，你必须忠于你来此的目的"。——译注

② 也比较亚里士多德《修辞学》1370b22；在这两处文本中，"高贵的"都被与"出身好的"（*eugenes*）相比较：后者指出身高贵，前者仅仅指不背离其天性，无论天性为何。

③ 血统和本质的混合在"天性"及相关语词中很早就已经被注意到，而且这一混合在前苏格拉底宇宙论中扮演了重要角色。尤其可比较 Charles Khan, *Anaximander and the Origins of Greek Cosmology*, New York：Columbia University Press, 1960, pp. 200-203。

> 我深知，孩子啊，你天性并不乐意（phusei... mē pephukota）说这些话，也不乐意谋划邪恶的诡计。但是，鉴于获得胜利是令人愉快的，你就让自己去做吧。（行 79-82）

[33] 为了促成胜利的结果，涅奥普托勒摩斯被要求克服其天性中的不情愿——将自己交给（行 84）灵活易变的奥德修斯。

但涅奥普托勒摩斯的回复强调了按照秉性（dispositions）行动，以及在"痛苦"（pathē）与行动之间维持某种和谐的重要性：

> 当我为某个行动感到痛苦时，拉埃尔特斯之子啊，我也会厌恶去执行它。因为不凭借卑劣手段做任何事是我的天性（ephun）——不仅是我的，他们说，也是我父亲的（houkphusas eme）。（行 86-89）

涅奥普托勒摩斯只字不提各种行动所导致的事态的可欲性。他强调的都是这次行动本身的性质，以及它与其个人性情的和谐或不和谐之处（它们就呈现在涅奥普托勒摩斯描述的行动所带来的快乐或痛苦之中）。通过认识其感觉，他知道什么是其天性要做的，而结果的好处对行动的合适性而言则是次要的："长官，我宁愿行事高贵（kalōs）地失败，也不愿卑劣（kakōs）地赢得胜利。"（行 94-95）

涅奥普托勒摩斯拒绝的不是一般意义上的计划，而是行骗，这不符合其天性。"你不认为说谎是可耻的吗？"他拷问其导师（行 108）。大胆的回答是："不——倘若谎言能带来成功（to sothēnai）。"奥德修斯并不承认一种行动本身能被判定为可耻或高贵——因为他可能会说："是的，它可耻，但有好结果。"他的立场并不是简单地认为只要有一个好目的就能证明使用成问题的手段是合理的，而是认为评估行动只能依据它们促成的那些事态。倘若结果总体上是成功的，那么为促成这一结果而需要的东西就不能受到道德上的谴责。而涅奥普托勒摩斯的抱怨——不能看着这人的眼睛说谎——则被视作一种娇气被抛在一边："当你为了利益而行事时，你最好还是不要退缩。"（行 111）诡计之神赫耳墨斯并未被摒弃；倘若他能对公共善——胜利女神，城邦的雅典娜——有所贡献，他就值得尊敬。

这便是奥德修斯的基本立场。它并不直接令人反感或难以置信。当然，一味否定公共利益应当作假似乎太过死板，而且奥德修斯对其战友的关心，以及他愿意为城邦的需要尽职尽责也相当值得称赞。但是，即使是这种粗略的考察也表明，他认为事态比行动重要以及对性情的关注不足，都导致他看起来像是一个古怪、毫无个性以及机械的人物。我们现在将考察其基本立场所导致的一些 [34] 其他后果，它们随着戏剧的进程而逐渐变得明显。

首先，关于奥德修斯说谎的立场还有些问题。因为倘若奥德修斯的视角真的如同我们已经勾勒出来的那样，那么他就不需要坦坦荡荡地把它陈述出来并寻求认可——除非这样做碰巧也最有利于达到他欲求的结果。一切论证都成了人身攻击（*ad hominem*）；我们甚至也很难将他与涅奥普托勒摩斯的对话视作一场真正的道德辩论。因此，反讽的是，倘若奥德修斯的观点就是他所说的那样，我们就没有理由相信他对自己观点的解释了。奥德修斯的信念与言辞之间未必有可靠的联系，而且，一旦考虑到我们只能在与其他人的对话中看到他（他在行 133-134 的祈祷可能是个例外），那么他起初看似明白可辨且一以贯之的立场就开始显得令人绝望地难以把握了。涅奥普托勒摩斯的评论明确彰显了重视行动与重视结果之间的冲突（行 949-950），而奥德修斯的回复并非在捍卫唯后果论（consequentialism），而是在捍卫言辞（行 96-99）。只有暂时不受奥德修斯立场的这些暗示的影响，我们才能继续充分讨论其立场。

此外，我们看到奥德修斯以自己不具有阻碍任何有用行动的天性为荣，但为了成功实现其计谋，他必须依靠别人身上的稳固秉性。他对涅奥普托勒摩斯的要求是，"把你自己给我"，但倘若这个"自己"不是某种靠得住的个性，那这项计谋的可靠性就会崩塌，因为它依靠的涅奥普托勒摩斯只是奥德修斯的临时随从，前者被信任为诚实的人，具有公认的不说谎的秉性。而且，要想计谋成功，也就不能期望菲罗克忒忒斯是奥德修斯式的：他必须相信自己被告知的是事实。该计谋的性质预设了一种对许诺和言辞真实性的普遍信赖。因此，即使奥德修斯相信为了好目的而说谎并不可耻，他也必须允许大部分人继续认为这是可耻的。

奥德修斯的视角将他托付给了隐秘和诡诈：赫耳墨斯不仅是奥德修斯的雅典娜可能的助手，而且是本次冒险得以成功的必要因素。①

自托于欺骗所造成的心理后果是，甚至在坦率和说服能最有效地达成其目的时，奥德修斯也更加偏爱诡诈的言辞。因此，即使论证似乎本可能会获得成功，他也要求涅奥普托勒摩斯使用谎言。而当诡诈已经陷入僵局，菲罗克忒忒斯直接拒绝接受作为一种约束的情势的要求（行994），奥德修斯仍然没能意识到主观的赞同之于这一计谋的［35］重要性，他甚至还在说服的过程中说了一句隐晦的言辞，*peisteon tade*，它的意思在"你必须服从"和"你必须被说服"之间摇摆。② 菲罗克忒忒斯理解的是前一种意思：于是他说自己成了一个奴隶而非自由人（行995）——因为"你必须服从"似乎只能借助身体层面的强迫来实现。但正如我们将看到的，情势真正要求的是说服菲罗克忒忒斯，而非强迫他。纵观全剧，由于奥德修斯不愿意理所应当地承认他人的欲求，他对这一区别的理解一直是不完善的，他在这里对顽固的行动者感到失望，觉得后者对最好的结果视而不见。在客观与主观的古怪混淆中，他说这个人必须（*has* to）被说服，不管他愿意还是不愿意，因为这是情势的

----

① *Dolos*，"诡诈"，以及 *dolios*，"诡诈的"，在该剧中出现了 10 次，这比它们在索福克勒斯其他任何剧作中出现的次数都要多；同样如此，*logos* "言辞" 出现了 41 次。

② 针对前者，比较索福克勒斯《俄狄浦斯王》行 1516，欧里庇得斯《希波吕托斯》（*Hippolytus*）行 1182，柏拉图《苏格拉底的申辩》（*Apology*）19a；针对后者，比较柏拉图《理想国》365e。

要求：他必得（has got to/ *dei*）攻陷特洛伊（行 998），因此他必得违背其意愿而被说服。正是奥德修斯未能赋予行动或性情以任何独立的价值，才导致了这种前后不一。

正如我们所料，奥德修斯与他者的所有关系都被这种贬低个人天性和轻视说服的做法所浸染。他自己是个没有稳固天性的男人，却不把别人当人看待。菲罗克忒忒斯要被计谋所"捕捉"（行 14）。涅奥普托勒摩斯从奥德修斯的言辞中恰当地推断弓箭"必须被捕获"（行 116）。当菲罗克忒忒斯说他已经"被秘密接近"并"被诱捕"（行 1007）、他的双手被"捆在一起"（行 1005）时，他领会了奥德修斯给他的待遇有什么含意。当预言者赫勒诺斯（Helenos）被奥德修斯的诡计抓住时（行 608），他戴着枷锁站在阿开奥斯主人面前，"一次美好的掳获"（行 609）。

对奥德修斯而言，人是可以被追踪和捕捉的动物；但更加令人奇怪的是，我们发现他无法在人与无生命物之间做出关键区分。整部剧中一个臭名昭著的难题是奥德修斯并不清楚是否只需要将弓带回特洛伊战场，还是必须得要菲罗克忒忒斯亲自使用它，以及进一步讲，他是否必须情愿去特洛伊。貌似清楚的是，神谕的真正力量在于菲罗克忒忒斯必须使用弓箭，而且愿意用它（行 611-613，839-841，1332-1335，1423 以下）。① 奥德修斯十分典型地忽视了这一问题，强调弓的重要性高于人的重要性。倘若涅奥普托勒摩斯要欺骗菲罗克忒忒斯的灵魂，那这就

---

① 这是《小伊利亚特》（*Little Iliad*）中给出的神话版本，大部分现代评论者都同意索福克勒斯想让我们这样理解这一要求。例外是维拉莫维茨的《索福克勒斯的戏剧技艺》（T. von Wilamowitz-Moellendorf, *Die Dramatische Technik des Sophokles*, Berlin：Weidmann, 1917, p. 304）及其拥护者 D. B. Robinson, "Topics in Sophokles' *Philoctetes*", *Classical Quarterly* 19, 1969, pp. 34-56。他们认为索福克勒斯不可能想让观众以为菲罗克忒忒斯最终必须去特洛伊，这样会让情节失去许多悬念。除了与文本证据相悖之外，这种说法对索福克勒斯悲剧的戏剧张力的理解也十分荒谬且肤浅。可能有些观众在该剧中看到的东西不会多于我们在一部悬疑小说中看到的东西，但我们也可以怀疑索福克勒斯是否为了这些人而写戏。

是为了让他成为偷盗那战无不胜之武器的窃贼（行 77-78）。"只有这把弓才能攻陷特洛伊"，奥德修斯告诉其下属，"你没它不行，它没你也不行"（行 113, 115）——然则，从赫拉克勒斯的言辞中可知，这一要求的完整表述是："没有他，你不足以攻陷特洛伊，他没你也一样，你俩要像一对共同捕食的狮子，互相保护。"（行 1434-1436）尽管涅奥普托勒摩斯在行 102 言及"带走这人"，[36] 但奥德修斯的回复只提及"捕捉"他。① 在此次行动的关键时刻，涅奥普托勒摩斯使用六音步长短短格（预言式洞察的韵律②）拒绝了奥德修斯的暗示，即这把弓是一个重要的"捕获物"：

> 我看到我们拿到这一捕获物，即这把弓，是徒劳的，倘若我们不带他一起航行。因为他享有桂冠：他才是神指示我们带走的人。（行 839-841）

奥德修斯也以相同的方式受到引导，从而漠视了菲罗克忒忒斯是否同意这一计划的重要性。欺骗似乎完全是可接受的，显然正如后来的强力那样（行 983, 985, 1297）。但赫勒诺斯（行 612）和涅奥普托勒摩斯对神谕的叙述（行 1332）都已经强调了菲罗克忒忒斯同意的重要性。在这两个相关方面，奥德修斯的总体观点使其在算计情势所需时犯了适得其反的错误。

奥德修斯将友伴与受害者都非人化了。"朋友"（*philos*）一词在剧中共出现了 31 次，但从未出自奥德修斯之口；然则，贬损身份的"服务，仆人"（*hupourgein*，*hupēretein* 以及 *hupēretes*）一共用了 5 次，其中 3 次是奥德修斯形容其他人，1 次用于他自己（与宙斯有关），还有 1 次

---

① 比较 A. E. Hinds, "The Prophecy of Helenus in Sophocles' Philoctetes", *Classical Quarterly* 17, 1967, pp. 169-182, esp. 171。

② Knox, *The Heroic Temper*, p. 131. 诺克斯以及许多其他评论者都已经注意到了这一点。

是菲罗克忒忒斯形容自己（行 15，行 53 出现 2 次，行 990，行 1024）。奥德修斯认为涅奥普托勒摩斯具有助他实现欲求的特殊力量，他最初就称他是所有希腊人中最有力之人的儿子（行 3），在服务于奥德修斯计谋的过程中，涅奥普托勒摩斯还得是一个顺从的助手。这项以"你必须是高贵的"起始的命令原来意味着"你必须服务于那些你在这里要服务的人"（行 53）。这次计谋要成为"共同成就"（行 25）的合作，包括奥德修斯做出指令，和涅奥普托勒摩斯听从指令（行 24-25）。看来，奥德修斯式密谋的背后不可能存在真正的合作，① 而当"天性"受到忽视，"高贵的"被用来表示"服务于公共善的可靠顺从"时，这一密谋之下也不可能存在友谊。②

奥德修斯对友谊漠不关心，而且产生了另一个关键的误判：直到菲罗克忒忒斯与赫拉克勒斯之间的联系——事实是，菲罗克忒忒斯凭借服务于一位受人尊敬的朋友而赢得了弓（行 670）——被塞到他跟前，他对此都完全忽视。直到菲罗克忒忒斯在行 262 言及赫拉克勒斯，后者都一直没有出现。早前，这一武器一直被简单地称作"他的［即菲罗克忒忒斯的］弓"（行 68）、"战无不胜的武器"（行 78）、"无法躲避并带来死亡的箭"（行 105）、"这把弓"（行 113）以及"那个东西"（行 115）。

奥德修斯的原则似乎使其不太可能［37］关心正义，或者意识到任何基于正义的主张都会限制其活动。如前所述，其观点的心理后果强化了这种可能性，因为倘若忽视他者的个性，就不会出现给予每个人应

---

① 关于简单的功利主义破坏了合作可能性的情况，比较 D. H. Hodgson, *Consequences of Utilitarianism*, Oxford：Clarendon Press, 1967, 以及 G. J. Warnock, *The Object of Morality*, London：Methuen, 1971, pp. 31-34。

② 比较行 1068，"高贵的"在那里一定也意味着一些类似"可靠仆人"的东西。奥德修斯在剧中只用了 2 次"天性"及其相关语词，我们对此已经有所讨论：命令涅奥普托勒摩斯背离其天性（行 79 以下），以及关于他自己天性的独特评论（行 1052）。

得之物的问题。的确，在一部从始至终都关心正义的剧作中，奥德修斯因其缺乏这种关心而格外显眼："正义的"（dikaios）及其相关语词在剧中共出现了 17 次，但只有 3 次出自奥德修斯之口，而且这 3 次所表达的态度就算不是轻蔑的，也都十分含混。在敦促涅奥普托勒摩斯为了胜利而抛弃其"天性"时，奥德修斯告诫他道："鼓起勇气吧；我们将在其他时候看起来正义（dikaioi d' authis ekphanoumetha）。"（行 81）为了有利于甜蜜的胜利，得放弃正义的主张。正义是在别的场合才关心的东西，也就是说，当顾及正义可能确实会对实现胜利造成阻碍时，它就不应该受到关心。而且，许诺未来甚至不是正义的行为，而只是正义的名声或正义对他者的表现。① 或许奥德修斯此时是在建议——正如歌队后来所为——当结果在普遍意义上是好的时，人们往往就不会去挑行动者的错。倘若说谎是为了带来成功，它就不可耻，而倘若不义之举——尽管不一定不再是不义的——导致了舒适的结果，它们就不会再被这样称呼。因此，在选定行动方案时，正义并不是一个决定性甚或重要的考量：倘若某人关心胜利，随之而来的将是人们的赞美。因此，当奥德修斯后来夸耀其对情势需要的反应能力时，他接着又透露了自己对正义的漠不关心："无论何时需要这样的人，我就是这类人，而且，在善良与

① R. C. Jebb, *Sophocles: The Plays and Fragments: With Critical Notes, Commentary and Translation in English Prose. Volume 4 The Philoctetes*, repr., Amsterdam: Servio, 1966, p. 21. 杰布（Jebb）坚称我们必须将这行诗译作（加上了 *ontes*）"我们的诚实将在其他日子表现出来"。他引用了两个例证（荷马《伊利亚特》13. 258，索福克勒斯《俄狄浦斯王》行 1063），其中都显露了一个人的真正天性或处境。但是，就算在这些情况中，动词"显露"（*ekphainomai*）明显强调的也是所显露之物，向观看者表现之物。奥德修斯对天性的漠不关心在任何情况下都会导致这一趋向，即为了支持"我们会在所有人看来都好像是正义的"这一对他更为重要的声明，"我们真是正义的"将被抛弃。在这场戏中，前一种读法更加符合他的计谋——比较行 85, 119，涅奥普托勒摩斯在那里会被称作关键因素。而且，我们在这里建议的译法似乎至少与杰布的译法同样合理。即使一种不那么合理的版本，即"我们将显现出正义"，也因为强调了大多数人的判断而仍然是可接受的。

正义之人的竞赛中，你不会发现任何比我更虔敬的人。"（行 1049-1050）奥德修斯正是情况所需——在人们进行的关涉正义与善良的竞赛中，奥德修斯既不正义也不善良，更不用说虔敬。他宣称，虔敬就是赢得公共生活中表面上为正义而设的竞赛的原因；而正如该剧所揭示的，虔敬与正义完全不同。①

歌队在行 1140 以下为奥德修斯所作的辩护特别清晰地体现了奥德修斯的正义观。菲罗克忒忒斯已经猛烈抨击了奥德修斯的欺骗行为以及该行为已经给他造成的无法弥补的伤害。歌队以一种尖刻的、略带居高临下的语气说：

> 你要知道，一个真正的男人（*anēr*）的职责是要说导致最好结果（*to eu*）的东西是正义的（*dikaion*）②——但这样说时，切莫迸发出恶意的、伤人的言辞。他［即奥德修斯］是全军中的一个，受他们之命，并在他们的指令下为其朋友们实现了共同利益。

[38] 他们为奥德修斯的评论做了补充，即人们通常将导致最好结果的行动称为正义的行动，并进一步说这是一个真正的"男人"应该做的。他们赞美奥德修斯关于正义的立场是真正有男子气的，并在赞美的同时解释了为何应该承认"最好结果"站在他的那边：他代表了整个希腊联军，还实现了共同利益。但歌队正确区分了两项事务，即让菲罗克忒忒斯接受普遍原则与让他缓和自己对其特殊处境之感受的表达。

---

① 关于虔敬与正义，比较下文注释 42。后来，本着同样的精神，奥德修斯问涅奥普托勒摩斯，当其行为涉及不服从上级的计划时（行 1241），他如何能称其行动是正义的呢？奥德修斯在这里似乎只想按照其观点重新定义正义。

② 行 1140 的希腊原文存在争议，较常见的有三种读法：1. *ἀνδρός τοι τὰ μὲν ἔνδικ' αἰὲν εἰπεῖν*；2. *ἀνδρός τοι τὸ μὲν ὂν δίκαιον εἰπεῖν*；3. *ἀνδρός τοι τὸ μὲν εὖ δίκαιον εἰπεῖν*。第一种见于 Jebb 本，第二种见于 Loeb 本，第三种则出自中世纪抄本。纳斯鲍姆的英译在这里依从了第三种读法。关于本句校勘的详细情况，参 R. C. Jebb. *Sophocles*：*The Plays and Fragments*：*With Critical Notes*，*Commentary and Translation in English Prose. Volume 4 The Philoctetes*，p. 179，p. 249。——译注

他们认为，一个真正的男人为了最好的结果不会语涉不义，也不会无益且令人不悦地抱怨"公共利益"给自己利益带来的损失。

那么，这些就是奥德修斯的观点在理论层面和心理层面的后果。在奥德修斯式人物治理下的社会体系的特点是相当强调秘密与计谋，而且要求非统治者的盲目服从。针对这类非统治者的道德训练似乎主要在于命令他们守序（be orderly）并按要求进行服务。涅奥普托勒摩斯在执行奥德修斯的计谋时对菲罗克忒忒斯所说的言辞有力地总结了这一图景。这段言辞以假装攻击奥德修斯作结，它设法反讽地向我们表明希腊联军及其将领们的奥德修斯式观点：

> 可我并不像谴责将领们一样谴责他。因为一支军队就像一座城邦，完全依赖于其领导者。而当人们失序时，正是因其教师们的言辞，他们才变坏了。（行 385–388）

领导者要为他们手下的那些人的行为负全责。倘若发生了失序，可以总结说是领导者没能充分掌控道德教育。按照该剧的说法，这种评论似乎有错，因为它忽视了偶然与"天性"，除了其奥德修斯式的宣称，即服从是被统治者的德性，失序则总是坏事。倘若人们摆脱了控制，这便是教育的问题；一位精明的统治者能治理好事务以防失序。但菲罗克忒忒斯缘自"神降偶然"的苦难是这种观点的一个生动的反例。他混乱无序，而且无序的成因完全与言辞无关。尽管精明的统治者一直尽力避免这种偶然造成的混乱，但当他们试图实施其求利的计划时，这种混乱仍持续地困扰着他们。此外，涅奥普托勒摩斯的案例已经让人们质疑通过教育使所有人沦为棋子的可能性。领导者为了维持秩序，需要维护并利用人们血统和家庭纽带的重要性，［38］他们必须彻底抑制这一重要性，直到出自卓越与强大的抵制不再是一种威胁。而即使这种计划可行，也不能完全保证言辞可以彻底使"天性"变得有序。当涅奥普托勒摩斯摆脱控制，他正是在反抗其教师的言辞之时成为好人。

现在应该很清楚了，正如我已经描述的那样，奥德修斯的立场是功利主义的一种形式——一种旨在促进公共利益的唯后果论。威廉斯（Bernard Williams）① 最近一项关于功利主义的研究已经有力地表明，这种唯后果论因为坚称行动只能依据它所导致的事态来评价，所以未能充分重视行动者与他自己行动的独特联系，也未能充分重视性情与行动之间的一致性问题，进而导致它对个人诚信的考量也不够充分。倘若我是对的，那么这同样也是索福克勒斯在刻画奥德修斯式道德时对他的批评。该剧的剩余部分也可以证明这一点。

菲罗克忒忒斯

菲罗克忒忒斯的处境可以很好地向我们表明奥德修斯观点的局限所在。由于遭遇了菲罗克忒忒斯，我们被迫考虑身体剧痛的私密，同时想到没人会认为他自己的痛苦与他人的痛苦在实现公共善时是可以互换的。事实上，与奥德修斯关心情势要求一样，菲罗克忒忒斯也相当热情地关心主观性以及他个人对行动的参与。"（主观的）必须"而非"（客观的）必须"是他表示"必须"的典型语词。② 在最初询问涅奥普托勒摩斯时，他问的只是"什么需求（chreia）派你前来？什么冲动？"（行 236-237），而且他没有想到如下这些问题，如"什么强迫？""谁命令你？"甚或是"什么敌意的狡猾？"。可以比较涅奥普托勒摩斯在询

---

① Bernard Williams, "A Critique of Utilitarianism", in Smart and Williams, *Utilitarianism: For and Against*, Cambridge: Cambridge University Press, 1973, pp. 77-150.

② 他一共用了7次"（主观的）必须"及其分词形式（chreon），"（客观的）必须"则只用了1次，而且还是习语要求不能使用"（主观的）必须"的情况（比较 Benardete, "*Chrē* and *Dei* in Plato and Others", p. 297, 以及该剧行 287, 292, 328, 418）。在两处尤其惊人的文本中，他甚至使用"（主观的）必须"表示他必须遭受的痛苦，显然，他认为即使是痛苦也源于他自己，而非来自外部的强加（行 999, 1359。不过，比较行 1397 中"［客观的］必须"的使用，菲罗克忒忒斯在那里似乎最终意识到了其处境的性质）。

问商人所言奥德修斯的航行时，他的问题包括"什么渴望"以及"或者，它是来自诸神的力量和忌妒（nemesis）？"（行601-602）。尽管有着痛苦的经历，但菲罗克忒忒斯几乎不相信真的会遭遇强力，以至于当商人宣称奥德修斯已经发誓，如有必要就得违背菲罗克忒忒斯的意愿将他带回特洛伊时，他回复道："那个人真的……已经发誓他将说服我并把我带到阿开奥斯人中吗？我宁愿被说服从哈得斯返回阳间……"（行622-624）他接着又说道：

> 难道这不奇怪吗，孩子啊，拉埃尔特斯之子应该已经希望用甜言蜜语带我上他的船，并把我展现在希腊人面前？我更宁愿听从毒蛇……（行628-632）

［40］他只意识到商人虚构的奥德修斯的第一种方案，因此对奥德修斯会希望获得成功感到惊讶。

与奥德修斯不同，菲罗克忒忒斯在与涅奥普托勒摩斯的交往中尊重"天性"的要求，并关注一个人的行动应该符合并表现其性情。涅奥普托勒摩斯"天性高贵，而且出身高贵"（行874）。在帮助一位值得尊敬之人时，他表现得像他的父亲（行904；也比较行1310），而帮助恶人则使他看起来具有跟恶人相似的天性（行1371-1372；比较行340）。菲罗克忒忒斯说，坏的教育可以败坏起初并不卑劣的天性（行971-972），而一旦一个人制定了卑劣的方案，这就会使他从此在各方面都很卑贱（行1360-1361）。在其评论中，我们发现他预见性地关注了道德训练以及一个人的行动与其性情和情感相符的重要性。涅奥普托勒摩斯两次被称为"高贵的"（行799，801），他被期望通过避免可耻行动并偏爱那些美好行动来表现这一特性（"良善"［chrēsta］，行476；比较行476以下）。菲罗克忒忒斯自己（他在该剧中一共使用了18次"朋友"及其相关语词）也是凭借帮助朋友——他称之为德性（aretē，行669-670）——而挣得这张不可战胜的弓。

　　尽管菲罗克忒忒斯被视作野兽以及与野兽同住，但乍看起来似乎奥德修斯及其同伴才是野蛮的，他们冷酷无情且无视正义，而菲罗克忒忒斯则是有原则之人遭遇不幸的例子。但也有一些特别之处需要注意，它们揭示出菲罗克忒忒斯的正义观和人际关系其实与奥德修斯的观念一样成问题。

　　菲罗克忒忒斯显得是个完全不关心政治的人，执着于利己以及主观关切。他只在剧中很后面的地方（行1213）提及了一次他的城邦，而且只将之视作他不应该为了服务于公共事业而离开的家园。他向涅奥普托勒摩斯提的关于希腊联军的问题某种程度上都只涉及他对奥德修斯与阿特柔斯之两子（the Atreidae）的复仇计划：他想知道自己的朋友和敌人的命运，但从未询问过战争的状况。正如我们所见，他宁愿自己承受各种病痛，也不愿帮助那些曾经对他行不义的人（行997-1000）。他眼中的自己不是公共事业的一部分，而是一项神明授意的复仇计划的焦点（行1037-1039）。倘若奥德修斯的计划带有无情的野蛮，那菲罗克忒忒斯就是另一种不同的野蛮，他不关心公共利益，而这正是奥德修斯的视角中最值得称赞之处。菲罗克忒忒斯是一种野蛮疾病的受害者（行173，265），这疾病像捕食者一样吞噬他（行7，313，706，745，759，795，1167），而正如他和涅奥普托勒摩斯都观察到的那样（行226，1321），他自己也长成了一只野兽。① 在菲罗克忒忒斯登场之前，[41]歌队敏锐地比较了菲罗克忒忒斯可能的行为与牧羊人对动物的牧养：他没有伴着笛声上场，而是伴随因无法逃避之疼痛而发出的刺耳哭喊，他自己没有带领动物，而是跌跌撞撞，独自一人——这意味着他并非野兽

---

　　① 比较 P. Vidal-Naquet，《索福克勒斯的〈菲罗克忒忒斯〉与预备公民培训制》（"Le *Philoctète* de Sophocle et l'éphébie"），载 Vernant and Vidal-Naquet，《古希腊神话与悲剧》（*Mythe et tragédie en grèce ancienne*），Paris：F. Maspero, 1972, p. 170. 菲罗克忒忒斯的家是一个"兽穴"（*aulion*，行954，1087，1149）；他的食物是"饲料"（*bora*，行274），他的进食是"饲养"（*boskōn*，行313）。

的管理者，而更像野兽本身（行 212 以下）。正如剧痛的哭喊代替了笛声，社会和与之相关的其他关切也让位于孤独的痛苦和以自我为中心的世界。

表面上看，与这些观察相矛盾的只是菲罗克忒忒斯对在宇宙中寻找正义有着近乎痴迷的关切。他坚持在诸神和野蛮的自然中寻找对正义的支持，也因此模糊了人与动物之间的区分。他缺乏稳固的政治观，怀疑且敌视公共生活。倘若他不能使自己确信正义是一种自然法（诸神和野兽都凭此规范他们的行为），那么他也没法认为正义可以规范公共的人际关系。政治德性与政治关怀被归于并非天然具备政治性的存在，因为政治本身与作为一种独立存在的人一样，在人们看来就其自身而言没有任何区别。

正如歌队将告诉我们的，菲罗克忒忒斯是他们所听到过的诸神不关心正义的最糟糕的例子（行 676 以下）。然则，菲罗克忒忒斯一直相信阿特柔斯之两子的行为是不虔敬的（anosiōs，行 257）。他反复询问的问题是："我该如何协调这些事实与我对神圣正义的信念呢？"他因此被引导去理解神的活动，而在这些活动中，人的解释更容易自圆其说。在听说许多英勇之人死了，胆小之人却幸存后（行 412 以下），他没有做出像人们可能得出的那种结论，即那些冒着生命危险保持勇敢的人将比那些畏缩不前之人更易死亡，而是开始愤愤不平地攻击诸神保护那些卑劣之人（行 446-452）因而也让他们自己显得卑劣。而一旦了解奥德修斯航行到此的目的，菲罗克忒忒斯就认为它是诸神计划的一部分，以报复并纠正自己遭受的不义行为。尽管他的压迫者兴旺昌盛，他自己的苦难也由神圣的命运造成，菲罗克忒忒斯依然呼求神明惩罚其迫害者：

> 愿你们因为对这儿的这个男人行的不义而毁灭——倘若诸神关心正义。但我深知他们的确关心，因为若非某种思念我的神圣的激励指使你们，你们绝不会为了一个不幸之人而踏上这次航程。（行 1035-1039）

诸神十年来对其呼求一直充耳不闻，然则，菲罗克忒忒斯一直确信他们关心正义并将惩罚不义之举，[42]他对此几乎深信不疑，仿佛仅这一点就能让他坚持下去。倘若正义没有在更高的层面上得到伸张，那么菲罗克忒忒斯持之以恒的欲求就毫无意义，因为它不能帮他向强大的敌人复仇。

与为人类德性寻找非人类支持的计划相一致，菲罗克忒忒斯将道德原则归于那些野兽，十年来就是它们构成了他的社会。正如作为神圣不义之受害者的他十年来都没有放弃对诸神的信仰一样，关于自然之野蛮和无序的日常经验也没有让他明白人类社会与野兽生活之间的决定性区别，这或许是因为他的政治经验已然受制于奥德修斯和阿特柔斯之两子毫无原则的残忍之举。因此，他通篇对动物和无生命之自然的称呼就与对人的称呼一样，因为它们是其唯一的"同伴"（譬如行 936 以下，952 以下，1081 以下）。而当他想象自己会在岛上——他在岛上猎杀动物维持生命——孤独地死去时，他又设想动物们吞食他是一种正义的报应，他使用法律语词说道：

> 我这垂死者，将为那些我曾吃过的动物们提供一场盛宴，我之前猎捕过的那些动物们现在将猎捕我。我将用我的血赔偿（rusion）我使它们流的血……（行 957–959）

他用来表示"盛宴"的语词是 dais，这个词几乎从未用于表示动物的喂养。① 法律专业术语"赔偿"的使用，以及人因为吃了动物就欠它们血债这一看法，都显示出一种对自然世界的古怪的政治化。但接下来的悼歌更奇怪："来吧，现在随心所欲地将我斑驳

---

① 但是"我进食"（epherbomēn）这个词几乎总是用于形容动物的喂养而非人类的进餐。比较 Vidal-Naquet，《索福克勒斯的〈菲罗克忒忒斯〉与预备公民培训制》，p. 170, n. 51。

（gleaming）① 的肉体塞满你们的嘴，这是高贵的（kalon），以血还血（antiphonon）。"（行 1155－1157）一个人被野兽吞食不仅是一种还报（antiphonon）行为，甚至还是高贵的（kalon）。粗鲁的"塞满你们的嘴"（koresai stoma）与"崇高的"和"以血还血"并置，产生了不和谐的效果。自然场景被赋予了它无法承受的社会与道德力量。孤独的菲罗克忒忒斯人性化了动物世界，但代价是对他援用的人类价值缺乏理解，而且暴露出他没能充分意识到应用这些价值的适当背景。

菲罗克忒忒斯告诉我们，以自我为中心者认为所有事都关乎他的主观关切，这种人并不比无私的傀儡奥德修斯更好地理解正义以及与他者的关系。倘若奥德修斯的"天性"是无限制的灵活性，那么菲罗克忒忒斯自己的天性就从未显露过。在该剧对天性的所有讨论中，从来没有谈论到属于菲罗克忒忒斯的天性，也没有谈到［43］其行动与任何一种稳定秉性之间有什么关系——或许是因为他孤身一人过度执着于复仇，几乎成了对人类的滑稽模仿，也可能是因为他本人在自己的利益与他人的利益、人与神、人与动物之间所做的区分是如此的不充分且不一致。

然则，奥德修斯和菲罗克忒忒斯都不是稻草人，他俩对我们的理解做出了积极的贡献。奥德修斯对公共善的关心确实值得称赞，在那些被涅奥普托勒摩斯归于奥德修斯的言辞中，我们看到它们所导向的对正义的关注，比真正的奥德修斯在话语中所显现出来的更具有实质性：这件盔甲［译按：指阿基琉斯的盔甲］被公正地（endikōs）授予了那位以其英勇事迹使死去的英雄受益，从而挣得它的男人，而非这个初出茅庐的孩子，后者在应该援助公共事业的时候不见人影（行 372－373 以及

----

① gleaming/Αἰόλας这个形容词的本意是指一些快速运动的事物，后来也具备了"闪烁的、灿烂的、变化多端的"等含义，通常用于形容光或颜色。该词在这里可能指的是菲罗克忒忒斯的尸体表面的样子，受菲罗克忒忒斯疾病的影响，它已经变得"乌青"或"斑驳"。——译注

379：“你当时并没有与我们在一起，而是缺席，因为你本不应该在
［*ou s'edei*］）。”据涅奥普托勒摩斯说，奥德修斯认为公共事迹而非私人
关系才应该是奖赏的标准，还认为尽管可以把一个人的出身从奥德修斯
的唯后果论观念及其导致的一些问题中分离出来，将它看成最重要的，
但这个人也应该承认某些公共义务的约束力（注意“［客观的］必须”
的使用）。就好像我们可以承认菲罗克忒忒斯对友谊和道德教育的关注
是有价值的，尽管这位英雄的自私自利使他最终无法公正地对待自己所
宣称的关注。在关键人物涅奥普托勒摩斯的身上，我们将看到索福克勒
斯如何暗示要合并其他人物的德性，这种合并基于对“天性”的准确
把握（菲罗克忒忒斯和奥德修斯在这方面都有缺陷），会避免他们各自
的缺陷。

涅奥普托勒摩斯

涅奥普托勒摩斯以语词“我”（*egō*，行86）开始他反对说谎的演
说。他从始至终都知道自己是一个有一套连贯欲求与秉性的人，这取决
于教育以及他对其父的效仿。他用是否符合其“天性”来评判某种可
能的行动方案，亦即对它的考虑带来的是快乐还是痛苦。他关心的是成
为并坚持不懈地让自己显得就是某种类型的人，这使他无法完全接受奥
德修斯的立场；同时，其榜样［译按：指其父阿基琉斯］的天性以及
他对公共荣誉的欲求（这是其天性的一部分）都使他关心公共胜利。
然而，这一点也使他最容易为奥德修斯的论证所诱惑。尽管他最初反对
说谎，但奥德修斯的计谋是他自己荣耀功绩的必要前提条件，这一信息
很快就吸引了他，［44］并让他决定为诡计服务。听说没有弓他就攻陷
不了特洛伊后（行115），他采用了奥德修斯的观点与言辞，说道，“倘
若如此，那它必须被追捕”（行116）。为了被称为“聪明”（*sophos*）
和“善的”（*agathos*），他将摒弃一切羞耻（行120）。这一弱点似乎主

要缘于他缺乏经验。由于不确定在这种情况下他的天性会要求采取什么行动，也不确定应如何整合自己的各种欲求，涅奥普托勒摩斯显得很容易为利益和荣誉的许诺所打动。由于对痛苦无知，他目前并不畏避像追捕野兽一样追捕受害者的提议。

他与菲罗克忒忒斯最初的相遇揭示了一些观念区别，这些区别对我们评价他在该剧中的作用至关重要。我们已经说过，菲罗克忒忒斯和奥德修斯都形容涅奥普托勒摩斯是"高贵的"（行 51，79，801，1068，1402）。索福克勒斯并没有在广义的生物学意义上用这一语词来指称任何与某种天性相一致的行为。它是一个表示赞扬的语词，在与另一个重要语词"良善的"（chrēstos）连用的所有场景中，我们可以更加精确地探讨其运用条件。菲罗克忒忒斯说（行 475-476），对"高贵之人"（the gennaios）而言，可耻（aischron）之物是可恨的，"良善"之物是有好名声的。"良善的"在这一场中出现了 3 次，都出现在关键的演说中，并间接揭示了涅奥普托勒摩斯的天性。该语词的运用标准似乎包含好战的英勇（与 deilos "怯懦" 相对，行 456-457）和普遍价值（与 aischros "可耻" 相对，行 475-476，也与 ponēros "卑劣、邪恶" 相对，行 436-437），同时也强调公开与公正的行为方式（dikaios "正义的"，与奥德修斯式语词 panourgos "准备做任何事"，还有 palintribēs "诡诈的" 相对，行 448-450）。在索福克勒斯别的文本中，"良善的"也表现出类似的使用范围。① 而且，在《特拉基斯少女》（Trachiniae）中，该词两次与诚实和公开相联系：永远不要说谎的建议是"良善的"（行 468-470），而当一个人计划成为"良善之人"时却教自己撒谎，那他就会成为 kakos（"卑劣的、坏的"，行 449）。看来，倘若某人没有意识到成为"良善之人"需要诚实，那他就不能成为这样的人。那么，"高贵之人"，亦即懂得如何赞赏"良善之物"的人，似乎将英勇作战、社

---

① 比较《埃阿斯》（Ajax）行 468；《俄狄浦斯王》行 609-610；《安提戈涅》行 520。

会地位卓越等英雄德性，还有人际交往中的公开和诚实都集于一身，包括我们已经在涅奥普托勒摩斯身上看到的对谎言的厌恶。索福克勒斯残篇《阿勒阿代》（*Aleadai*）有言："所有'良善之物'都有正当合理的天性（*gnēsian echei phusin*）。"[1]

此外，索福克勒斯还在一些文本中明确指出了"良善"与"正义"的联系，显然，前者是后者——一种公共德性——在个人层面上的前提条件。克瑞翁（Creon）认为一个在自己家宅内滋生无序的统治者肯定也不能妥善治理城邦，[45]"因为一个在自己家里是'良善的'人在城邦中也显然是正义的"（行666-667）。进一步讲，人们会称赞"良善与正义之士"（the *chrēstos-dikaios*）既擅长统治也擅长受统治，不违法，懂身份。于是，"良善的"就意味着承认合法正当的权威，接受追求自身利益的界限。同样，对"神圣律法、正义"（*themis*）力量的认可也缓和了涅奥普托勒摩斯的爱欲（*erōs*，行660-661）。他欲求持有这张弓，但除非这是合法的，否则他不会要求也不会选择这样做。

要做到"良善"，也就是要在私人行为中保持公正、公开、守序，并尊重自己与他人的功绩。它与接受过一定的道德教育以及传统战士英雄所具有的那种天生的卓越有关。[2] 而且，一个在私人生活中是"良善的"人最有可能被证明真的是一个正义的邦民，尽管做到分配上的正义

---

[1] 残篇87，行2，Pearson本。J. L. Creed, "Moral Values in the Age of Thucydides", *Classical Quarterly* 23, 1973, pp. 213-241, 该文表明公元前5世纪的其他作家也用"高贵的"表示公开与慷慨；除了他提到的欧里庇得斯和修昔底德的例子，还可比较阿里斯托芬《蛙》（*Frogs*）行1008-1012, 686；《骑士》（*Knight*）行510。

[2] 亚里士多德（《诗学》1454a17）说每个阶层都有"良善的"人物，包括奴隶；但这是在欧里庇得斯已经明确说出"一个高贵的穷人"（《厄勒克特拉》行253）之后，他甚至还更加大胆地使用了"高贵的"奴隶（《海伦》行1641）这一表达。尽管索福克勒斯可能也会这样使用该词，但他确实没有引导我们有这样的期待。

（being distributively just）可能要在更大程度上战胜恶意与报复的冲动。① 在我们进一步审察这些说法及其含意之前，我们首先得研究它们在涅奥普托勒摩斯的案例中的发展。

目前我们已经看到，尽管涅奥普托勒摩斯已经开始关心诚实和公正，但经验的缺乏以及对荣誉的渴求仍使其易受奥德修斯提议的诱惑。由于他运用了自私的两面派手段（对于奥德修斯在行 111 说的客观的"利益"[kerdos]，他用"为我带来的利益"[kerdos emoi]替代），那么他后来受菲罗克忒忒斯指责也是应得的了：他被称为"可怕恶行（panourgia）的最可恨的发明物（technēma）"（行 927-928），因为他已经成为脱离了"自然"（phusis）的"技艺"（technē）的产物。

但是，涅奥普托勒摩斯目睹菲罗克忒忒斯受痛苦攻击，这打消了他将他人视作棋子的念头。这一令人不安的场景使涅奥普托勒摩斯意识到其目标受害者的个性与人性。他开始感受到菲罗克忒忒斯目前所受苦难的不正义性，不愿再使他受更多折磨。突如其来的疼痛使菲罗克忒忒斯头晕目眩，他问涅奥普托勒摩斯说"孩子，你在哪儿？"，后者给出了奇怪又恰当的回答："我已经痛苦了很久，为你的不幸感到悲伤。"随后他在剧中第一次做出了承诺（行 813），他将遵守这一承诺，尽管此时他并不打算如此。

菲罗克忒忒斯睡着后，涅奥普托勒摩斯与歌队之间的交流向我们表明了他认识的推进。在致睡眠（Sleep）的合唱歌中，歌队审慎的观点与涅奥普托勒摩斯在光、视、听的意象中表达出的逐渐上升的利他主义

---

① 索福克勒斯《埃阿斯》行 1342 以下的一段重要文本体现了这一区分。奥德修斯指出，因为碰巧讨厌一个卓越之人而侮辱他是不正义的；退让并非胆怯，反而在所有希腊人看来都是正义之举（行 1342，1345-1346，1362-1363）。但尽管阿伽门农在要求埋葬埃阿斯上进行了退让，他依然不会为这一行为承担公共责任："它将被称作你的行为，而非我的。"（行 1368）鉴于只有这种承认才真的意味着对埃阿斯行正义，奥德修斯因此让步，并回答他："无论你做什么，你至少都将是良善的。"（行 1369）

形成对比。菲罗克忒忒斯的痛苦已经主导了这一场景，这也迫使其他人物承认他是一个人。现在他睡着了，其他人就有可能再次将之视作一个物体，并在虚假的"幽光"在他眼前闪烁时对他展开谋划（行830-831）。歌队呼求睡眠，将之视作治愈者以及美好生活的主宰（行829, 832），他们仿佛在关心菲罗克忒忒斯的舒适与康复。[46]但他们真正的关切很快就展现出来了：睡眠是他们的计划所面对的疾病的治愈者，而且有助于他们过上美好生活，因为睡眠使关键的窃弓行动成为可能。睡眠的幽光覆盖了菲罗克忒忒斯的双眼。歌队说要注意不能让他听见声音，因为一位痛苦之人的睡眠并不沉稳，反倒视觉灵敏（行855-861）。鉴于这位受害者暂时睡得昏沉，歌队催促他们的领导者为了利己而保持灵敏的视觉：看到你的位置，你应该去往何方（行833）；你要看到菲罗克忒忒斯正睡着，这正是行动的时机（行835）；诸神将看到这项计划的复杂性（行843），但你必须谨记你要窃取弓箭；一个精明的人能预先看到许多困难，但你注意，看看我们发话催促窃弓是否对你有利（行862）。歌队这一连串的强调是在要求涅奥普托勒摩斯心思缜密，并把握有利时机。"时机主宰一切判断，以迅猛行动赢得胜利。"（行837-838）他们将菲罗克忒忒斯无法关注自己的利益与涅奥普托勒摩斯能为自己观看和行动做了比较。涅奥普托勒摩斯则以不同的方式比较了菲罗克忒忒斯的缺乏感知与他自己新获得的认识："他什么也听不见，但我看到，倘若我们不带他一起航行，那么即使我们拿着这张捕获的弓，也是徒劳的。"针对歌队反复强调的窃弓一事（也比较行850-851），涅奥普托勒摩斯对菲罗克忒忒斯本人的重要性提出了全新看法。

菲罗克忒忒斯醒来后，涅奥普托勒摩斯欣慰于他的康复，却又（来自 *men…de* 这一对应结构的含意）对自己即将采取的不符合天性的行动感到痛苦（行883-886）。当菲罗克忒忒斯提及自己"往常的习惯"（*sunēthes ethos*，行894）时，涅奥普托勒摩斯震撼于自己行为的不合宜，并用他在菲罗克忒忒斯剧痛时听他喊出的音节 *papai* 来表达这种冲突

（行895）。在行897，涅奥普托勒摩斯在全剧中第一次使用了"（主观的）必须"，① 他不再认为自己应该相机行事，而是要由他自己决定如何行动："我不知所措，不知道我应该（chrē）说什么。"菲罗克忒忒斯问他是否因厌恶自己的疾病而感到沮丧，但涅奥普托勒摩斯的"厌恶"（duschereia）不再停留于这种肤浅的反感："当一个人背弃自己的天性做不合宜的行为时，一切都是令人厌恶的（duschereia）。"（行902 - 903）

此时，尽管涅奥普托勒摩斯对自己天性的要求，以及对为了某种结果而背离天性的困难有了更加坚定的认识，但他仍然坚持是正义（to endikon）与利益（to sumpheron）使他服从领导者们（行926）。随后，在与奥德修斯交流时，他更是将正义［47］与符合其"天性"的行为联系起来，并拒绝服从。他已经做了不适合他做的事（行1227），他将归还弓箭，因为他认为这些事很可耻，不合乎正义（行1234）。这么做可能不精明，但倘若合乎正义，就是一种更加重要的考量（行1246）。奥德修斯无法理解不服从计谋怎么会是正义的，但涅奥普托勒摩斯不惧权威，相信正义在他的一边（行1251）。

因此，对他而言，正义并非许多人附加在任何成功行动方针上的名称。它包括按照某些原则行事，这些原则是他在与人交往中追求诚实与公正的秉性的持续延展。它的主张可能会导致一个人公然反抗权威，甚至损害公共善。但对于一个性情坚定、受过良好道德教育的人而言，否认它就会招致无法忍受的"厌恶"。涅奥普托勒摩斯并没有像奥德修斯那样，将自己的痛苦当作一种娇气而使之合理化。一个人可以违背其天性，但对一个严肃之人而言，这样做的结果就是强烈的不安。最值得注

---

① 比较 Benardete, "*Chrē and Dei* in Plato and Others", p. 297; H. C. Avery, "Heracles, Philoctetes, Neoptolemus", *Hermes* 93, 1965, p. 285 指出涅奥普托勒摩斯在该剧中被称为 *pai*（孩子）共68次，被称为 *anēr*（男人）仅2次，而且这两次都出现在这一关键时刻之后（行910, 1423）。

意的是，对涅奥普托勒摩斯而言，行事正义似乎不只意味着为菲罗克忒忒斯的利益行事——当然，迫使他回到特洛伊并得到治愈显然符合他的利益——也是为涅奥普托勒摩斯、奥德修斯以及整个军队的利益行事。相反，涅奥普托勒摩斯因其天性，认为作为一个"高贵"且"良善"之人有责任尊重菲罗克忒忒斯自行选择的权利，并让他自己做出选择，即使他的选择与公共善甚至他自己的利益相冲突。我们在这里似乎看到了尊重他人权利与单纯促进他人利益之间的区别——这一区别在后来的大部分希腊道德哲学中似乎并不存在。

阿德金斯在其影响深远的《功绩与责任》（*Merit and Responsibility*）一书中指出，竞争性德性与合作性德性之间的张力是一般的希腊道德，尤其是这一时期的道德的特征，而且只有基于功绩的贵族式标准失去控制时，像正义这样的"安静"德性的重要性才开始得到认可。① 索福克勒斯在该剧中体现出的立场似乎证明这一对立是一种谬误，功绩与正义远非两个相互对立的道德系统中的核心德性，而是密切关联的。一个人若没有清楚地认识到自己是具有某种性情的个体，也不知道何种行为方式才适合他，那他也就不可能充分尊重作为个体的他者，无论他是一个毫无个性的奥德修斯式剥削者，还是一个以自我为中心、过度远离社会和公共生活的隐士。一个人即使具有一般意义上的好秉性，倘若被说服而遗忘了其天性和血统，那么他也能被引导去［48］行不义之事。该剧认为，对正义而言最大的希望是有自重的、有功绩的领导者，他们行事公开且诚实，这是贵族式标准的一部分，而且也能被称赞为"良善的"和"高贵的"之类与阶级有关的语词。贵族式标准并不会阻碍正义流行，实际上它还是正义最有希望的来源，因为正是贵族式传统才最强调道德教育、性情以及与个人性情相一致的行动。奥德修斯式道德既贬低了正义，也贬低了友谊以及人们之间的一切情感依靠。大多数人想

---

① A. W. H. Adkins, *Merit and Responsibility*，各处。

必不会抵制奥德修斯式道德，正如那些拥有英雄功绩，知道应该对自己和血统负责的人也不会抵制它。索福克勒斯并没有宣称出身于某一阶级是成为相应类型之人的必要条件；① 他还向我们表明，功绩绝不是正义的充分条件：我们知道赫拉克勒斯就是凭借一些不义之举（用品达那句令人难忘的诗句来说，就是"把最严重的暴力当成正确的"）赢得了永生，他和涅奥普托勒摩斯一样"高贵"（noble），但他似乎不能在索福克勒斯的意义上被称为"高贵的"。一个人荣获众神嘉奖的英雄功绩，可以与诚实和公正的秉性毫不相干。② 然而，最有可能关心他人权利以及尊重他们自主性的人，是清楚认识自己之所是，并且明白何种行动才符合某种性情类型的人。对荣誉的雄心可能会使一个有功绩之人容易接受支持不义行为的论证，但这一弱点是涅奥普托勒摩斯在正义方面具有优势的自然结果；赫拉克勒斯具有非凡抱负，却没有好秉性，但我

---

① 正如欧里庇得斯在其残篇333. 2中所言："一个良善之人不可能有一个卑劣的父亲。"这并非否认强调"天性"和"高贵"的贵族式偏见，而是意味着，要发现一个人的本质性情如何，以及我们期望他如何，我们就应该看看其祖先是谁，这种意味构成了索福克勒斯式道德的一个严重局限。我们甚至没有发现遗传和环境对成长的影响有何明确区别，譬如在欧里庇得斯的《赫卡柏》（Hecuba）行592以下的那种区别，但这部剧比该剧在年代上要早很多。只有柏拉图和亚里士多德充分发展了这些问题。

② 这次神化的一个主要目的似乎是为了向我们表明诸神——正如一直以来所暗示的那样——所遵循的行为标准更接近奥德修斯式的而非涅奥普托勒摩斯式的，亦即他们并不（对不起菲罗克忒忒斯）关心正义，而关心某种结果的实现。菲罗克忒忒斯据说是一个公正、无可指责的人，他在诸神手上受了不应受的苦难（行683以下）。正如奥德修斯自己告诉我们的（行85，1051，尤其行989—990），他真的是一个虔敬之人以及宙斯的仆人。因此，尽管第二个总结〔译按：指赫拉克勒斯最后演说中关于虔敬的总结性言辞，相对于第一个总结，即菲罗克忒忒斯应与涅奥普托勒摩斯一起返回特洛伊战场而言〕表明诸神并不支持涅奥普托勒摩斯的原则，但它也并不代表赫拉克勒斯对其决定进行了道德批评。说"对诸神而言，一切事情都是公正且正义的，而人们则认为一些事不正义，一些事正义"（赫拉克利特残篇102），并不是说人们应该基于对神意的认可而抛弃他们的道德标准；同样，涅奥普托勒摩斯宣称正义在他的一边，这并没有因为诸神支持不同的方针而受到损害。

们也会质疑涅奥普托勒摩斯倘若缺乏非凡抱负，是否还会拥有好的秉性，因为他对行为的关注，至少有一部分是想成为某类英雄。正义的敌手奥德修斯对荣誉毫无爱欲。为了一个计谋，他可以让自己受到"你能想出的最可耻的辱骂"（行64-65）的中伤。而对菲罗克忒忒斯而言，"名誉"（kelos）的含义并非寻常之意，而是关于其苦难的"传闻"（行251）。

正如我们所见，《菲罗克忒忒斯》相当关注人类道德标准的竞争，而该剧的结尾则是一段告别孤岛的长篇抒情诗，以及一篇为航行顺利而献给海上神女的祈祷文。诺克斯（Bernard Knox）认为这一告别标志着菲罗克忒忒斯对其受难地点的爱，它是一个"诱人的避风港，远离真实的人类世界及其一切危险、忧虑和失望"。惠特曼（Cedric H. Whitman）发现了这里的"象征意义，也是最后一丝意义……利姆诺斯岛现在对菲罗克忒忒斯而言是其耐力（tlēmosunē）与道德存在的象征"。①但是，以祈求无关道德的自然来结束一部试图展示某些社会道德根基的戏剧，表面上虽然很感人、很有爱，但其实比这两位作者认为的更加阴郁。②尽管正义已经取得胜利，我们也看到了功绩与公正如何相关，但现在我们得承认这整场道德事件也依赖任性与偶然，以及自然的狂暴脾性与诸神的漫不经心。正直的年轻领导者乘着一艘船启航前往特洛伊，这艘船将会是所有风和雨的猎物，他必须祈求海上神女的救助（行1469-1471）。利姆诺斯岛四面环海（amphialon，行1464）。而且，岛上谈论正义的人类居民一方面受制于诸神，另一方面也受到冷酷无情的自然和野兽的制约。他们一起启程，将菲罗克忒忒斯带往：

---

① Knox, *The Heroic Temper*, p. 141；C. H. Whitman, *Sophocles：A Study in Heroic Humanism*, Cambridge：Harvard University Press, 1951, p. 189.

② 大地神（行391以下）是所有悲剧中唯一为了捍卫谎言而被呼求的神明；比较 Knox, *The Heroic Temper*, p. 131.

Enth' hē megalē Moira komizei

Gnōmē te philōn chō pandamatōr

daimōn, hos taut' epekranen. ①

强大的命运、

朋友们的意见以及实现这一切的

全能的引导神（*daimōn*）引领他去的地方。

"朋友们的意见"在决定结果方面已经发挥了作用，但它也落入了包围——位于它之前的是"伟大的命运"，之后的则是"让一切得以实现的全能神（*daimōn*）"。

作者简介：

玛莎·纳斯鲍姆（Martha Nussbaum，1947— ），当代美国最杰出、最活跃的政治学家和道德哲学家之一，曾获人文社科领域内的多项国际大奖。现为芝加哥大学"恩斯特·弗洛因德杰出服务讲席"法学和伦理学教授，著有《善的脆弱性》（1986）、《政治情感：爱对于正义为何重要》（2013）等。

译者简介：

陈驰，中山大学博雅学院在读博士生。通讯地址：广东省广州市海珠区新港西路 135 号中山大学南校园；邮编：510275。

---

① 这是菲罗克忒忒斯最后的话语。

古希腊戏剧及其在现代希腊舞台上的复兴*

康斯坦丁娜·齐罗普卢　著

梁婉婧　滕芷萱　译

内容摘要　古希腊戏剧在现代和当代的复兴是现代戏剧发展史中的一个特例。对于希腊而言，古代戏剧溯源渊远的文化底蕴和深厚的文学遗产，是构成希腊国家和民族文化精神的重要组成部分。在社会历史的客观影响下，古代戏剧在现代希腊的舞台上延承了重视剧场的传统，并持续在不同的戏剧实践中实验新的舞台呈现方式。这一复兴的历程体现出古希腊戏剧与当今世界和时代的联系，通过各种戏剧节和国家剧院等实践载体，古希腊戏剧在现代希腊舞台上的复兴展现出古代戏剧不朽艺术价值，也适应着现实的焕新要求，这为全球范围内的古希腊戏剧演出提供了创作素材和借鉴经验。

｜关键词　古希腊戏剧　现代希腊舞台　戏剧复兴

----

* 本文译自康斯坦丁娜·齐罗普卢（Constantina Ziropoulou）教授的投稿文章《古希腊戏剧及其在现代希腊舞台上的复兴》（Ancient Drama and Its Revival on Modern Greek Stage）。本文的翻译受到北京语言大学一流学科团队支持计划的资助（项目批准号 2023YGF02）。——译注

Ancient Drama and Its Revival
on Modern Greek Stage

Constantina Ziropoulou

Abstract: In the history of modern drama, the revival of ancient Greek drama in modern and contemporary stage has its own particularity. In Greece, ancient drama represents the national identity and Greek spirit, with its profound cultural continuity and rich literary heritage. Due to the influence of modern society and history, ancient drama on the stage of modern Greece inherits the emphasis on theatre, practices new experimental methods to present the plays. The progress of the revival reflects the relationship of ancient Greek drama and the modern world. Through various theatre festivals and the National theatre as well as many other practice formats, the revival of ancient Greek drama on the modern Greek stage not only shows the immortal art value of ancient drama, but also makes its way to adapt to reality with innovation, which provides instructive elements and experience for the international theatre performance of ancient Greek drama productions.

Key words: ancient Greek drama; modern Greek stage; theatre revival

引 言

本文旨在阐明自 1832 年希腊独立①至今，古希腊戏剧在现代和当

---

① 齐罗普卢认为希腊共和国的独立时间应该前溯到 1830 年，以《1830 年伦敦协议》（London Protocol）的签订作为现代希腊政治独立的开端。译者在此处遵循国际惯例所认定的 1832 年，即以希腊实际领土边界的确定作为希腊共和国独立的标志。——译注

代希腊的地位。我将提及古希腊戏剧舞台复兴史上重要的里程碑式的作品，并试图结合希腊的社会政治历史以及西方艺术和美学的总体发展，对其进行解读。需要提请读者注意的是，我在本篇文章中主要关注古希腊悲剧的接受问题，关于古希腊喜剧在现代舞台上的复兴和特点，将另撰文评论。

在介绍现代希腊对古希腊戏剧的接受情况之前，我想简要指出决定希腊戏剧舞台的重要因素——剧场。① 希腊戏剧生活的中心是雅典，其次是塞萨洛尼基（Thessaloniki），而希腊其他地区的戏剧活动则相当有限。四十多年前建立的市立剧院曾经依靠着政府的资助兴盛一时，但随着经济衰退和剧院内部管理不善等问题，市立剧院近年来的经营状况并不乐观。雅典的戏剧生活非常丰富多彩，每年上演的戏剧多达四百余场。其中大部分剧目在大型中央剧院上演，其他演出则来自一些近年成立的私人（off-stage）剧团，多具有实验性质。在这些演出剧目中，只有大约十种是古希腊戏剧演出。古希腊戏剧通常在夏季上演，演出场所基本上是建在山上的露天希腊式或罗马式古剧场。②

希腊总共有约三十个古代剧场，其中大概一半的剧场只在夏季承接演出，主要上演古代戏剧。最著名的有雅典卫城脚下的希罗德·阿提库斯剧场（Odeon of Herodes Atticus）、科林斯附近的埃皮达鲁斯剧场（Theatre of Epidaurus）、德尔斐剧场（Theatre of Delphi）和腓立比剧场（Theatre of Philippi）。冬季上演的古代悲剧通常只是在雅典的封闭式剧院里上演一两出，导演风格一般颇具实验性。冬季的演出不多，雅典和埃皮达鲁斯戏剧节的演出是戏剧爱好者在夏季的首选。

---

① Theatre 在文中分为两类：一种是露天的，译为"剧场"，另一种是封闭空间中的，大部分译为"剧院"。——译注

② Hanna M. Roisman ed., *The Encyclopedia of Greek Tragedy*, vol. 1, Hoboken：Wiley-Blackwell, 2014, pp. 101-109. 可参见 Margarete Bieber, *The History of the Greek and Roman Theater*, Princeton：Princeton University Press, 1961。

从建国之初的 1832 年开始，希腊就建立起复兴古代戏剧的悠久传统。从 15 世纪中叶到 19 世纪初，希腊一直是奥斯曼帝国的一部分，被土耳其人奴役。[①]

对于世界各地的导演，古希腊戏剧主要的功用是丰富专业知识，拓展艺术探索领域。而对希腊人而言，古希腊戏剧仍是彪炳民族重要性的伟大篇章。每年夏天的希腊戏剧节期间，每当观众在看戏中感觉到希腊文化遗产或民族身份受到损伤时，观众反对的呼声便在这些露天剧场的演出中不绝于耳，这证明古希腊戏剧在希腊从来不是一个简单的话题。这是因为古代戏剧的复兴是现代希腊史不可分割的一部分，它常常关乎语言、民族身份、历史延续性和政治信仰等重要的意识形态问题。

此外，古希腊戏剧还是希腊教育的组成部分，由具备古典语言学功底的教师教授给各年级的中学生。因此，希腊观众去剧场观看古典戏剧的演出之前，已在学校接受过相关戏剧文本的教育。这种在剧场外的戏剧阅读和理解的教育，无疑会影响观众的预期。因此，每年的埃皮达鲁斯戏剧节（这里是上演大多数古希腊戏剧的舞台）都会爆发激烈的争论：有人主张用更传统和古典主义的舞台方式呈现古希腊戏剧，直到 20 世纪 70 年代末，使用这种表演方式的主要是国家剧院的作品；也有人支持用更现代的、后现代的或实验性的方式演出古希腊戏剧，主张更多的艺术自由。

总体而言，现代希腊对古代戏剧的诠释主要以悲剧为中心，虽然最初受到启蒙运动和相应的西欧表演模式的影响，但希腊也孜孜以求将本土元素融入新模式。语言问题引发了极大的争议，如担心使用古典文本

---

① 参见 David Brewer, *Greece, The Hidden Centuries: Turkish Rule from the Fall of Constantinople to Greek Independence*, London/New York: I. B. Tauris, 2012。（Turks 一般指突厥人或土耳其人，文中所述的历史阶段统治希腊地区的应为奥斯曼人，土耳其建国于 1920 年。此处译法遵从作者的表达习惯。——译注）

（古文献）或纯正希腊语（Katharevousa，现代希腊的仿古体)[1] 译本会将社会底层排除在外。[2] 同样，也有人表示担忧，古代剧场是不是唯一适合进行古希腊戏剧演出的剧院空间。

一、从古代到现代的衍变

古希腊剧场的起源可追溯到古代的宗教仪式。[3] 从公元前 6 世纪的忒斯庇斯（Thespis)[4] 时代到公元前 3 世纪，即大约两个半世纪的时间里，共有 180 位悲剧诗人创作了约 1500 部悲剧和萨提尔剧（satirical dramas，又译羊人剧)。这些作品里只有 31 部完整的悲剧（埃斯库罗斯 7 部、索福克勒斯 7 部、欧里庇得斯 17 部)，以及欧里庇得斯的 1 部萨提尔剧、阿里斯托芬（Aristophanes） 的 11 部喜剧和米南德（Menandros） 的 3 部喜剧流传下来。古典时期的悲剧和喜剧以及希腊化时期的

----

① 纯正希腊语（英语 Katharevousa，希腊语 Καθαρεύουσα）：或称卡塔雷乌萨语，是一种 19 世纪创造的"仿古文"（pseudo-archaic words)，是希腊王国时代，欧洲文化在希腊留下的殖民产物，1834 年被奥托一世政权强行推行，1976 年被民选政府废止。纯正希腊语是将古典希腊语以德语、法语的语法形式复现，以取代通俗希腊语的人造语言方案，从 19 世纪到 1976 年被强制在书面语及官方场合（民众口头上依然使用通俗希腊语）使用。1976 年，希腊政府正式确立通俗希腊语为官方语言。1982 年，时任总理的安德烈亚斯·乔治乌·帕潘德里欧的希腊政府正式废除从希腊化时代就开始沿用的多调正写法。——译注

② Geoffrey Horrocks, *Greek: A History of the Language and its Speakers* (revised and expanded edition)，Hoboken：Wiley-Blackwell, 2010.

③ Eric Csapo, Margaret C. Miller eds., *The Origins of Theater in Ancient Greece and Beyond: From Ritual to Drama*，Cambridge：Cambridge University Press, 2007.

④ 忒斯庇斯（Thespis)，公元前 6 世纪的古希腊诗人、剧作家，以革新悲剧闻名。他是第一个把酒神祭典中所唱的歌曲改写成对话式的悲剧剧本的人，开启了使用一名演员做开场并与歌队进行交流的演出传统。忒斯庇斯还被认为是古希腊最早的演员。——译注

喜剧也有许多残篇得以流传。① 在伟大的悲剧诗人之后，悲剧开始衰落，这就是为什么直到公元 3 世纪，希腊人热衷于复演三大悲剧诗人的作品，特别是欧里庇得斯的作品。古罗马作家，尤其是帕库比乌斯（Pacubius）、阿提乌斯（Atius）和塞内加（Seneca）都模仿写过古希腊悲剧诗人的作品，但他们的模仿从未达到原作的高度。"以米南德为主要代表的'新喜剧'也是罗马喜剧家普劳图斯（Plautus）和泰伦提乌斯（Terence）的榜样'。"②

若干世纪之后，即文艺复兴时期，古希腊戏剧在欧洲再次兴盛。15 世纪中叶，君士坦丁堡的学者将悲剧诗人的作品带到了欧洲，欧洲人在威尼斯第一次接触到了埃斯库罗斯和索福克勒斯的悲剧。15 世纪末，古代悲剧诗人作品的译本开始出现。当时人们只研究悲剧，没有将其搬上舞台。

近代有记录的第一次古希腊悲剧演出，是 1585 年《俄狄浦斯王》（Oedipus Rex）于维琴察（Vicenza）奥林匹克剧院（Teatro Olympico）上演。但直到 19 世纪之后，欧洲人对演出古代戏剧的兴趣才日益浓郁起来。当时所有悲剧诗人的作品都被翻译成欧洲各国语言，并开始在舞台上演出。19 世纪中叶以后，欧洲各大学上演了许多由学生参与的古代戏剧。③ 1880 年，牛津大学上演了古希腊语版本的埃斯库罗斯的《阿伽门农》（Agamemnon）。

---

① 参见 Ioanna Karamanou, Antonios Regkakos eds., *Refiguring Tragedy*: *Studies in Plays Preserved in Fragments and Their Reception*, Berlin: De Gruyter, 2019。

② S. Goldberg, "Comedy and Society", in *The Cambridge Companion to Greek and Roman Theatre Comedy*, eds. Marianne McDonald and J. Michael Walton, Cambridge: Cambridge University Press, 2007, pp. 124-138.

③ P. Burian, "Tragedy Adapted for Stages and Screens: The Renaissance to the Present", in *The Cambridge Companion to Greek Tragedy*, P. E. Easterling ed., Cambridge: Cambridge University Press, 1997, pp. 228-283.

二、古代戏剧在现代希腊的复兴

古代戏剧在现代希腊的上演，最初关乎于希腊争取国家独立而进行的思想觉醒和教育储备，后又与国家成立初始努力寻求民族特性有关。下文将详细阐述其从 19 世纪至今的发展历程。

（一）希腊独立之后：古典戏剧复兴的制度化

1821 年希腊反奥斯曼革命爆发前，希腊知识分子主要居住在君士坦丁堡和多瑙河流域的巴尔干国家（摩尔多瓦和瓦拉几亚），他们试图传播古希腊精神，唤醒被奴役的希腊人，激发爱国精神，引导希腊人闹革命。他们出于这样的目的，将古希腊悲剧搬上舞台，并将古代文学作品翻译成现代希腊文。从黑海和小亚细亚海岸到雅典的希腊社区学校里，教师们组织学生演出古代戏剧，将其作为学校节日活动的一部分。[①]

1830 年希腊作为独立国家得到承认后，古希腊悲剧这种艺术品类也获得了特别的支持，因为它的发展壮大意味着希腊迈出了寻获民族身份认同感的第一步。希腊学者和知识分子受欧洲启蒙运动和法国大革命思想的影响，意识到戏剧在教育和意识形态方面颇有价值。在西方城市中心和希腊侨民居住的地方，特别是在威尼斯、维也纳、敖德萨（Odessa）、雅西（Iasi）和布加勒斯特（Bucharest），有一些面向希腊读者翻译和出版的戏剧作品。

复兴古希腊戏剧不仅意味着将古希腊语的剧本作为教希腊语和希腊历史的一种手段，更是视其为连接希腊文化遗产和辉煌历史的主要纽

---

① Walter Puchner, Andrew White, *Greek Theatre between Antiquity and Independence: A History of Reinvention from the Third Century BC to* 1830, Cambridge: Cambridge University Press, 2017.

带。希腊独立后不久，第一批希腊大学就着手开始古希腊戏剧的教学。没有戏剧经验的古典语文学家和考古学家主要将戏剧诗歌作为文本来研究，并未考虑其戏剧性。同样，学生的表演重点也放在文本朗诵、背诵上，而如表演、导演、场景设计、音乐和舞美设计等其他与舞台相关的元素则很少得到关注。19 世纪初的戏剧既具有革命性，也具有教育性。① 1867 年，希腊首次演出了专业版的古代戏剧，剧目为索福克勒斯的《安提戈涅》（*Antigone*），门德尔松作曲。

进入 20 世纪后，人们开始认真尝试将悲剧搬上舞台。当时，欧里庇得斯的《阿尔克斯提斯》（*Alcestis*）由新舞台剧团（Nea Skini）上演。不久之后的 1903 年，新成立的皇家剧院（Royal Theatre）上演了埃斯库罗斯的《俄瑞斯忒亚》（*The Oresteia*）。这次演出引发了严重事故，甚至造成了人员伤亡。此后的许多年，希腊人面临着书面语（纯正希腊语）和口语（通俗希腊语②）之间巨大的语言鸿沟。前者更具学术性，包含了许多古代语言的元素，后者则大为简化，去除了所有的古语词尾，但基本保留了词根。古文元素的倡导者认为，使用纯正希腊语有助于现代希腊赓续古代辉煌的历史的传统。但是纯正希腊语无法被大多数现代希腊人在日常对话中使用。

所以，当 1903 年《俄瑞斯忒亚》首次被翻译成通俗希腊语演出时，引起了反对通俗希腊语群体的若干次强烈反应。虽然演出本身获

---

① 参见 P. Moullas，《断裂与连接：论 19 世纪文集》（*Ρήξεις και συνέχειες. Μελέτες για τον 19ο αιώνα* [Ruptures and continuities. Papers on 19th century]，Athens：*Σοκόλη – Κουλεδάκη*，1993）和 Theodoros Chatzipantazis，《希腊历史剧：从 19 世纪到 20 世纪》（*Το ελληνικό ιστορικό δράμα. Από τον 19ο στον 20ό αιώνα* [Greek historical drama. From 19th to 20th century]，Heraklio：*Πανεπιστημιακές εκδ. Κρήτης*，2006）。

② 通俗希腊语（英语：Demotic Greek 或 Dimotiki，希腊语：*Δημοτική Γλώσσα*，字面意思是"人民的语言"）：现代希腊的标准口语，是自 1976 年希腊语言问题得到解决以来，希腊的官方语言。"通俗希腊语"（一般简写为大写的 D）与同时期在正式场合使用的纯正希腊语形成对比。——译注

得了积极的评价，但其语言选择引发了关于通俗希腊语是否优于纯正希腊语的激烈争辩，这也是当时希腊社会关注的重点。文学专业的学生和纯正希腊语的支持者要求首相取消演出，但他们的要求未被准许，此事引起的骚乱导致了两死数伤的结果。这一系列事件被称为"俄瑞斯忒亚事件"（Oresteiaka）载入史册，是"福音派事件"（即因《圣经》经文的翻译引发的类似事件）的延续。通俗希腊语在文学艺术中的日益盛行，以及它在古代戏剧演出中的应用，让现代演员更容易演出剧目，有利于将难以理解的古代文本传播给普罗大众。

现代希腊舞台接受史中，下一部重要作品是 1919 年由福托斯·波利提斯（Fotos Politis）导演、当时的重量级演员艾米利奥斯·韦阿基斯（Aimilio Veakis）主演的《俄狄浦斯王》。1927 年，福托斯·波利提斯在大理石体育场（Panathenaic Stadium）执导上演了欧里庇得斯的《赫卡柏》（*Hecuba*），该体育场建于公元前 6 世纪，罗马时代翻修改建，并在 1896 年的第一届现代奥林匹克运动会上使用过，如今被用于体育赛事和音乐艺术活动。

古代悲剧复兴史上的一个里程碑是我们所熟知的"德尔斐节"，这个戏剧节的诞生与当时的希腊历史环境息息相关。1922 年，土耳其人将希腊人赶出了小亚细亚。这场灾难动摇了希腊人的爱国精神，他们需要回到传统，利用古代和拜占庭的元素重申希腊人的民族身份。德尔斐节应运而生。希腊著名诗人安盖洛斯·西盖里阿诺斯（Angelos Sikelianos）和他的妻子伊娃·帕尔默（Eva Palmer）均为古代悲剧爱好者，二人于 1927 年 5 月在德尔斐古剧场组织了首届德尔斐节，并于同年上演了《被缚的普罗米修斯》（*Prometheus Bound*），1930 年上演了埃斯库罗斯的《乞援人》（*The Suppliants*）。① 他们的目标是让德尔斐成为全世

---

① A. Glytzouris, "The Delphic Festivals（1927, 1930）: The Revival of the Ancient Greek Chorus in the *Prometheus Bound* and in *the Suppliants* of Aeschylus"（in Greek）, in *Ta Historika*, vol. 15, nos. 28-29, 1998, pp. 147-170.

界的精神中心，德尔斐节是古代悲剧复兴史上的一个里程碑，它吸引了
全世界的注意力，吸引了来自世界各地的观众。安盖洛斯和伊娃本想自
筹经费在德尔斐重现古典希腊的伟大时刻，但戏剧节的工作量实在过
大，他们没能在接下来的几年中继续主持这一项目。不过，德尔斐节的
重要意义在于，它使用古代剧场作为演出场地并突出其重要性，在希腊
人关于是否需要将古代戏剧表演正式制度化的讨论中，德尔斐节贡献了
实践支持。

随着 1932 年"希腊国家剧院"（National Theatre）的成立，将古代
悲剧翻译成现代希腊语并重新搬上舞台，成为国家剧院追求艺术同时兼
顾教育的目标。国家剧院的章程中特别规定了在希腊和全世界推广古希
腊戏剧的条款。福托斯·波利提斯任剧院首任总监。1938 年，由迪米
特里斯·戎提利斯（Dimitris Rontiris）指导、卡蒂娜·帕克希努（Kati-
na Paxinou）主演的索福克勒斯的《厄勒克特拉》（Electra）在埃皮达鲁
斯古剧场演出，这在现代世界尚属首次（见图 1）。戎提利斯推崇马克
斯·莱因哈特（Max Reinhardt）所主张的由导演监督协调演出的理念，
试图结合莱因哈特的思想精神与希腊现实。他的导演实践以歌队的单声
部朗诵为特色。①

歌队一直是悲剧复兴演出中的最大难题，导演们最主要的分歧通常
集中在歌队的处理方式上。歌队是古希腊戏剧区别于其他所有戏剧种类
的特殊存在，为此，我将在这里对歌队做一些具体说明：众所周知，古
希腊悲剧源于酒神颂歌（Dithyramb），即一个演员走到中间，开始与其
他歌队成员对话。在古代，歌队成员以集体的形式跳舞，动作同步，手

---

① 参见 Katerina H. Arvaniti，《在国家剧院演出的古希腊悲剧》
（αρχαία ελληνική τραγωδία στο Εθνικό Θέατρο [Ancient Greek Tragedy at the National The-
ater]，vol. I，Θωμάς Οικονόμου - Φώτος Πολίτης - Δημήτρης Ροντήρης [Thomas Oikono-
mou-Fotos Politis-Dimitris Rontiris]，Athens：Εκδοσεις Νεφελη，2010）。

图1　戎提利斯执导,《厄勒克特拉》现场照

势夸张。① 总的来说，歌队在戏剧中担当何种角色，这一问题已形成了诸多观点和理论，其功能可以从许多不同的角度来理解，比如可以将歌队看作观众的代言人、额外的角色、神话的代言人、政治体、女性化的他者、主角的对抗力量等等。② 但是大多数学者都认为，歌队起源于一种仪式，是一种集体表达，在性别和社会地位方面是同质的，而其身份

---

① Yana Zarifi, "Chorus and Dance in the Ancient World", *The Cambridge Companion to Greek and Roman Theatre*, Marianne McDonald, Michael Walton eds., Cambridge: Cambridge University Press, 2007, pp. 227-246.

② 参见 J. Gould, "Tragedy and Collective Experience", M. S. Silk ed., *Tragedy and the Tragic: Greek Theatre and Beyond*, Oxford: Oxford University Press, 1996, pp. 217-243; 以及 S. Goldhill, "Collectivity and Otherness. The Authority of the Tragic Chorus: Response to Gould", M. S. Silk ed., *Tragedy and the Tragic Greek Theatre and Beyond*, pp. 244-256。

是匿名的，与具名的主角不同。

在现代演出中，歌队成员如何发声，他们是像古代那样歌唱还是朗诵，歌唱是否齐声，是否分诵，歌队中的每个演员是否都要说一段话，所有这些问题一向复杂棘手。不同的导演以截然不同的方式来处理歌队。迪米特里斯·戎提利斯是战后希腊国家剧院传统的主要代表，在他著名的导演实践中，歌队是有节奏的、单声部的集体朗诵，演员配合音乐说出台词。他还使用拜占庭音乐和民间歌唱渲染悲剧中的抒情元素。与此同时，当时国家剧院所有古希腊悲剧演出中，均使用舞美设计师克列奥沃洛斯·克洛尼斯（Kleovoulus Klonis）设计的新古典主义风格布景，使用服装设计师安东尼斯·弗卡斯（Antonis Fokas）设计的历史化、写实的和风格化的服装，这些固有的设计给人留下重复单调的印象。

（二）战争及独裁统治时期：复兴事业的倒退

第二次世界大战爆发后不久，希腊又爆发了内战。第二次世界大战以及后来的内战期间（1944—1949），国家剧院继续演出。1940年，国家剧院上演了索福克勒斯的《安提戈涅》，自古以来该剧就以传达革命讯息而闻名。1943年，国家剧院上演了欧里庇得斯的《赫卡柏》，当时观众席上还有几位德国官员。戏剧舞台瞬间变成了抗议的场所，因为《赫卡柏》中的特洛伊妇女沦为了战争俘虏，而这引起了同样处于被侵占状态的希腊妇女的强烈共鸣。此外，在希腊历史上，古代悲剧演出曾多次被艺术家们用作向公众传达革命信息的手段，因为它是唯一不受审查的剧种。

内战结束后，许多新兴剧团开始演出古代戏剧，演出地点主要在雅典，希腊各地也有巡演。1949年，在迪米特里斯·戎提利斯的指导下，埃斯库罗斯的《俄瑞斯忒亚》在希罗德·阿提库斯剧场上演，由玛丽卡·果多布丽（Marika Kotopouli）饰演克吕泰墨涅斯特拉，演出获得了巨大成功。1954年，"埃皮达鲁斯艺术节"正式成立，该艺术节在夏季举办，持续数月，内容包括丰富多样的戏剧演出、音乐会、舞蹈和艺术展览。这一制度一直延续至今。最初，只有希腊国家剧院有权在古剧场演出。国家剧院对埃皮达鲁斯古剧场长达二十年的独占和使用特权扩大了该剧场的意识形态功能，也固化了在舞台上表现古代悲剧的特定方式。[1]

1954 年，埃皮达鲁斯艺术节的首场演出是欧里庇得斯的《希波吕托斯》（Hippolytus），迪米特里斯·戎提利斯执导。从那时起，国家剧院就在古代戏剧的复兴中建立起古典主义美学，当时这种独特的美学吸引了国际的目光，取得了较高的知名度。当时的著名演员如卡蒂娜·帕克希努和阿莱克西斯·米诺提斯（Alexis Minotis）夫妇，他们凭借着在埃皮达鲁斯节和国外巡演中的精彩表现赢得了奖项和荣誉。总体而言，国家剧院在复兴古代悲剧中采用的导演主导式风格深受德国表现主义的影响，具有以下特点：坚持重视语言（台词）、精湛的演技配合有力的演说、情感细腻、节奏和谐（歌队分组朗诵）以及形式化的舞蹈编排，舞蹈动作的灵感主要采样于古代陶器中描绘的歌队动作。

在 20 世纪 50、60 年代，迪米特里斯·戎提利斯创建了自己的剧团——比雷埃夫斯剧团（Peiraiko Theatro）。著名的悲剧演员阿斯帕西娅·帕帕塔纳西乌（Aspasia Papathanasiou）就来自这个剧团，她在1961 年的万国艺术节（Festival of Nations）中出演《厄勒克特拉》，获得一等奖。比雷埃夫斯剧团曾在欧洲、美洲及苏联等地巡回演出古代悲剧。

20 世纪 50、60 年代的另一位著名导演是利诺斯·卡尔齐斯（Linos Karzis）。卡尔齐斯想完全按照古代悲剧的表演方式再现悲

---

① Eleftheria Ioannidou, "Toward a National Heterotopia: Ancient Theaters and the Cultural Politics of Performing Ancient Drama in Modern Greece", in *Comparative Drama*, vol. 44, no. 4, Winter 2010/Spring 2011, pp. 385-403.

剧，例如，他在剧中采用了戏剧面具和希顿古装（chiton）①，使用古希腊长笛②演奏背景音乐。这样的想法没有经受住时间的考验。首先，无论考古和历史研究取得了多大的进展，我们都无法真正了解古代表演的诸多要素，比如音乐和舞蹈；其次，卡尔齐斯的舞台演出注定会以同样的面目反复出现，因为这样的演出实际上并不追求诠释文本的内涵（而是追求形式）；第三，古代表演的宗教背景在现代已荡然无存。

1961 年，国家歌剧院上演了作曲家路易吉·凯鲁比尼（Luigi Cherubini）创作的歌剧《美狄亚》（Medea），这是埃皮达鲁斯剧场首次上演改编自古代戏剧的歌剧。导演阿莱克西斯·米诺提斯在这部歌剧中将歌队打散，以个人为单位进行颂唱；采用古装，服装和布景由现代派画家扬尼斯·查鲁契斯（Yannis Tsarouchis）设计，女主角则由希腊著名女高音歌唱家玛丽亚·卡拉斯（Maria Callas）出演。几年后，卡拉斯再次在导演帕索利尼（Pier Paolo Pasolini）的电影《美狄亚》（1969）中扮演女主角。

1964 年，由亚莱克西斯·索洛莫斯（Alexis Solomos）执导、伊阿尼斯·克塞纳基斯（Ianis Xenakis）配乐、扬尼斯·莫拉里斯（Yannis Moralis）设计服装的埃斯库罗斯的《乞援人》为埃皮达鲁斯剧场带来了前所未有的革新。

卡罗洛斯·库恩（Karolos Koun）是希腊复兴古代戏剧的先锋导演之一，他与他的"艺术剧团"（Theatro Technis）在许多国家巡回演出悲剧和喜剧，还参加了不少国外戏剧节，获得了一些重要奖项。

---

① 希顿古装是古希腊人贴身穿的宽大长袍，一般是宽松的羊毛束腰外衣，男性穿的长达膝盖，女性穿的到达足跟处。——译注
② 古希腊长笛一般指阿夫洛斯管（aulos），常译为"长笛"或"双笛"，但这种乐器通常是双簧片的，其声音被描述为"具有穿透力、持久和令人兴奋"。——译注

卡罗洛斯·库恩的导演方法堪称国家剧院学派的对立面。他引进了欧洲的新方法，在绝对尊重文本的前提下实现现代化的表演。他不对文本进行剖析，也没有删减文本，而是"深化"了对文本的诠释。他明确反对任何民族主义和保守主义，其进步观点影响了后世许多戏剧家。他把歌队看作另一个演员，打破了歌队的呆板朗诵，而呆板朗诵是国家歌队的典型"表现形式"。与国家剧院导演的学术理念和注重言语表达不同，他主张一种通常被称为"大众表现主义"（popular expressionism）的美学，从中反射出希腊丰富的文化遗产，他还从东西方充满活力的创造性结合中寻求真正表现希腊的部分。毕竟，希腊因其独特的地理位置而处于多种文化的交汇点。库恩认为戏剧诞生于原始宗教节日和仪式，这影响了他的悲剧创作方法。在他的悲剧表演中，半面具的使用尤其体现了其舞台表演中的仪式元素。他于 1965 年执导的《波斯人》（*The Persians*）被认为是最能代表其导演风格的杰作。①

库恩《波斯人》的舞台具有东方特色，这主要归功于演员穿戴的长须和服装，以及他们在大流士祈求场景时的动作，那些动作让人联想到苦行僧之舞（见图 2）。在这次演出中，库恩借古喻今的政治评论倾向已初露端倪，他点明了现代帝国主义和政治霸权的危险。而他 1980—1982 年的《俄瑞斯忒亚》则将这种政治性的诠释推向了高潮，在这部戏中，库恩将克吕泰墨涅斯特拉与现实生活中的梅利娜·梅勒古丽（Melina Mercouri）联系起来，并以明显的政治隐喻影射出 1967 年希腊人遭受的独裁统治。梅利娜·梅勒古丽曾任希腊社会主义政府的文化部长，独裁统治期间她在巴黎开展反法西斯斗争，因此闻名。

---

① Michael Maggiar, *Karolos Koun and the Theatro Technis*, City University of New York, ProQuest Dissertations Publishing, 1990.

图 2　库恩执导，《波斯人》剧照，1965

　　需要指出的是，20 世纪 70 年代之后，悲剧演出有两种主流趋势：一种是政治性的方式，另一种是仪式性的方式。这两种趋势不只流行于希腊，也流行于整个欧洲。①

　　1967 年至 1974 年，希腊经历了军事独裁统治。这与当时的国际政治形势和东西方冷战有关。内战之后，希腊的政治正常化进程陷入停滞。随后几年，在美国暗中支持下的一系列事件导致了独裁统治，当时的希腊变成了一个充满暴力、审查、禁令、迫害、逮捕和畸形宪法的国家。在此期间，只有希腊国家剧院获准演出古代戏剧，且只能用纯正希腊语演出。如上所述，纯正希腊语与希腊现代口语相去甚远。国家剧院只上演歌颂民族主义精神的剧目，如埃斯库罗斯的《波斯人》曾多次上演。

---

　　①　Helmut Flashar，《古代的舞台：从近代早期到当代舞台上的希腊戏剧》（*Inszenierung der Antike：Das griechische Drama auf der Bühne. Von der Frühen Neuzeit bis zur Gegenwart*. München：Verlag C. H. BECK oHG，2009，pp. 292–299）。文中此处引用的是在希腊出版的版本（Athens，2022）。

总体而言，这一时期复兴古代悲剧的事业出现了倒退。①

（三）稳定发展期：走向制度化、国际化

1975 年是悲剧复兴史上的第二个里程碑，埃皮达鲁斯艺术节组委会为激发新的活力，开始允许一些私立剧团使用剧场。

1976 年，由米诺斯·沃拉纳基斯（Minos Volanakis）执导的欧里庇得斯《美狄亚》在国内外获得巨大成功。赴美演出中，担任女主角的是希腊著名女演员伊利妮·帕帕斯（Irene Papas），而在希腊的演出中，女主角则是由上文提到的国际著名女演员、希腊文化部长（任期为1989 年、1993—1994 年）梅利娜·梅勒古丽饰演。

米诺斯·沃拉纳基斯是在舞台上演绎古代悲剧最重要的创新导演之一。他的作品以严守古代悲剧文本著称，通常采用自行翻译的版本。沃拉纳基斯曾接受过古典教育，他的舞台翻译完美融合了古希腊诗风与现代的语言习惯。

此外，导演迈克尔·卡科扬尼斯（Michael Cacoyannis）也做出了很大贡献，他成功地将古代戏剧搬上了电影荧幕（《特洛伊妇女》《厄勒克特拉》等），同时他还在欧洲的主要剧院和希腊本土执导悲剧，大多数情况下他使用艾琳·帕帕斯担纲女主角。

值得一提的还有著名画家扬尼斯·查鲁契斯于 1977 年上演的《特洛伊妇女》（*The Trojan Women*），查鲁契斯翻译了这部戏，选择在雅典市中心一座已损毁的新古典主义建筑中演出，他的布景直接参考了被毁坏的特洛伊宫殿，修正了古代剧场与开放空间之间的关系。回顾古代戏剧的表演实践，开放式剧场往往被视作唯一适合上演古希腊戏剧的空间，查鲁契斯启用了一座已损毁的新古典主义建筑作为新的

---

① 可以参看 G. A. H. Van Steen, "Playing by the Censors' Rules? Classical Drama Revived under the Greek Junta（1967—1974）", *Journal of the Hellenic Diaspora*, vol. 27, nos. 1-2, 2001, pp. 133-194。

表演空间，这标志着悲剧演出在空间上的新突破。这是一部融入了现代元素的新版悲剧，着重表现战争给人们带来的痛苦。歌队中被俘虏的特洛伊妇女穿着现代服装，就像来自小亚细亚或塞浦路斯的难民。扬尼斯·查鲁契斯的视觉构图以绘画中的民间元素为主。演出中明确提到了 1974 年土耳其人入侵塞浦路斯的悲剧，以及几年前希腊遭受的独裁统治。

20 世纪 80 年代是宣告希腊古代戏剧复兴进入新阶段的转折点。新的剧场空间应运而生，如利卡维托斯剧场（Lycabettus Theatre）、岩石剧场（Ton Vrahon）和佩特拉剧场（Petra Theatre）。事实上，这时国家补贴制度已经建立，全国各地的地区剧院也发展起来。因此，许多地方剧院尝试演出古代戏剧，它们经常追随世界舞台的艺术潮流。80 年代以来值得注意的演出如下：

1984 年，塞浦路斯剧院组织在埃皮达鲁斯艺术节中上演了埃斯库罗斯的《乞援人》，由尼科斯·哈拉兰博斯（Nikos Charalambous）执导。此时距土耳其人入侵塞浦路斯已过去十年，演出中的戏剧神话与塞浦路斯人民的现实悲剧相互照应。

1986 年，由塞奥佐罗斯·特佐普罗斯（Theodoros Terzopoulos）执导的欧里庇得斯《酒神的伴侣》（The Bacchae）为古代戏剧在希腊的复兴注入了新的活力。特佐普罗斯将古代悲剧从传统的表演模式中解放出来，强调激烈的肢体表达。他的演员们有良好的肢体练习，从戏剧语言中生发出适合的动作技巧。躯体化的表达、亢奋和狂喜入迷的状态暗合了古代戏剧原始祭祀和宗教仪式的起源。特佐普罗斯的作品在世界各地巡回演出，如今他已赢得了国际导演的盛誉。这位导演和他的"阿提斯剧团"（Attis Theatre）的特点是系统性和条理性，同时借鉴了日本和印度的跨文化传统，强调仪式感，这在希腊的戏剧实践中很突出。特佐普罗斯改变了希腊人对悲剧表演的固有看法——希腊人曾认为悲剧表演的重点在于言语的表达，尤其是概念内容的呈现。①

导演斯皮罗斯·乌拉霍利迪斯（Spyros Vrachoritis）为复兴古代悲剧提出了另一种有趣的构想。他于1976年成立了"沃洛斯戏剧俱乐部"（Volos Theatre Club）。该俱乐部具有团体性、实验性、近乎集体戏剧工作制的特点，这种特点只有在实验戏剧导演耶日·格洛托夫斯基（Jerzy Grotowski）、尤金尼奥·巴尔巴（Eugenio Barba）或塔德乌什·康托尔（Tadeusz Kantor）等人的团体中才能找到——这些戏剧团体几乎出现在同一时期。1986年，乌拉霍利迪斯用古希腊原文上演了《安提戈涅》，诗歌格律的音乐性令人耳目一新。他在印度、德国、英国、西班牙、土耳其、保加利亚、罗马尼亚、意大利等地巡回演出，取得了巨大成功。

1985年，由"德尔斐欧洲文化中心"举办的古希腊戏剧国际会议在德尔斐开幕。活跃于世界舞台上的重要艺术家在此展示了他们研究古希腊戏剧的方法。活动还包括专题研讨会、戏剧表演、戏剧讲习班以及戏剧创作者和导演的方法介绍。② 20世纪80年代，许多外国导演都在德尔斐演出过他们的作品，其中铃木忠志的《克吕泰墨涅斯特拉》（Clytemnestra）采用了日本传统戏剧的元素③，托尼·哈里森（Tony Harrison）的《奥克西林库斯的追踪者》（The Trackers of Oxyrhynchus）也值得关注④。正是在这一时期，我们所熟悉的西方"跨文化戏剧"开

---

① Herald Müller ed., *Dionysus in Exile: The Theatre of Theodoros Terzopoulos*, Berlin: Verlag Theater der Zeit, 2019.

② 更多信息可见：https：//eccd.gr/［访问日期：2024年1月30日］。

③ 参见 Marianne McDonald, *Ancient Sun, Modern Light: Greek Drama on the Modern Stage*, New York: Columbia University Press, 1991, pp. 21-73。

④ 这部剧剧本由托尼·哈里森创作，内容部分基于索福克勒斯的一部萨提尔剧的残篇《追迹者》（*Ichneutae*），该残篇原文在埃及奥克西林库斯（Oxyrhynchus）出土，哈里森将其重新制作成一部适合当代演出的讽刺喜剧，并将发现残篇的爱德华七世时代的两位纸莎草学家加入剧情中。——译注

始发展起来，融入了不同文化的元素。①

20 世纪 90 年代以来，希腊戏剧舞台上的古代戏剧演出数量大幅飙升。新一代导演正在尝试以更加 "现代" 和创新的舞台来重现古代戏剧。在国家级剧院中，"希腊北方国立剧院"（State Theatre of Northern Greece）是悲剧创新和现代化的主要推动者之一，该剧院的代表性导演是安德烈亚斯·乌齐纳斯（Andreas Voutsinas），他的悲剧手法结合了 "挑衅性" 奇观与女性主义，如他于 1990 年上演的《美狄亚》：美狄亚与其保姆的关系被夸大了，事实上，导演将保姆塑造成了另一个美狄亚，推动女主人公与不公正的男权进行斗争。

在同一时期，斯皮罗斯·埃瓦盖拉托斯（Spyros Evangelatos）、斯塔夫罗斯·杜费克西斯（Stavros Doufexis）和乔治·米哈伊利迪斯（George Michaelides）等导演也脱颖而出，各有自己的视角。科斯塔斯·齐阿诺斯（Kostas Tsianos）将悲剧与希腊民间传统联系在一起。在演出欧里庇得斯的《厄勒克特拉》时，他将希腊北部的民俗风情与小亚细亚的服饰、节奏和民间舞蹈相结合。演出特别凸显了女主角莉蒂亚·孔尼奥尔杜（Lydia Koniordou）的出色表演，她是一位重要的悲剧演员，也是前希腊文化部部长。

米哈伊·马尔玛利诺斯（Michael Marmarinos）是另一位享誉国际的重要希腊导演，他凭借在古代悲剧中对后现代美学的另类探索脱颖而出。他是近几十年来希腊先锋派戏剧的代表人物，也是希腊最杰出的戏剧导演之一。自 20 世纪 80 年代以来，马尔玛利诺斯一直致力于探索古希腊和欧洲古典戏剧的颠覆性表演。他的成名作是于 1991 年 5 月上演的《密闭空间中的美狄亚》（*Medea of a Desperately Closed Space*）。随后，他于 1998 年 8 月在埃皮达鲁斯上演了后现代主义手法的索福克勒斯的

---

① Hallie Marshall, "Tony Harrison's *The Trackers of Oxyrhynchus*", *A Companion to Sophocles*, Hoboken: Wiley-Blackwell, 2013, pp. 557-571.

《厄勒克特拉》。马尔玛利诺斯对歌队的指导方法非常有趣。歌队的演员们做出的是平行、独立的动作，分散了观众对剧情发展的注意力。总体而言，马尔玛利诺斯的歌队是一个由歌队成员组成的团体，这些成员既有共同的经历，又保持着各自的个性。传统悲剧中的歌队更像一个集体，而这位导演的歌队是由个体组成的后现代社会歌队，个体主体的集体经验得到了公开表达。马尔玛利诺斯在 2000 年的《阿伽门农》（与首尔艺术中心联合制作）、2018 年的《厄勒克特拉》（参加了中国上海国际艺术节）以及 2021 年的《追迹者》中都采用了类似的手法。[①]

导演迪米特里·玛乌里基奥斯（Dimitris Mavrikios）的作品中也多见实验性创新。1992 年，他组织古代戏剧工作室的学生在室内上演了索福克勒斯的《安提戈涅》，剧本由尼科斯·帕纳尤托普洛斯（Nikos Panagiotopoulos）翻译。这版舞台强调表达言辞而非修辞，其中暗示了对言辞及其意义的思考。玛乌里基奥斯在 1998 年为国家剧院和埃皮达鲁斯艺术节执导了索福克勒斯的《厄勒克特拉》，这是一部后现代作品，他又在 1999 年为国家剧院和埃皮达鲁斯艺术节执导了《波斯人》。同样，2006 年，玛乌里基奥斯再次为国家剧院和埃皮达鲁斯艺术节创作了《安提戈涅》，此版演出保留了表达言辞的理念，舞台上铺满了稻草，还使用了格鲁吉亚的音乐，九名年轻演员扮演剧中的所有角色。

导演莱夫戴里斯·沃亚泽斯（Lefteris Vogiatzes）1999 年执导的《波斯人》引发了广泛的讨论，这在很大程度上是因为他是希腊引领潮流的戏剧导演之一，但他相对缺乏执导古代戏剧的经验。在沃

---

① Avra Sidiropoulou, "Directors' Theatre in Greece: Stages of Authorship in the Work of Michael Marmarinos, Yiannis Houvardas, and Theodoros Terzopoulos", *Gramma: Journal of Theory and Criticism*, Vol. 22, no. 2, 2014. pp. 121-133.

亚泽斯的《波斯人》中，没有东方韵律，也没有狂喜和仪式元素，这些元素通常出现在《波斯人》召唤亡灵的场景中。剧中的音乐也被西方化了。舞台空间让人联想到焦土，一根高耸的柱子就是大流士的坟墓，歌队手持着金属质地的可拆卸长杆，以唤起观众对波斯人的充沛力量的感知。编舞由迪米特里斯·帕帕尤安努（Dimitris Papaioannou）设计，他因导演 2004 年雅典奥运会开幕式而为国际观众所熟知。

从 1990 年起，导演索狄里斯·哈扎基斯（Sotiris Hatzakis）的悲剧作品上演，以古怪的话语表达和独特的视觉趣味为特点。在他执导的 9 部悲剧作品中，被视为其导演风格代表作的是 2000 年的《伊菲革涅亚在陶洛人里》（*Iphigenia in Taurus*）。哈扎基斯擅长在仪式戏剧的框架内加入日本戏剧的传统，他于 2002 年在希腊国家剧院上演的实验舞台剧《俄狄浦斯王》和《俄狄浦斯在科罗诺斯》（*Oedipus at Colonus*），以及 2005 年的《酒神的伴侣》，均借鉴和使用了日本戏剧传统的元素。

进入 21 世纪，古代悲剧的演出逐渐摆脱前几十年的经典模式。从 20 世纪末到 21 世纪初的几十年里，希腊悲剧的演出数量显著增加，演出地点主要还是在希腊。许多知名导演和年轻导演都参与了古希腊悲剧的制作，他们的作品或在希腊国家剧院演出，或通过独立剧团演出。仅举几例：鲁拉·帕戴拉基（Roula Pateraki）、瓦西利斯·帕帕瓦西莱乌（Vassilis Papavassileiou）、斯塔西斯·利瓦西诺斯（Stathis Livathinos）、迪米特里斯·帕帕尤安努、康斯坦丁诺斯·马库拉基斯（Konstantinos Markoulakis）、阿勒吉里斯·克萨菲斯（Argyris Xafis）、阿里斯·比尼阿里斯（Aris Biniaris）卡特琳娜·埃瓦盖拉杜（Katerina Evangelatou）、迪米特里斯·卡兰查斯（Dimitris Karantzas）、西莫斯·卡卡拉斯（Simos Kakalas）等。

三、古希腊戏剧与国际导演

埃皮达鲁斯不时会迎来一些国际戏剧界的大腕。对于国际导演来说，古代戏剧并非一定是神圣的、不可触及的事物，而是揭示国家暴力、战争、社会不公等当代问题的舞台素材。因此，这些国际导演大胆的现代诠释往往会考验希腊观众的极限，因为他们的表达在希腊传统之外，以希腊观众不可预见的方式拓展了戏剧主题，又或者采用了现代美学。例如，服装不仅不仿古，反而超前混搭；例如歌队穿着睡衣，克吕泰墨涅斯特拉穿着吊带袜，美狄亚穿着香奈儿婚纱礼服裙，克瑞翁穿着罗马皇帝服装等；音乐采用迪斯科、爵士乐或摇滚乐，舞蹈编排和古希腊悲剧中的歌队完全不同。以下是一些由非希腊导演执导的古希腊悲剧，当然，这份清单并不详尽。

1982 年，英国皇家国家剧院上演了由英国导演彼得·豪尔（Peter Hall）执导的《俄瑞斯忒亚》，这是埃皮达鲁斯剧院首次上演非希腊语的古希腊戏剧。该三联剧由诗人托尼·哈里森翻译，排练就排了 18 个月，整场演出从下午 5 点持续到晚上 11 点。剧中只有男演员戴着面具。

另一部非常成功的作品是日本导演蜷川幸雄的《美狄亚》。该剧在日本、亚洲其他地区和西方国家演出了 250 多场，尽管所有的演出都使用日语。该剧于 1984 年在希罗德·阿提库斯剧场上演。蜷川执导的《美狄亚》充满了浓郁的日本风情，汲取了古往今来的日本元素。蜷川的剧团成员全部由男性组成，他将日本音乐与巴赫的音乐相结合，并创造出独特的概念形象，成功融合了日本传统与欧洲戏剧。①

---

① 关于蜷川幸雄《美狄亚》的相关研究，可参见赵雁风，《古希腊戏剧在日本的跨文化编演——以蜷川幸雄的〈美狄亚〉舞台呈现为中心》，《当代比较文学》，2021 年第 1 期（第七辑）。——译注

20 世纪 80 年代开始，中国导演执导的作品也有相当多在希腊的演出实践。①

法国导演亚莉安·莫努什金（Ariane Mnouchkine）所创立的太阳剧团是巴黎的前卫舞台团体，他们创作的戏剧作品基于肢体剧和即兴表演。该剧团最著名的作品之一是《阿特柔斯的后代》（Les Atreides）。该剧改编了欧里庇得斯的《伊菲革涅亚在陶洛人里》和埃斯库罗斯的《俄瑞斯忒亚》，融入多种亚洲舞蹈和戏剧形式，排演耗时两年多，于 1990 年首演，曾在美国和德国等多个国家演出。

1994 年，德国导演彼得·施泰因（Peter Stein）在埃皮达鲁斯剧场上演了长达九个小时的《俄瑞斯提亚》。与彼得·豪尔的演出所面对的境况一样，绍宾纳剧院出品的这部三联剧引发很大争议。该剧演出竟持续了九个半小时！使用的语言听起来像现代希腊语。剧中没有影射现代世界的内容，更侧重还原古代戏剧的风貌，而非强调这部三联剧的悲剧意涵。2007 年，施泰因选择将厄勒克特拉塑造成一个歇斯底里、患有

---

① 齐罗普卢教授不熟悉中国导演的作品在希腊演出的情况，她邀请译者补充这方面的情况。

20 世纪从 80 年代末至今，中国的罗锦鳞导演多次携带话剧和戏曲作品赴希腊演出，1988 年他执导的话剧《俄狄浦斯王》、1991 年的河北梆子《美狄亚》以及之后的多部戏曲改编作品，在希腊的演出都受到观众的欢迎和认可，他在希腊导演了 40 多次演出。河北梆子《美狄亚》保留了歌队原有的在古希腊戏剧中的功能，此外，还创新性地发展了帮腔抒情、充当道具布景、转换多重身份等多种作用，这种将古希腊戏剧本土化、中国化的改编形式将"中国戏曲的传统与古希腊悲剧的传统有机地融合"，舞台效果上达到了"你中有我，我中有你"的文化交融。

2008 年，由中国导演孙惠柱担任编剧和策划，卢昂和翁国生执导的新编京剧《王者俄狄》在西班牙"2008 年巴塞罗那国际戏剧学院戏剧节"演出，后参加了塞浦路斯"国际古希腊戏剧节"等国际戏剧节。这部京剧改编自索福克勒斯的《俄狄浦斯王》，运用了诸多适宜中国戏曲搬演的戏剧手段，中国化、本土化程度很高，水袖舞的表演以俄狄挥舞三米长的水袖展现刺目过程，震撼了国内外观众。参陈戎女，《古希腊悲剧在中国的跨文化戏剧实践研究》，北京：北京大学出版社，2023；许莹、杨茹涵，《一个中国人排演的古希腊戏剧何以征服了世界——戏剧导演艺术家罗锦鳞印象记》，《文艺报》，2024 年 1 月 29 日，第 5 版。——译注

精神失常症的角色。

1996 年，格鲁吉亚导演罗伯特·斯图鲁瓦（Robert Sturua）在埃皮达鲁斯剧场上演了《俄狄浦斯王》。饰演忒瑞西阿斯的女演员在剧中抽起了烟，引起了观众的强烈反感。埃皮达鲁斯的观众向来很有主见，要求很高，很难被征服。有时，他们毫不犹豫地冲演员和导演喝倒彩。

1997 年，法国导演马蒂亚斯·朗霍夫（Matthias Langhoff）的《酒神的伴侣》，背景设置在屠宰场中，埃皮达鲁斯剧场的舞台上出现了真正的动物，扮演狄奥尼索斯的演员赤身裸体，这激起了观众的愤怒和喧哗。

2002 年，铃木贯太郎将《俄狄浦斯王》搬进了医院场景，再次造成了观众毁誉参半的评价。

波兰导演弗洛德兹米尔兹·斯坦尼乌斯基（Włodzimierz Staniewsky）于 2006 年执导上演了欧里庇得斯的《厄勒克特拉》。斯坦尼乌斯基曾与波兰"后戏剧"实验导演耶日·格洛托夫斯基共事五年，1977 年，斯坦尼乌斯基创办了"迦奇尼策剧团"（Gardzienice Theatre），该剧团以其实验性的人类学风格戏剧而闻名，提倡将古代戏剧传统融入现代生活。迦奇尼策剧团的肢体和声乐训练主要基于两个理念：互动性和音乐性。表演训练通常从一首歌开始，这首歌可能来自乡村采风，也可能取自古希腊音乐。

由俄罗斯导演阿纳托利·瓦西里耶夫（Anatoli Vasiliev）执导的《美狄亚》于 2008 年 8 月在希腊上演。瓦西里耶夫进行了大量创新，背景是西班牙斗兽场。尽管导演在多样的地中海文化中选取并采用了一些典型的文化元素（比如符号、服装和音乐），但观众还是感到非常困惑。总体而言，瓦西里耶夫挑战了古希腊戏剧的既有表现方式，这部有争议的作品让部分观众感到震惊，他们在演出过程中对演员大喊大叫，高声表明他们的愤怒，还有 22 人中途退场。

2006 年，格日什托夫·瓦里科夫斯基（Krzysztof Warlikowski）执导

的《伊菲革涅亚》既受到质疑，也得到了赞誉。故事发生在当代的一家养老院里，伊菲革涅亚是一位年老多病的妇女，她对多年前发生的事情后悔不已。剧中老妇人们最后的姿态不无讽刺地嘲弄了伊菲革涅亚——她早年甘愿成为战争的牺牲品，曾是国家的英雄。虽然《伊菲革涅亚》的结局并不美好，但这部剧的故事情节令人信服，管弦乐的演绎也有独到之处。

2019 年，身兼美国导演、设计师、艺术家和雕塑家多重身份的罗伯特·威尔逊（Robert Wilson）以其独特的风格呈现了《俄狄浦斯王》。威尔逊的戏剧深受其建筑和雕塑作品的影响，不依赖语言的含义或文本基础，他认为"语言是想象力的障碍"。索福克勒斯的文字在他的舞台中只发挥了很小的作用，呈现在观众面前的是精湛的动作编排、舞蹈、音乐、视觉艺术和传统戏剧元素的拼贴。

2023 年 7 月，德国柏林人民剧院总监弗兰克·卡斯托夫（Frank Castorf）在埃皮达鲁斯剧场演出了后现代戏剧《美狄亚》，是过去几十年间发生的重大艺术事件之一。他创作方法的基础是解构、拼贴和混搭不同元素。在卡斯托夫的《美狄亚》中，他除了使用欧里庇得斯的《美狄亚》文本，还用到了海纳·穆勒（Heiner Muller）的《美狄亚材料》（*Medea Material*）节选和阿瑟·兰波（Arthur Rimbaud）的一些诗歌。剧场里，演员们会离开舞台，进入位于舞台后方的一个火红的房间——让人联想到颓废的脱衣舞俱乐部。演出的许多场景就在这里展开，并在巨型屏幕上现场直播。这部剧演出时，希腊正在经历酷暑，每个人都在讨论热浪和气候危机。塞尔维亚布景设计师亚历山大·德尼奇（Aleksandar Denić）为此剧设计布景，布景包括散落在管弦乐队间的空塑料瓶、四处可见的难民帐篷和扔得遍地都是的大袋塑料垃圾，这几乎是一个关乎环境的政治诘问：这里是欧洲文明垃圾场的启示录，也是每一个被美化的"科尔基斯海岸"的真实写照，能在此处容身的只有犯罪。导演在这部剧中谴责了资本主义、父权制、政治法西斯主义、消费狂热现象、战争和环境破坏。有小部分观众在看戏时退场，而大部分观众则忍受着高温，在热浪中观看了长达三小时的演出。评论界对这场演出的评价普遍非常积极，认为它明确回应了"对古代戏剧进行非传统解读会有损古希腊悲剧权威"这一观点。

四、古代阿里斯托芬喜剧的复兴

关于喜剧复兴的讨论，我只简要地谈几点。

在古代希腊，喜剧被视为一种"低级"体裁，因为它缺乏悲剧的"灵性"，这也是喜剧比悲剧晚了约50年才出现在古雅典的戏剧比赛中的原因。①

喜剧在现代的复兴也比悲剧晚很多，而且总体而言，古代喜剧在舞台上的复兴存在诸多困难。因为喜剧内容主要涉及古代雅典的社会历史事件和政治人物，这些内容古代观众很熟悉，但不为现代观众所知。阿里斯托芬还大量地使用了双关语，广义而言就是语言上的笑话，它们着实很难翻译成现代希腊语。19世纪末，阿里斯托芬喜剧的译本封面通常注有"女士和未成年人不宜观看"的提示语。甚至到了20世纪，由于喜剧中的污言秽语和黄色笑话，女性也被禁止观看。

喜剧复兴的第一个重要里程碑是1956年在雅典艺术节由希腊导演阿莱克西斯·索洛莫斯执导的《公民大会妇女》（*Assembly Women*），这是国家剧院首次在露天古剧场演出古代喜剧。第二年，索洛莫斯又导演了《吕西斯特拉忒》（*Lysistrata*）。这两场演出是古代阿提卡喜剧日后持续复兴的开端，也确立了国家剧院的喜剧"典范"。国家剧院希望将阿里斯托芬式的喜剧带入大众消费和娱乐的新途，将古老的、不可或缺的"希腊化"意识形态与现代希腊人新近形成的"欧洲身份"意识形态相结合。

---

① Gregory Dobrov ed. , *Brill's Companion to the Study of Greek Comedy*, Leiden：Brill, 2010.

直到 1959 年，卡罗洛斯·库恩在雅典卫城下的阿迪库斯剧场上演了阿里斯托芬的《鸟》（The Birds），喜剧才在希腊舞台上获得了它应有的地位。这次演出证明了原作的经久不衰，同时也寻找到了古代戏剧与当代世界相连接的锚点：既有受古代文明和拜占庭艺术启发的元素，也并存着希腊民俗传统以及卡拉奇奥齐皮影戏（Karagioz Shadow Theatre）的希腊皮影元素。伟大的希腊作曲家马诺斯·哈奇达基斯（Manos Hatzidakis）为这部剧创作音乐，著名画家扬尼斯·查鲁契斯设计舞台。然而，当时的希腊首相下令停止演出，原因是库恩在喜剧中将古代雅典的祭司塑造成东正教基督徒，被认为亵渎了东正教。尽管如此，该喜剧还是走出国门，赢得的奖项不可胜数。

今天，我们可以有把握地说，阿里斯托芬在希腊已经是非常受欢迎的剧作家。随着时间的推移，戏剧家和观众逐渐意识到，阿里斯托芬的魅力不仅仅在于文字游戏和时下流行笑话集锦。阿里斯托芬的诗歌才华和对人性无与伦比的理解，使他能够比肩悲剧"三巨头"。每年夏天，希腊人都会涌向埃皮达鲁斯和其他露天剧场，因为阿里斯托芬所戏仿的现实缺陷和他所谴责的政治错误，让现代希腊人从他的喜剧中看到了当下的现实。

结　论

总之，直至今日，希腊古代戏剧的复兴经历了多个阶段的发展。由于戏剧文化不可能脱离历史而存在，这些发展阶段很大程度上是由现代希腊的社会和政治历史所决定的。直到 20 世纪 70 年代末，由希腊国家剧院推行的"新古典主义"和相当"夸张"的舞台模式一直占据主导地位。与国家剧院截然相反的是卡罗洛斯·库恩对古代戏剧的现代主义演绎，以及对应用仪式元素的强调。自 20 世纪 80 年代至今，希腊和外国导演多次尝试复兴古希腊戏剧，在后现代舞台实践中，结合了跨文化戏剧元素。如今，在文化日益全球化的时代背景下，希腊年轻导演的审美追求与同时代人，尤其是欧美导演的审美追求，更趋于一致。除了各种关于古代戏剧表演的美学风格和舞台模式的讨论之外，还有一点是确信无疑的：近几十年来，不只在希腊，在整个欧洲，古希腊悲剧的演出数量都在逐年增加。欧洲古希腊戏剧表演研究文献网（Arc-Net）以及希腊和罗马戏剧表演档案馆（APGRD）的统计数字证实了这一点：20世纪50年代记录了76场演出，60年代记录了140场演出，而从1990年至2006年，仅英国就记录了300场悲剧演出和60场喜剧演出。① 由此可见，关于古希腊戏剧的演出和论述仍在激励着艺术家和观众，也仍是各学科领域的研究者最感兴趣的问题之一。

作者简介：

康斯坦丁娜·齐罗普卢（Constantina Ziropoulou），雅典音乐戏剧学院教授、佩特雷大学戏剧研究系联合教授。研究兴趣包括战后和当代希腊戏剧、现代欧洲戏剧以及古希腊戏剧在现代的接受，曾担任国际戏剧学院国际剧作家论坛委员会成员，现任希腊戏剧博物馆戏剧专家。

译者简介：

梁婉婧，北京语言大学比较文学与世界文学博士生。

滕芷萱，北京语言大学比较文学与世界文学硕士研究生。通讯地址：北京市海淀区学院路15号北京语言大学文学院；邮编：100083。

① 参见 http：//www. apgrd. ox. ac. uk/和 https：//www. arc-net. org/database，[访问日期：2024年1月30日]。

学术对谈

情说和情感理论

——蔡宗齐与金雯的对谈

蔡宗齐　金雯

内容摘要　此文是 2022 年 11 月 11 日蔡宗齐与金雯就"抒情传统"问题在线上进行对谈的记录。两位对谈人首先概述了蔡教授的"情说"理论，并将其核心观点与相关情感理论进行比较，随后梳理"抒情传统"的当下发展现状及其引发的争议，最后探讨中西情感理论之间的异同和关联。此次对谈说明中国和西方都有比较充足的关于情的理论性言说，双方都有对主观性情感和非主观性情感的理解，但发展历程和语境有诸多迥异之处。对照性研习对我们更深入地理解两者的谱系有积极作用。

｜关键词　抒情传统　情感理论　中西比较

Comparative Theories of Feeling:
A Conversation between Zong-qi Cai and Jin Wen

Zong-qi Cai　Jin Wen

Abstract：This is the transcript of an online conversation between Zong-qi Cai and Jin Wen on the issue of "lyric tradition" on November 11th, 2022. The two speakers first summarize Prof. Cai's theory of "love" and compare its core ideas with related theories of emotion, then sort out the current development of the "lyric tradition" and the controversies it has caused, and finally discuss the similarities and differences between Chinese and Western theories of emotion and their correlations. This conversation shows that both China and the West have sufficient theoretical discourse on emotion, and both sides have their own understanding of subjective and non-subjective emotions, but there are many differences in their developmental history and contexts. Contrastive study will have a positive effect on our deeper understanding of the genealogy of both.

Key words: lyric tradition; theory of feeling; Sino-Western comparison

2022 年 11 月 11 日晚 19 点，蔡宗齐教授在华东师范大学做了"抒情传统的重新认识——以华兹华斯和艾略特情感论之石攻古代诗学情感论之玉"的线上讲座。① 本次讲座的主持人为华东师范大学金雯教授。蔡宗齐与金雯在讲座的问答环节和讲座之后针对中西情感理论的同异关联进行了交流对话。

蔡宗齐：如果要对我的这次讲座做出一个小结的话，那就是"古代文论抒情传统的发现"。在此次演讲中，我回顾了从汉代到唐代各种情感说，指出各说都有其特别关注，要么是对外部事件的情感反应，要么是情与文辞结合的状态，要么是作者本性的呈现，因而可用"情事说""情文说""情性说"加以总体的类分。我认为，这三类情说先后在不同历史时期里兴起并风靡一时，过后仍持续发展，推陈出新。三类情说

① 本次讲座内容已发表。参见蔡宗齐，《抒情传统的重新认识——以华兹华斯和艾略特情感说之石攻古代诗学情感说之玉》，《文艺理论研究》，2023 年第 4 期，第 137-145 页。

之间的关系纵横交错，时而分道扬镳或分庭抗礼，时而又相互影响吸收，甚至融合为一体。将这三类情说合而论之，视之为一个庞大复杂的系统，乃是实至名归，称之为一个"抒情传统"也不为过。既然做出了古代文论中确实有一个抒情传统的判断，我觉得自己应该加入学界有关抒情传统的讨论。

金雯：好，感谢蔡教授，我先简短地来说一下我对这场讲座的感受。我觉得这场讲座一定会在我们的抒情传统的学术史上留下非常重要的一笔，是一个学术事件。在我看来，蔡教授对抒情传统的理解实现了两个突破。首先，蔡教授对由陈世骧、高友工首先建构的"抒情传统"做了更为清晰的定义，也做出了延伸。在这个讲座中，"抒情传统"被视为一种系统性话语，囊括中国古代的诗歌和诗话当中的情感说。之前台湾地区的学者，不管是吕正惠、郑毓瑜，还是蔡英俊，主要还是遵循长期以来对"抒情传统"的定义来考察中国的诗词传统当中呈现和表达情感的方式，并探索它与西方的史诗、抒情诗相比的独特之处。而蔡教授对抒情传统的整个定义和理解在传统的基础上做了明显的拓宽。

另外一个很重要的差别在于，从我的理解来看，蔡教授是从文艺心理角度出发来探讨中国古代诗歌和诗论当中所流露出来的有关于情、心象、言这三者之间的关系。这三者之间的关系关乎文艺心理学，也是文学创作论的问题。这个切入点与我们所熟悉的"抒情传统"研究源流不太一样，与西方有关文学体裁和情感关联的讨论进路也不太一样。文艺创作能力从何而来的问题恰恰是西方文论没有全面关注的，这也可能是我们讲座的切入点之所以是艾略特和华兹华斯的原因，他们本身都是文学作者，他们谈的并不是理论，而是创作的过程。类似风格和内容的表述在中国的诗话中数量要大得多，因此这个与众不同的文艺心理学进路非常契合中国文学思想发展的内在理路。

不过我想问您，您是在有意识地与以往有关"抒情传统"的研究对话吗？能否更为详尽地勾勒一下您对"抒情传统"发展历程的了解？

蔡宗齐： 首先，我认为，抒情传统论的倡导者实际上已形成了一个观点鲜明、传承关系清晰、颇具影响力的文论流派。抒情传统学派有三位领袖人物。陈世骧①首先提出抒情传统一说，然后我的老师高友工②用其美典理论加以阐发，而普实克③则从抒情传统的角度来重新审视现代中国文学。这三位学者的论说之所以成为一个学派，离不开一批更为年轻的学者的大力推介和阐发。这个学派的形成，与上世纪 70 年代末台湾学界的一个事件有着密切的关系。高先生在 1978 年去台大做了一个系列演讲，影响巨大，乃至于产生了一个名词：高友工震荡。抒情传统派的主要成员包括蔡英俊、吕正惠、郑毓瑜、柯庆明、萧驰、陈国球等人。他们都直接或间接地感受到了"高友工震荡"，迅速成为高友工先生的忠实拥趸，并致力于论证和阐述高先生提出的种种观点和议题，写出了一系列影响颇大的论著。大家也许注意到，这些学者都是来自亚洲，主要是新加坡和中国的香港、台湾地区。哈佛大学王德威教授当时正在

① 陈世骧（1912—1971），字子龙，号石湘，祖籍河北滦县，旅居美国的中国文学评论家。年轻时于北京大学主修英国文学，后任北京大学和湖南大学讲师，1941 年远赴纽约哥伦比亚大学深造中西文学理论，并于 1945 年起执教加州大学伯克利分校的东方语文学系，专研中国古典文学和中西文学两者比较，协助筹建加州大学伯克利分校的比较文学系。他的著述以中国古典文学为主，兼及中国当代文学与翻译研究，文章散见各学刊或论文合集，其中《中国"诗"字之原始观念试论》《原兴：兼论中国文学特质》以及《中国的抒情传统》构成了其基本理论模型。

② 高友工（Yu-kung Kao，1929—2016），生于辽宁沈阳，华裔中国文学理论家、美学家，普林斯顿大学东亚系荣休教授，为陈世骧之后"中国抒情传统"最重要的论者。先后于北京大学法律系、台湾大学法律系、哈佛大学东亚系博士班求学。论著包括《唐诗的魅力》（与梅祖麟合著）、《中国美典与文学研究论集》、《美典》、《唐诗三论》（与梅祖麟合著）等。

③ 普实克（Jaroslav Průšek，1906—1980），捷克汉学家，汉学布拉格派创始人。师从著名汉学家高本汉，并到德国哈勒大学和莱比锡大学跟随哈朗、汉尼殊学习中国历史。曾赴中国和日本游学，结识鲁迅、郭沫若、茅盾等人，翻译并出版鲁迅的《呐喊》《狂人日记》，茅盾的《子夜》等作品，学术著作包括《话本的起源及其作者》《中国的历史与文学》等。

台大读研，无疑也是"高友工震荡"的直接感受者。与抒情传统派的成员不同，王教授主要是从 20 世纪中国文学和文化发展的角度对陈、高、普三人的抒情说进行社会政治的解读，认为此三种抒情说在 20 世纪"革命和启蒙"主流思想之外开辟了另一条走向现代的路径。

这里不得不提一提一个有趣的现象。高友工在普林斯顿正式的弟子完全没有参与抒情传统的讨论，包括最早一批我老师辈的，也就是我的大师兄大师姐林顺夫教授、孙康宜教授、浦安迪教授（高先生是浦教授学士、博士的导师，也是我在普林斯顿的老师）。我想，高先生在普林斯顿的弟子中，我大概是参加抒情传统讨论的第一人。对于我自己而言，缺席抒情传统的讨论也许是一件好事，假若介入论争，很可能被现有的议题所限，从而没有动力去寻找新的分析角度来重构中国抒情传统。另外，作为一个姗姗来迟的参与者，我还可以较为客观地响应一些对抒情传统派的批评。当今学界对抒情传统派的评价，主要分为两派，一派主要是肯定和支持，另外一派主要是提出质疑和批评。我想，支持派的观点不需要太多解释，这里就集中对批评派的观点发表一些浅见。

对抒情传统批评得最为激烈的学者，大概非龚鹏程教授①莫属了。先谈他对陈世骧先生的批评。龚教授认为陈说不能成立，因为抒情或说抒情主义是舶来品，用于中国是方枘圆凿，格格不入。陈国球已指出，"抒情"一语出自《楚辞》，给它贴上舶来品的标签是不恰当的。龚教授称"抒情诗也不能完全涵盖中国诗，如宋诗就以说理为主"，意思是抒情诗不能包括说理为主的宋诗，故中国抒情传统就无以成立了。龚教授作出此判断，显然是对西方语言中"lyric"这个基本术语的错误理解

① 龚鹏程（1956—），中国台湾地区教育家、作家，出生于台北市，籍贯江西省吉安市，曾任《国文天地》总编辑、台湾学生书局总编辑，台湾佛光大学与南华大学的创校校长、中华武侠文学学会会长，现任卢森堡欧亚大学马来西亚校区校长，任北京大学客座教授、南京大学客座教授、北京师范大学特聘教授、四川大学讲座教授。著作包括《中国小说史论》《中国诗歌史论》等。

所致。他以为 lyric 或 lyric poetry 仅仅指要明确直接地表达情感的诗篇，而不知英语中 lyric 或 lyric poetry 实际上是泛指旨在表达诗人心理经验（subjectivity）的短诗。正是因为其强调主观经验和篇幅短小的特征，lyric 才得以在 18 世纪末开始发扬光大，在浪漫主义运动中演变为足以与史诗分庭抗礼的诗体。换言之，表达个人的主观经验的短诗——绝不仅仅是明显的情感抒发——就是 lyric。若不如此定义，那么英国浪漫主义诗人济慈（John Keats）的诗作也不可算是 lyric，因为他公开明确反对露骨地抒发个人情感，转向努力含蓄地表达自己对自然和人生恒理的感悟。在西方文学研究中，若有人称济慈的诗篇不是抒情诗（lyric poetry），恐怕会落人笑柄。同样，以宋诗爱说理为由而将其剔除出抒情诗体，大概算是同类的低级错误，源自对西方 lyric 的概念知其一而不知其二。

龚教授称中国抒情传统是"不存在的传统"，举出的另一个理由是："中国传统诗论少说抒情，多言诗本性情，论情不忘言性。能性其情，情才能得乎中行。这一大套，都是西方浪漫主义者所不具备的。"① 在演讲开始的时候，我读了华兹华斯《抒情歌谣集·序言》开卷的一段，其中明确指出，诗歌不光是表达情感，还能够揭示人类最美的跟自然融为一体的本性（the primary laws of our nature）。华氏说的不是"本性"是什么呢？这么有名的浪漫主义运动宣言里面有此明确陈述，怎么能够说西方不谈本性？当然西方的本性跟中国所谓"性情"的"性"不一样，它的哲学含义也不一样，但是做出西方浪漫主义不谈本性的判断是完全站不住脚的。其实在 18 世纪，人性也是一个很大的论题，尤其新古典主义的那些作者，比如说英国著名新古典主义的批评家亚历山大·蒲柏（Alexander Pope）就写过一本很有名的小书，名叫 *An Essay on Man*，其中有 4 封所谓的信（其实不是信，先是一个散文的总结，然

---

① 龚鹏程，《不存在的传统：论陈世骧的抒情传统》，《美育学刊》，2013 年第 3 期，第 39 页。

后是诗）就集中讨论了人在宇宙中的作用，人与社会的关系，人和幸福的关系，人怎么得到幸福。华兹华斯深受 18 世纪这种英国联想论哲学（philosophy of associationism）的影响，而且像刚才的这种关于人性的讨论，他都极为熟悉。龚教授率意地称西方浪漫主义论情不涉本性，显然是错误的判断。总而言之，龚文立论站不住脚有两大原因，一是将抒情或抒情传统视为西方的专利，而因中国缺少西方抒情概念中某些内容而否定中国抒情传统的存在；二是未能把握赖以立论的 lyric 一词的涵义，未能深入了解西方文论的历史发展，但又轻率武断地作出有此无彼的大判断。

我个人认为，要对陈世骧学说作出客观公允的评价，还需考虑他提出此说的历史语境。他的《论中国抒情传统》一文是在 1971 年美国亚洲研究学会比较文学讨论组上发表的。在他那个时代，中国文学的研究还没有成为一个学科，有这个难得的发言机会，有望引起西方学者对中国文学的关注，陈先生自然就会讲抒情的传统跟西方叙事的传统有明显的不同。他并不是想重构一个中国文学的传统，他的读者、受众是西方学者，所以他必须要用一种比较简单扼要的方式来进行陈述。我想这是他提出抒情传统的初衷和当时的语境。

龚教授对高友工先生的批评见于《成体系的戏论：论高友工的抒情传统》一文。从文章的标题就可看出，他对高先生的批评也十分尖锐，毫不留情。他认为："高先生反复说抒情，可是对中国文化中'心、性、情、气、志、意、才、理'之间的复杂关系，竟毫无辨析疏理，仅以抒情一辞笼统言之，亦肇因于他对形上学不甚了了之故。"① 高先生没有对心、性、气、意、才等术语详细梳理，这是一个事实。我想，这跟高友工先生的兴趣和志向有关。他做人做学问都极为潇洒。在学问方面，他考虑一些大的方向性问题。他的主要兴趣是用西方哲学、心理学和语

---

① 龚鹏程，《成体系的戏论：论高友工的抒情传统》，《美育学刊》，2013 年第 4 期，第 59 页。

言学来解释何为抒情活动的本质，以及探讨抒情模式的历史转变对不同诗体发展的影响。诗歌抒情模式对戏剧和小说的影响也是一个他着力研究的课题。艺术的抒情是虚无缥缈的心理过程，对之进行系统的理论阐述是很不容易的事。我们上他的课，很多同学都说听得似懂非懂，我也有此感觉。但我当时就意识到，这是因为他是在一个高深的思想层次上思考问题。不管是上高先生的课还是与他私聊，我总是有很多感悟，激起了很多自己的想法。我觉得，学术大家和一般的学者有所不同，对细节问题可以不做太多的阐述，但可以激发他的学生、其他的学者来阐述发展。事实上，抒情传统派的形成和持续发展，就是这种效应的最好的印证。"高友工震荡"，不仅是新思想一时的冲击，还是一种持久的、足以催生一个学派的影响力。也许，"高友工现象"比"高友工震荡"的描述更为准确。最难能可贵的是，高先生从未有培养一个学派的意图，从来不向我和其他身边的弟子提及他自己对台湾地区学界的影响。直到 2000 年去台湾地区参加郑毓瑜教授组织的研讨会，我才吃惊地发现老师原来在亚洲有如此巨大的学术影响力。老师不屑名利，超越世俗，高风亮节，一直令我敬佩不已。在 20、21 世纪中国文学研究史上，"高友工现象"应是独一无二的，是值得学术史研究者深入探究的。

高先生是一个极有魅力的学者。他优秀的学生，从著作数量来讲，我想比他的著作要多，但是没有一个学生不由衷地敬佩他，被他那种敏锐的思维、那种学术问题的把握、那种创新的想法所折服。比如说我的《语法与诗境》这本书，要是追到最初的源头，就是他在一篇文章里提起的语言的题评句（Topic-comment sentences）的几句话。他觉得这里头体现了很多中国语言和诗歌的美的本质，他没有做任何具体研究，正是如此，我得到了一个空间，尝试从诗歌语言分析入手揭示中国诗歌艺术的奥秘。同时，我当前的文论研究在很大程度上就是龚教授指责高先生没有做的具体工作。当我做学生时我就已经很明白，高先生的学术风范和风格是学不来的，硬要模仿就是东施效颦。我可以从他的课堂、他的著作里面得到灵感，获得一种新的视野、新的思考方式，但是具体做学问还得遵循归纳法，从文本的阅读、理解、辨析等具体工作入手。我这些个人治学的感受或许也能算是对龚教授批评的响应吧。

如果说"抒情传统不存在说"主要是龚教授一人的观点，那么"抒情传统派以偏概全说"则有不少学者赞同。董乃斌教授提出，中国文学存在一个堪与抒情传统媲美的叙事传统，可惜陈世骧先生没有发现。然后，李春青教授也提出了批评，说抒情传统缺乏历史观，把文学艺术的演变当作一个独立于政治社会现实的传统来研究；说抒情传统派过于注重唯美诗学，对叙述艺术未能予以同样的重视，对相关的社会历史现象的关注比较少。这些都是持之有据的批评。美文、雅文确实为高先生喜爱。只要翻阅一下他的著作，不难发现他集中讨论的诗词多是以艺术性见长、密集用典的作品，如杜甫和李商隐的七律、姜夔和吴文英等人的词。的确，诗歌与社会的关系不是他关注的重点。记得他给我们上唐诗课，他就没有把白居易的诗收入阅读材料之中，对杜甫的"三吏三别"也没展开深入的讨论。在不少学者看来，这是一个缺陷，提出批评也是公允的。然而，要求所有层面都关注到，同时又要有独创的突破，是不大现实的，这是连大师也难以完成的任务。

至于能不能够称有一个可跟抒情传统相媲美的叙事传统，则需要认真商榷。在解释为何历代情感说构成了一个完整严密的系统或传统时，我列出了一个系统或传统形成的先决条件。就共时关系而言，所有构成部分既要具有一个鲜明的共性，又要有各自鲜明的个性，所有组成部分之间还需呈现有机的层次关系。就历时关系而言，以上共时的方方面面都必须有持续的历史发展，生生不息。我按此要求，从上述方方面面来检测自己梳理历代情感说的结果，几乎找不到任何理由来质疑一个庞大的、充满活力的诗学抒情传统的存在。我建议研究叙事文学的方家进行类似的系统分析梳理，看看究竟中国文学和文论中有没有可与抒情传统等量齐观的叙事传统。

金雯： 今天蔡教授不仅提出了全新的"抒情传统"界定和理论，而且向我们全面梳理了参与这个传统构建的学术谱系。作为高友工先生的嫡传弟子，也是真正的精神弟子，蔡教授主要的出发点是想要捍卫和加固"抒情传统"，并在这个过程中对它的主要批评者做出严肃和有质量、有深度的响应。

我与蔡老师在学术思索上有许多相通之处，我近年来一直在研究西方 18 世纪的情感理论以及情感理论如何体现于当时的哲学话语、道德哲学、政治社会话语以及文学作品，所以我非常关注"情感"观念在不同话语系统之间的流动。蔡教授的方法以及对中国文论的理解对我有很大启迪，也让我更为清晰地看到中西在"情"这个观念之间的勾连和相异之处。

不过，说到中西情感观念的关联，我想再提出一个问题，不知蔡教授是否可以聊一下对李泽厚先生"情本体"的观念的看法。李泽厚先生认为，中国文化是一种乐感文化，身体性和"动物性"逐渐与想象和理解融合，并实现自身的形式化和客观化，人在各种情感呈现形式的环绕中走向社会化生存，"情"是中国民族性格的核心和根本。"情本体论"好像和抒情传统说有很多关联，刚才您谈到的六朝"情文说"以及后来白居易的"情事情文一体说"，这个转折也体现了对"情"的地位的肯定与提升。正如您指出的，白居易把"情"放在了一个近乎"原道"的位置上，抬高了"情"的位置，把"情"看成连接宇宙万物的本体。在西方的哲学话语里面也有情感与话语孰轻孰重之争。比如犹太教卡巴拉（Kabbalah）神秘主义认为世界的起源是语言，这种观念可以回溯至古希腊哲学中的逻各斯（Logos）观念。与此同时，也有很多理论认为世界的起源是物质的，因此物质与身体及其情状改变相关联。这两种主张各有所长，也可能并没有对错之分。我很想听听蔡教授对"情本体"这个观念的看法，尤其因为这个观念与"抒情传统"的构建也密切相关。

蔡宗齐： 这个问题提得很好。李泽厚先生提出"情本体论"，也是因为意识到"情"在中国文学传统里面的核心作用，这点我完全同意，跟我讲的观点基本一致。其实，"情"这个字本义就是"性"，而在春秋和战国早期文献之中，如《论语》和《墨子》，"情"都是用作"性"的同义词的，并没有后来成为该字核心的"情感"之义。古人探索人、宇宙万物的本质和相互关系，通常以"性"为切入点展开，由于"情"与"性"词义同源，而又常并举通用，提出"情本体论"的观点，是有所根据的。不过，我本人认为，若用"本体论"的表述，必须强调其异于"西方本体论"的物质性，像李贽、鲁迅等人强调个人主观精神、个性的情感说属于少数的例外。我倒是觉得"情"和"文"这两者是一种互补互动的关系，贯穿了中国文学艺术的整个过程。刚才我讲的层次涵盖历时、共时，它会有共同、相近的地方。但是"文"在文学现象里面囊括包摄的，要远远超过"情"。因为除了我们讲的美文、非美文，所有的艺术都统摄在文的大系统下。正因如此，《文心雕龙》里面出现一百多次"文"。我发表过一篇文章，就关于《文心雕龙》的"文"的体系。"情"没有做到这个体系。但是总的来讲，李泽厚把"情"提到这么高的地位，我想是很有道理的，我也基本同意。但我想，在讨论中国哲学文学传统时，最好不要轻易用"本体论"，因为"本体"这个概念跟西方的二元的哲学思维关系太密。我只是一个肤浅的实时的回复，但是我想李先生还是很准地抓住了中国文学美学上的一些核心、内在的精神。

金雯： 谢谢蔡教授，已经解开了我的很多疑惑。的确，李泽厚所谓"情本体"，并不是以"情"为本体，而是反对以理性和道德作为人生根本，认为在中国思想传统中，感性经验与道德原则无法分离，"儒家学说既是理知观念，又是信仰-情感功能"。[1] "情"也因此与人生的根

---

① 李泽厚，《哲学纲要》（最终修订版），北京：中华书局，2015，第62页。

本原则和目的关联了起来。李泽厚的理论和蔡教授刚刚对这种理论的理解都提醒我们，对"情"的关注很重要。所谓"情"，实际上可以认为是一个大谜团，与我们为何有意识的问题非常相近。其实中西方传统在很大程度上是相通的，而这也正是蔡教授对"情"的创建所要进行的比较性研究的要义所在。

蔡教授对"抒情传统"的重新阐发实际上是将其系统化为对"情"的言说与文学中情感呈现方式的总和，与西方学界的文学情感研究有诸多相似之处。我也借与蔡教授对谈的机会来分享一下我了解的西方文学情感研究的理论架构和基本方法。

首先，对"情"的理解。在您的讲座中，您提到了从"情事说"向"情文说"的转折。您是这样说的：汉代之前已经出现了"情事说"。因为它们论情都围绕心理状态对外部世界的反映，如《毛诗序》中的"治世之音，安以乐，其政和。乱世之音，怨以怒，其政乖。亡国之音，哀以思，其民困"，即指情和发出来的声音、诗歌，都是对外界政治状况的一种反应，前后文虽没有详细讨论，但是这句话足以说明《毛诗序》强调情与外在世界的关系。同时，《毛诗序》也谈到诗歌在作成之后对外界的作用："正得失，动天地，感鬼神""经夫妇，成孝敬，厚人伦，美教化，移风俗"……以《毛诗序》为代表的情事说，其主要特点是强调诗歌是对外部具有政治意义的事件的反映，诗歌的作用在于它是对客观社会的具有道德力量的改造，来树立一种道德政治行为规范，一种不仅针对下层平民，而且针对君王的规范。而六朝的情感说已将情从引发情的具体生活事件中剥离出来，只是将情视为形成文的一种材料，关注情和语言怎样构成一种美文，我们可以称这种情感观念为"情文说"。①

---

① 蔡宗齐，《抒情传统的重新认识——以华兹华斯和艾略特情感说之石攻古代诗学情感说之玉》，第 139–140 页。

您在这里特别提到六朝情感说将"情"从具体生活事件中剥离开来，变成"文"的素材，这也就是说"情"可以从人们的经验中剥离开来，又可以为各类意识活动提供动力和导引。您明确指出："各派和各时段的阐述都具有一个共同指向：'情动于中而形于言。'（孔颖达，《毛诗正义》）这种发乎内而形乎外的理路，乃是所有情感说共有的核心概念。至于各种情感说的个性，则在于每一种情感说都各自集中讨论不同文学创作阶段的机制与作用，乃至于形成情性说、情事说、情文说、情事情文一体说等分野。"①

我认为，西方情感理论与中国的情说有一个根本的区别，就在于前者认为给"情感"下一个定义是非常困难的，几乎天然地抵触"情动于中而形于言"这种说法，这可能也提醒我们，中国的情说可能也有另外一个侧面，就是认为"情不知所起"的那个侧面。

我先就我的研究来简单概述一下西方情感理论。"情感"可以理解为人们对事物的直接而主观的评价，是人们所谓主观性的最重要征兆。感官知觉捕捉到的信息对人体产生某种影响，呈现为一种主观感受，这种感受与判断和评估过程相结合，也经常呈现为某种行动力或行动倾向，这种与判断和行动相连的主观感受就是情感。"情感"源于身体与物质和社会环境的交接，会因为神经运作的性质与社会脚本的限制等因素的共同作用而以不同形式浮现于观念。有时候，观念与身体性情感之间有着紧密的契合，赋予人同一性。这种同一性并不是主体性的唯一源泉，却是其重要根基。但在其他情境下，"情感"却呈现出一种不可知的特性，是意识中的异己之物，使人产生与自身的疏离与隔膜，取消主体性。

在情感科学看来，无意识情感与观念性、建构性情感之间虽有交集，但不会互相干扰，也不会互相转换。勒杜就主张将表达主观状态的

① 蔡宗齐，《抒情传统的重新认识——以华兹华斯和艾略特情感说之石攻古代诗学情感说之玉》，第 144 页。

情感词汇与"位于非由主观控制行为基底的神经回路"相区分。① 但精神分析学和人文社会科学对主观情感和无意识情感关系的认识不同，在上述两个领域看来，无意识是一个与语言和文化辩证相通的领域，两者的互动和转化会使得肉身经历及其情感生涯发生变形。

我们以弗洛伊德的"压抑"（repression）理论为例初步说明人文社科领域如何看待"情感"在意识与无意识之间的跨越。《压抑》（1915）一文延续了弗洛伊德早年有关歇斯底里和强迫性神经官能症的研究。他表示，某些心理驱力以及与之相伴随的情感会被阻挡在意识之外，但这些驱力和情感的表征会产生与自身相关但距离足够远的衍生物，后者就可以"自由通抵意识"。② 比如某些禁忌性欲会转变为一种对特定事物的恐惧而进入意识。这种压抑机制告诉我们，无意识情感（情动）与意识是相通的，但只能以一种类似隐喻和象征的隐微方式出现。

其次，何谓人文社科中的情感研究。当代西方学界人文社科领域情感研究的著作都将"情感"视为身体实践和语言系统以不同方式发生交接的产物，是这种交接产生的特殊动能。这种立场可以认为是对于后结构转向的一种拨正，后结构主义将"语言"——或拉康所说的"象征体系"——抬高至意识形态决定性力量的地位，将意识变成了话语的产物，而人文社科研究中的"情感转向"就是从话语分析转向对"身体"的物质性境遇和运动的关注，转向对身体实践和话语实践的交接方式的关注。从整体上来说，德勒兹情动理论是在承认主体外在规定性的基础上重新构建"主体性"，通过重新建构存在的本体而赋予其内在性和能动性，让个体失去的主体性以一种新的方式重现。人文社科"情感

---

① Joseph LeDoux, "Semantics, Surplus Meaning, and the Science of Fear", *Trends in Cognitive Science*, Vol. 21, No. 5, 2017, pp. 303-306, p. 303.

② Freud, "Repression", in *The Standard Edition of the Complete Psychological Works of Sigmund Freud*, translated and edited by James Strachey, London: The Hogarth Press, reprinted 1981 (originally published in 1957), pp. 146-158, p. 149.

转向"从分析不同历史阶段日常生活经验及其文学表达入手,其政治旨趣在于改造当代人意识的底层逻辑和机制。

西方文学情感研究虽然也关注到"基本情感"的说法,但是往往更注重情感的建构说。独立批评人、社会学家艾赫迈德(Sara Ahmed)专注研究强烈的情感——包括愤怒、恐惧、仇恨、爱——这些激情非常普遍,但并非先天存在,体现的是精神性的社会生产。与费舍(Philip Fisher)的著作《剧烈的激情》(*The Vehement Passions*, 2002)不一样,艾赫迈德不仅从哲学史和文学史入手,也牵涉更为广义的话语史,说明激烈情感的形成机制及其与具身经验的关联。以"憎恶"(disgust)为例,作者认为"憎恶"是一种"身体直觉"(gut feeling),也是身体表面发生的变化(脸部表情和肢体动作),但它也同样是话语生产的过程,使得某些观念与其他观念粘着在一起,正是这种"述行"(performance)塑造了身体在社会场域中的空间分布与行为模式。①

在修正情感的直观论上,文学情感研究功不可没。文学研究携带着解构主义以来对于语言符号任意性的认识,了解具身感知和感受与符号之间并没有天然的贴合,又汲取了情感理论对于情感直观性的洞见,在情感与符号的关系问题上提出了非常柔韧而细腻的看法。这种情感实践具有一种建构性,与纯解构主义的思路旨趣不同。这也就是为什么,情感研究的另一位大家、已故学者塞奇威克(Eve Sedgwick)要强调文学作品的"修补性",认为对负面情感的书写有重塑自我的重要作用。亨利·詹姆斯在纽约版作品全集前言中流露出对少作的"羞耻"之情,但他通过对羞耻感的书写与少作达成了一种类似同性情谊的亲密关系,对自己的自我缺失感做出了"修补",使自己转变为一种新的关系性主体。作为最有天赋的文学批评家之一,塞奇威克向我们展示了文学研究

---

① 参见 Sara Ahmed, *The Cultural Politics of Emotion*, second edition, Edinburgh: Edinburgh University Press, 2014, p. 83。

对于情感研究的重要作用。文学作品提供了极为丰富的语用实例，重新配置观念、具身感受以及社会语境，参与总体"抽象机器"的再造。情感观念化的过程就是文化生产的过程，是主体性逐渐涌现的过程，但也是主体性接受自身边界和残缺的过程，是将这种残缺转变为创造动力的过程。文学情感研究的对象就是文学作品中的情感实践，它也与所有情感研究一样，成为一种更深刻意义上的"情感实践"。

与此同时，受"抒情传统"理论体系影响的学者在中国文学传统中也勾勒了一种特殊的写情传统，在文学中考掘情感发源于人与自然的交感应和的观点。郑毓瑜在研究先秦诗赋和六朝情境美学的时候特意强调中国传统中常见的"感性的主体"（这种说法不仅与李泽厚的情本体理论相通，也可以追溯至更早的牟宗三著作《才性与玄理》）。郑毓瑜指出，《诗经》《楚辞》或汉赋中大量的重言叠字既写物也表情（比如"灼灼"不仅描写桃花的美盛，也体现了女性婚嫁顺应时节的状态），体现了人与物之间界限的消弭，连接不同物种，将宇宙视为"人与万物共存共感、相互应发，也同步显现的'相似所在'"。① 与此相比，六朝文人创作也同样体现了"感物"原则，不仅继承了先秦两汉"感于物而动，故形于声"（《礼记·乐记》）等应物情动的讲法，"更在情、物之间联系以思心之用"，将情与物的交接凝成具体的思。②

不过，中国的情感理论是复杂而多维的，儒家思想中的内在平衡最鲜明地体现于宋明时期的理学、心学之争中。朱子将"性"等同于"理"，将"情"理解为外界事物引起的（已发）之态，因此，虽然朱子延续张载之说认为"心统性情"，但实际上排除了使性情融合并复归于心的可能。王门心学认为"性"就是"心"，并在"心"中分出道心和人心，就是将伦常原则与自然欲求融合，而王门后学又以此为基础提

---

① 郑毓瑜，《引譬连类：文学研究的关键词》，北京：生活·读书·新知三联书店，2017，第9页。

② 郑毓瑜，《六朝情境美学》，台北：里仁书局，1997，第8页。

出"心不离身""即情即性""情性皆体"等说法。不过，心学所主张的道心与人心为一心之说也难以完全愈合"情"与"性"的裂隙。因此"情"并不确定能够与贯穿天地宇宙的"理"合二为一。中国思想史中并没有特别稳固的主体观，"情"的流动是否能与"理"融合，并没有确定答案，这与17和18世纪西方思想史中的笛卡尔的身心二元论形成了鲜明的差别，也与浪漫主义时期在内心与外部世界和神性之间构筑一致性的"内在超越论"之间有着重要差别。①

宋明儒学思想在情感观念上的游移也体现在文学层面。已经有很多学者指出阳明心学与晚明"世情小说"的联系，冯梦龙所谓"我欲立情教，教海诸众生"，就是要以载情的笔记和拟话本故事形塑和启迪心灵。② 不过，这个时期中国文学中的情感观念非常复杂。林凌翰认为，晚明时期中国对情感的理解具有鲜明的"外在性"特征，正如《牡丹亭》所言，"情不知所起，一往而深"，无法与"性"整合在一起，因而统率"性"与"情"的"心"具备着不可规约的多维性，而个体与外在规约以及他人之间也有着不可弥合的裂痕，这个时期的情感观点偏离了《礼记》中关于"情生于性"的理解，不认为情感出自一个完整独立的内心，同时也偏离了另外两个情感隐喻——即"风"与"梦"——所暗示的内外交感兴会的状态。③

---

① "内在超越性"在18世纪晚期德语世界中十分突出，赫尔德就已经提出，这种观念与欧洲大陆上的泛神论思想有着普遍联系。在中国思想史语境中，现代新儒家思想反复强调的"内向超越"或"内在超越"的特征，在西方传统中可以找到类似观念，但也有重要差别，现代新儒家将其与人与宇宙的一体化思想和"内圣外王"的传统联系。正如韩振华的研究所言，在中国语境内的"内在超越论"蕴含了"宗教性诠释"和"文化性批判"的潜能，但也时常受到审视与反思。参见韩振华，《突破，抑或迷思？——儒学"内在超越说"的跨文化考察与批判重构》，《复旦学报》（社会科学版），2019年第2期，第34页。

② 冯梦龙，《情史类略》，长沙：岳麓书社，1983，第1页。

③ Ling Hon Lam, *Spatiality of Emotion in Early Modern China: from Dreamscapes to Theatricality*, New York: Columbia University Press, 2018.

由上述内容来看，西方语境中人文社科学者对"情感"问题的关注以及从 2000 年左右开始开启的"情感转向"与中国的"抒情传统"理论有很多相通之处。两者对文学形式特征与情感的互动关系做出了开创性的解读。今天，蔡教授将"抒情理论"的范围扩大，不再拘泥于提炼出一种文学传统，而是追溯中国有关"情"的理论和思想，将其与对文学作品呈现情感方式的研究相结合，这样不仅避免了中国是否有独特的抒情诗歌这个导向人为区分的问题，与西方学者对情感的理解也有了更多对话空间。我们可以对何谓"情感"的中西解答做进一步推进，蔡教授的工作和我的工作都在向这个方向努力。

蔡宗齐：谢谢金老师给我们勾勒出西方现当代情感论总体发展轨迹，并介绍了各种重要理论的核心观点。我自己受益匪浅，也觉得以后有很多地方需要补课，相信大家也有同样的感觉。金老师为组织这个讲座花了很多精力，做了十分周到的安排，再次表达由衷的感谢！

作者简介：

蔡宗齐，香港岭南大学中文系讲座教授、美国伊利诺伊大学香槟校区东亚语言文化系及比较文学系教授，著、编有英文书籍十四种，发表中英文论文一百多篇，研究领域涉及中国古典诗歌、古代散文、古代文论、古代美学、比较诗学以及佛教。

金雯，华东师范大学中文系和国际汉语文化学院联聘教授，博导。研究领域为英美文学、比较文学、文艺理论与 18 世纪西方思想和文学。

戏剧研究

戏剧演出符号学：理论与方法[*]

陈　琳

内容摘要　本文系统阐述戏剧演出符号学的理论建构和应用方法。本文梳理戏剧符号学发展历史，剖析反文本中心主义的戏剧演出符号学代表学者费舍尔－李希特所论述的作为文化子系统的戏剧演出符号学理论，论述戏剧演出符号作为系统、规范和话语，并简析了费舍尔－李希特、帕维斯、卡尔森三种戏剧符号学理论的异同。本文以具体案例的表演分析，探索了戏剧演出符号学的应用方法。本文的核心论点是：戏剧演出符号学深刻根植于人类面对戏剧现象时的系统性综合理解冲动和认知模式，发展至今已然突破文本中心主义，它与以现象学方法理解、阐释 20 世纪初以来戏剧多种形态的"表演性美学"理论和"后-戏剧剧场"理论并行不悖，共通呼应，故应等量齐观，不能顾此失彼。

┃关键词　戏剧演出符号学　反文本中心主义　戏剧符号作为系统、规范与话语

-----

* 本文是国家重大项目欧美戏剧理论前沿问题研究（18ZD06）和山东省社科基金"现代戏曲发展中的交织表演文化现象研究"（21CWYJ22）的阶段性成果。

Semiotics of Theatre Performance:
Theory and Method

Chen Lin

Abstract: This paper attempts to systematically elaborate the theoretical composition and application methods of theatre performance semiotics. This paper narrates the development process of theatre semiotics; analyzes the research on theatre performance symbols as a cultural subsystem elaborated by the representative scholar of semiotics of theatre Fischer-Lichte; analyzes the three levels of the semiotics of theatre performance, namely the systemic level (the theatrical code as system), the normative level (the theatrical code as norm) and the speech level (the theatrical code as speech); discusses the similarities and differences in Erika Fischer-Lichte, Patrice Pavis and Marvin Carlson's dramatic semiotic theory briefly; and uses a performance analyses of specific cases to demonstrate the application methods of theatre performance semiotics. The core argument of this paper is that the semiotics of theatre performance is deeply rooted in the systematic and comprehensive impulses and cognitive modes of human understanding when people are confronted with theatre phenomena, and that it is beyond text-centrism and complementary to the theories of "Ästhetik des Performativen" and "Postdramatisches Theater", which are based on the phenomenological understanding of different forms of theatre since the beginning of the twentieth century. The above-mentioned theories are parallel, complementary and interconnected, and should be viewed in the same light without losing sight of one or the other.

Key words: semiotics of theatre performance studies; anti-text centrism; theatrical code as system, norm and speech

　　戏剧现象存在于最广阔的文化时空光谱中：从原初文化、农业文化到工业文化，从中东文化，亚洲文化、欧洲文化到美洲文化，凡有文化之处，就有戏剧某种形态的存在。①而长久以来，面对戏剧这门独特的综合艺术样式，学者们有着两种冲动：一种是对其进行系统性的综合理解的冲动，其重点在于抽象意义认知；一种是基于个体经验的感知冲动，关注身体、物性、能量和流动。②适于两种冲动的理论并行不悖，在整体层面共通呼应，③但也展示出强烈的互相拉扯，正如帕维斯所说："在综合整体理解的需求与个体经验之间，在秩序与混乱之间，在抽象性与物质性之间拉扯。"④契合前一种冲动的戏剧学理论分析方法正是戏剧符号学。在戏剧符号学中，既有关注戏剧文学的戏剧文本符号学，也有阐释戏剧演出的戏剧演出符号学。本文重点探讨戏剧演出符号学的理论建构和应用方法。

----

　　①　Erika Fischer-Lichte，《戏剧符号学（卷一）：戏剧符号的系统》（*Semiotik des Theaters Bd. 1 Das System der theatralischen Zeichen*，4. Auflage，Tübingen：Gunter Narr Verlag，1998），p. 7。该书德文版为相互关联的三卷本。第二卷为《戏剧符号学（卷二）：从"矫揉的"到"自然的"符号——巴洛克与启蒙时期的戏剧》（*Semiotik des Theaters Bd. 2 Vom "künstlichen" zum "natürlichen" Zeichen -Thetaer des Barock und der Aufklärung*，3. Auflage，Tübingen：Gunter Narr Verlag，1995），第三卷为《戏剧符号学（卷三）：演出作为文本》　（*Semiotik des Theaters*，Bd. 3 *Die Aufführung als Text*，Tübingen：Gunter Narr Verlag；5.，unveränderte Aufl. Edition，2009），本文没有对第三卷的直接文献引用。另外，该书德文版翻译为英文版时有极大的删减和修改，比如第二卷直接被改写且从德文版 214 页缩减为英文版 24 页，故英文版只有一本：Erika Fischer-Lichte，*The Semiotics of Theater*，translated by Jeremy Gaines and Doris L. Jones，Bloomington and Indianapolis：Indiana University Press，1992。

　　②　Janelle G. Reinelt and Joseph R. Roach（eds.），*Critical Theory and Performance*，Ann Arbor：The University of Michigan Press，2006，pp. 7–12.

　　③　Stanton B. Garner，Jr.，*Bodied Spaces：Phenomenology and Performance in Contemporary Drama*，Ithaca：Cornell University Press，1994，p. 30.

　　④　Patrice Pavis，*Analyzing Performance：Theater，Dance，and Film*，trans. David Williams，Ann Arbor：University of Michigan Press，2003，p. 18.

一、戏剧演出符号学的发展历史

我们进入历史语境，叙述戏剧符号学的发展历程，分析其自诞生以来所经历的数次浪潮，突出戏剧文本符号学与戏剧演出符号学的共生关系与共有特质，剖析 20 世纪 80 年代戏剧演出符号学产生时的学术地景。

戏剧符号学脱胎于现代语言学对人类社会行为进行研究的符号学理论。1878 年，索绪尔在《关于印欧语言中元音的原始系统报告》中，提出语言是集体的习俗，反映在语法、语源、语音等方面，认为语言具有普遍性，即不同的人类语言具有某种共同的结构。索绪尔提出，对语言结构的分析和理解对我们理解一切符号系统的结构都有帮助。① 20 世纪两次世界大战之间，捷克斯洛伐克的布拉格语言学派的学者们将符号学理论引入文化艺术分析，他们尤为感兴趣的是将索绪尔应用于具体艺术品的分析。②其中，彼得·博加特廖夫（Petr Bogatyrev）和金迪奇·洪兹尔（Jindrich Honzl）等学者开启了戏剧符号学研究。

博加特廖夫和洪兹尔的研究确立了后世戏剧符号学两个研究重点（亦是难点）。③ 其一是戏剧符号的多样性和多变性：戏剧符号除了索绪尔所探索的语言符号之外，还包括戏剧服装、布景、道具作为视觉符号，音乐和声响效果作为听觉符号，而其中最为核心和复杂的戏剧符号正是演员们鲜活的身体。其二是戏剧符号的双重运转：一重是戏剧符号本身的在场，另一重是戏剧符号作为能指指向不在场的所指。对"双重

---

① 1913 年索绪尔逝世，他的核心理论正式出版较晚，参见 Ferdinand de Saussure, *Course in General Linguistics*, translated by Wade Baskin, New York：McGraw-Hill, 1966。

② Marvin Carlson, "Semiotics and Its Heritage", in Janelle G. Reinelt and Joseph R. Roach（eds.）, *Critical Theory and Performance*, p. 13.

③ Marvin Carlson, "Semiotics and Its Heritage", pp. 13-14.

运转"的探索呼应着后世的戏剧现象学与戏剧符号学研究。①戏剧符号学初生伊始，就具有强烈的系统化和抽象化冲动，但是并不是局囿于文本，甚至可以说，戏剧符号学诞生伊始关注重点就是演出，甚至关注到演出本身独特的物质性。但是这些戏剧符号学先驱们的工作此后几乎被遗忘、湮灭。

60年代初，在法国和意大利符号学家的引领下，符号学的第二轮热潮在欧陆兴起。这一时期戏剧符号学的先行者是罗兰·巴特，虽然他只是简要提出了戏剧的"符号密度"及符号学在布莱希特研究中可能发挥作用，但他为戏剧符号学者们开拓了思路。在他看来，符号学"旨在研究一切符号系统，无论它们的物质性与界限"。②巴特启发了60年代到70年代早期法国几乎所有的戏剧符号学者。塔德乌什·科桑（Tadeusz Kowsan）和安德烈·赫尔博（Andre Helbo）是60年代系统性研究戏剧符号学的代表学者。科桑提出，要将戏剧的不同符号系统进行分类，并提出十三大类，包括服装、化妆、词语、动作等；又提出要确立最小的"指示单位"（signifying unit），这一提议来源于语言学，已经被后世的戏剧符号学所扬弃。③70年代初期，符号学在法国和意大利发展迅速，戏剧符号学也涌现了数位重要学者：法国的于贝斯菲尔德和帕维斯，意大利的弗兰科·鲁菲尼（Franco Ruffini）、马尔科·德·马里尼斯（Marco De Marinis）和安伯托·艾柯。其中于贝斯菲尔德的戏剧符号学研究聚焦戏剧文本。这一时期的戏剧符号学并不是一边倒地仅关注戏剧文本的剧本符号学，而是更多继承了科桑和赫尔博的理念，以符号学方法研究戏剧表演。基尔·艾兰（Keir Elam）1980年出版《戏剧和剧本符号学》（*The Semiotics of Theatre and Drama*），该书是第一部为英

① Marvin Carlson, "Semiotics and Its Heritage", p. 14.
② Roland Barthes, *Elements of Semiology*, translated by Annette Lavers and Colin Smith, London: Jonathan Cape, 1967, p. 9.
③ Marvin Carlson, "Semiotics and Its Heritage", p. 14.

语学界系统引入符号学的著作，不仅介绍了索绪尔，还涉及布拉格语言学派，在英语学界引发广泛讨论。该书尝试分析戏剧演出并以《哈姆雷特》为例，但其方法以语言学为导向，实际上不适用于戏剧演出分析。

当我们梳理戏剧符号学的发展史，比较观察布拉格语言学派到70年代初期的戏剧演出符号学与戏剧文本符号学研究时，可以得出如下结论。首先，戏剧符号学中的戏剧文本符号学研究与戏剧演出符号学研究的问世并不是时间先后的关系，戏剧演出符号学产生伊始就聚焦于舞台和鲜活的表演本身。其次，直至20世纪70年代，无论是以于贝斯菲尔德为代表的戏剧文本符号学研究，还是布拉格语言学派的戏剧演出符号学研究，都有着一种强烈的文本中心主义的思维底层逻辑。于贝斯菲尔德的研究紧紧依托文本自不必赘言，而帕维斯、德·马里尼斯的研究也是基于这样一个认识：文化本身即文本，表演即文本，"通过对戏剧符号的创作和制作的研究，符号学分析方法适用于戏剧演出恰如其于文学文本一般"。①也就是说，他们虽然关注舞台表演，但依旧将演出视为文本的一种延续。

文本中心主义的底层逻辑构成了戏剧符号学诞生后很长一段时间内的基础学术语境和研究方法。长久以来在欧洲学界弥漫的文本中心主义意识，可以上溯到苏格拉底和柏拉图对理念世界与现实世界的二分。费舍尔-李希特观察到，"整个19世纪，欧洲社会盛行着这样一种自我文化理解，即欧洲文化本质上是一种文本文化。根据这种理解，现代欧洲文化压倒性地体现于文本和纪念碑中，这就导致文本和纪念碑等文物是文化科学研究的首选对象，即使不是唯一合法的研究对象"。②在文化即文本的思潮下，鲜活的戏剧舞台表演也被类比于文本来进行符号学解读，这是自然的。

---

① Marvin Carlson, "Semiotics and Its Heritage", p. 15.

② Erika Fischer-Lichte,《表演性导论》（*Performativität*, *Eine Einführung*, Bielefeld: Transcript Verlag, 2012）, p. 13。

　　反文本中心主义的戏剧演出符号学理论正是在这样的理论语境下发生的，但这还不是全部语境。必须纳入考量的学术语境还有：利奥塔的后结构主义理论对"符号帝国主义"的挑战（1973）；特蕾莎·德·劳雷蒂斯（Teresa de Lauretis）概括总结的 70 年代至 80 年代早期的戏剧符号要超越结构主义系统进入社会实践的理论思潮（1983）；马尔科·德·马里尼斯提出的戏剧符号学要进入历史和社会语境（1983）；最为关键的是安伯托·艾柯引领的戏剧符号学的接受美学风潮（1977），可以说是"彻底改变了国际符号学的风景"。①符号学脱离抽象宏大叙事进入具体的社会历史语境，具有了鲜明的价值取向。而且，随着对符号接受方的关注，甚至引发了学界对符号学的知识考古学，一个湮灭已久的索绪尔同时代学者的名字查尔斯·皮尔斯和他所建构的"符号-对象-解释项"符号学，也进入戏剧符号学者的视野。

　　在上述学术语境中，帕维斯（1982）出版的《舞台语言》在英语学界影响巨大。他将戏剧表演符号作为动态整体进行观察，尝试对身体姿势与导演理念（Inszenierung）进行符号学解读，他对演出的定位虽然基于文本中心的认识，但总体的分析已然向作为独立艺术系统的"演出"偏移。卡尔森（1990）与诺里斯（2014）也纷纷出版戏剧演出符号学著作，他们已充分认识到表演本身的独立自主。值得注意的是，帕维斯、卡尔森与诺里斯并不尝试构建整一的戏剧演出符号学系统，而是通过借鉴索绪尔、皮尔斯等奠基学者的符号学理论进行概念阐释，并通过具体案例分析展示符号学如何与戏剧演出相结合，从而成为分析戏剧演出的重要方法。

　　费舍尔-李希特 1983 年出版戏剧演出符号学研究三卷本专著《戏剧符号学》（*Semiotik des Theaters*），该书的英文版于 1992 年面世。该著作观照戏剧演出本身特殊的物质性与媒介性，尝试建构整一的新戏剧演出

① Marvin Carlson, "Semiotics and Its Heritage", p. 19.

符号学理论系统。以费舍尔-李希特为领军的戏剧演出符号学研究逐步脱离戏剧文本符号学以及以戏剧文本为中心的戏剧演出符号学，建构起反文本中心主义的戏剧演出符号学系统。

二、反文本中心主义的戏剧演出符号学理论系统

呼应着人类对事物进行抽象综合理解的冲动，费舍尔-李希特的戏剧演出符号学呈现出强烈的结构主义系统性特质。费舍尔-李希特指出，当我们从文化科学（Kulturwissenschaft，Culture Science）的视角出发对戏剧进行观察时，不难发现，戏剧演出是文化中极为独特的一个子系统（sui generis），其与社会关系、宗教习俗、语言、法律、神话、文学传统等子系统共同建构起了文化系统。[①]"文化"（Kultur）是在德国学术语境中诞生的一个重要概念。启蒙运动以降的德语学术语境中，对"文化"与"文明"的辨别、区分带有强烈的德国民族文化觉醒、德国启蒙思想与法国宫廷文化和学术话语分庭抗礼的意味。法语中流行的"文明"概念在德语语境中指的是外在的教养、举止，而"文化"这一概念则为"德国"学者所高举，是德意志继承古希腊精神的文化理想。[②]

费舍尔-李希特在《戏剧符号学》中对作为文化子系统的戏剧演出做出如下系统阐释（第7-8页）。第一，作为文化子系统，戏剧演出自然具备以符号的方式生产意义的功能。第二，戏剧演出意义的创造借助于符号的创造而实现，也就是说，戏剧演出不是以抽象方式创造意义的独立符号系统，而是必须在其所身处的文化语境中，借由可以为我们所

---

① Erika Fischer-Lichte, *Semiotik des Theaters Bd.* 1, p.7. 本文后面大量引用该书，随文夹注页码，不再单注。

② Immanuel Kant,《世界公民观点之下的普遍历史观念》（Idee zu einer allgemeinen Geschichte in weltbürgerlicher Absicht, in *Berlinische Monatsschrift*, 1784）, pp. 385-411。https://www.projekt-gutenberg.org/kant/absicht/Kapitel1.html［访问日期：2024年1月15日］。

感知的声音、行动、物体等等而产生意义。第三，戏剧演出符号学意义的产生是一个复杂的、动态的、具有较为稳定客观的主体间性又同时具有极强的主观性的过程。比如在相对稳定、封闭、同质的文化系统中，戏剧演出符号的指示性质与潜在性质的意义都较为稳定。但假如某一文化系统中有差异较大的亚文化，来自不同亚文化的阐释者则会对同一个"客观"的元素进行不同的意义指示性质与潜在性质的阐释，这种差别甚至可能在对某一具体社会问题持有不同见解的个体之间发生。而进入不同文化系统的时候，对戏剧演出符号的阐释和意义生成的区别就有可能更大。换言之，戏剧演出符号的意义不是一个单一体，而是指示意义与潜在意义的复合体。文化系统的稳定性决定了阐释者对戏剧演出符号意义的筛选及基于筛选的意义阐释。"意义永远要作为一个复合体来把握，它由相关文化中主体间性有效的'客观的'部分组成，恰恰也由'主观的'许多不同部分共同组成。"（第9页）格雷马斯（A. J. Greimas）在《论意义》一书中提出，人类生活在一个"不断指涉"的世界里（第7页）。也就是说，在这个世界里，能被感知的，都是作为能指被感知，必然指向一个所指，即指向一个意义（第7页）。

戏剧演出符号意义的生成依赖于所处文化系统的"规则体系"（Code）。稳定统一的规则体系就会产生稳定统一的符号意义阐释。阐释者使用不同的规则体系对同一符号进行阐释时，就会产生不同的意义。我们还要区分"外符号规则体系"（externer Code）与"内符号规则体系"（interner Code）。内符号规则体系是某一文化子系统的符号意义的内部基础，即该子系统内部所有的意义的阐释或生产都要基于这个规则体系，而外符号规则体系是多个文化子系统所共有的符号意义产生的外部基础。符号意义的建构受到内符号规则体系与外符号规则体系的双重影响。符号规则体系一方面是意义产生的基础，另一方面也会随着意义阐释的转变而发生变化。内符号规则体系的改变也可能会影响到外符号规则体系，进而改变共享外符号规则体系的另一个子文化系统的内符号规则体系，即影响到该子系统中符号意义的阐释（第11-12页）。①

我们生活在符号的社会、文化、世界之中，文化本身就是一个外规则体系的大符号系统。文化大系统中有诸多子系统。在这里，费舍尔-李希特对子系统做了一个区分：所辖符号具有类似锤子能敲击钉子这样的物质实用功能的子系统，与所辖符号没有物质实用功能的子系统（第10-11页）。前者是服装、食物、工具、建筑等，后者包括语言、交通符号、模仿符号、宗教习俗、绘画、戏剧演出等等（第13页）。这个区分只是第一层次的，我们还要进一步看到，没有物质实用功能的子系统大类中，各个子系统使用的符号也并不同质，实际上差别巨大，尤其是在产生并使用美学符号的美学领域与使用非美学符号的非美学领域之间（第13-14页）。而在美学领域的诸多子系统中，戏剧演出是一个拥有自己内符号规则体系的极为独特的子系统。

我们考察规定了戏剧演出符号的戏剧演出的独特性质："瞬时性"（das Transitorische）与"绝对在场性"（die absolute Gegenwärtigkeit）。必须看到，建构反文本中心主义的戏剧演出符号学时，费舍尔-李希特使用概念 Gegenwärtigkeit 以强调在场性，后在系统发展表演性美学理论时，她使用"身体的共同在场"（Leibliche Ko-Präsenz）以强调在场性是观演双方身体的共同在场。从这里我们可以清晰看出，从戏剧演出符号学发展到现象学方法的表演性美学，是基于对戏剧演出特质的一以贯之的把握，二者虽然方法不同，却并不相互矛盾，而是互相补充，是一个连续体（第15页）。

戏剧演出符号不同于绘画、雕塑等造型艺术，不能脱离它的创造者——即表演者——而独立存在。有关"时间的艺术"的瞬时性，莱

---

① 笔者赞同费舍尔-李希特有关符号规则体系的论述，但不同意她在此举例说，教会重视地心说意味着对人类高贵的阐释。教会对于地心说的强调其实是因为他们相信人类的原罪和堕落，地球是沉重的月下的世界，承载的是不值得留恋的凡尘生活。从地心说改为日心说，恰恰是对人类所处的低下地位的反动。

辛在《拉奥孔》中有精妙阐释。戏剧具有这种特质不仅仅因为它是时间的艺术，就像音乐或口述诗歌一样，更是因为戏剧的实现绝无可能脱离它的创造者，而且更关键的是，戏剧没有可移动、可复制的自治存在（第15页）。正如迪特里希·斯坦贝克（Dietrich Steinbeck）切中肯綮的阐述，我们只能从理论上研究过去的演出，而不可能在美学上与它发生关系。① 而我们平日看到的可以超越演出的过程而能长久存在的戏剧符号，比如服装、道具、舞台装饰等，其实只是从戏剧演出语境中撕扯出的个体符号，并不是和演员共同创造的符号之网。演出的符号之网必然与演员的身体相连，只存在于创造它们的那个当下。

费舍尔-李希特进一步分析，具有瞬时性特征的不仅只有戏剧演出的生产，还有其接收过程，这二者是同时发生的。演员创造了一个承载特殊意义的符号的当下，观众接收到了这个符号，并赋予了这个符号以意义。这意味着，在戏剧演出时，存在两个生产意义的过程（第15-16页）。这两个过程的共时存在不仅仅是各自相对独立的意义生产与意义接收的过程，更关涉到戏剧本体论意义上的存在：戏剧演出的存在必然是观演双方的共同在场，必然是符号意义生产过程与符号意义接收过程的共时存在。观众是戏剧演出不可或缺的组成部分，不存在缺少观众、缺乏意义符号接收过程的戏剧演出（第16页）。戏剧演出的这种本体论意义上的特质直接决定了戏剧演出的公共性。不同于可以私人阅读的小说、私人收藏欣赏的绘画和雕塑，戏剧不但不能脱离创造者而存在，而且具有一种与生俱来的公共性与社会性，一定要有观演双方的对峙、交流。更进一步说，不同质的双方的对峙带来的不仅仅是公共性与社会性，还有政治性，政治的本质是公共生活中两方的交流和磋商，戏剧演出从诞生之日起，就具有了政治性基因。戏剧演出与政治性不可分割。

而且，因为戏剧使用的符号是大文化系统中产生的符号，于是，观

----

① Dietrich Steinbeck，《戏剧科学理论与系统导论》（*Einleitung in die Theorie und Systematik der Theaterwissenschaft*，Berlin，1970），p. 149ff。

演双方在生产和接收阐释符号的过程中，就有了一个对文化符号的再观察，这正好解释了为什么戏剧演出拥有不可替代的文化反思功能（第19页）。同时，戏剧演出也不断吸纳异质文化符号并加以呈现，这就加强了观照与反思的可能。"在此意义上，戏剧演出可以被理解为一种对所讨论的文化的自我展示和自我反思的行为……作为符号的符号，（戏剧演出）使得所讨论的文化有了一个对自己的反思姿态。"（第19页）

通过以上梳理我们可以清晰了解，费舍尔-李希特的戏剧符号学深受布拉格语言学派的结构主义思潮影响，显示出强烈的系统化倾向；同时她也非常重视符号意义的接受阐释。这里有安伯托·艾柯引领的戏剧符号学接受美学风潮（1977）的影响，也有查尔斯·皮尔斯及其"符号-对象-解释项"符号学的影响。对费舍尔-李希特戏剧演出符号学影响最大的是查尔斯·莫里斯以及其论述的符号三要素：符号工具、用以表示所指示之东西的物、解释项。从这三者的两两关系中，莫里斯指出：首先，符号具有句法维度，即符号和其他符号工具之间的关系；其次，语义的维度，即符号与它所指定的物之间的关系；第三，语用的维度，即符号与符号使用者之间的关系。因此，费舍尔-李希特的戏剧演出符号学与莫里斯所分析的符号三元素之两两关系三维度之间的一一对应便不难理解了。第一，费舍尔-李希特对文化大系统符号与内在子系统符号之间的关系化用自莫里斯阐释的第一个句法维度。"戏剧（演出）的符号只能被这样的人所理解，即那些熟悉这些戏剧（演出）符号所产生的文化系统并熟知如何阐释该文化系统符号的人。"（第12页）第二，她对戏剧演出符号身体性和瞬时性的分析，正与莫里斯对符号语义维度的分析有关联。戏剧演出符号不同于其他艺术类子系统的符号，也不同于其他非现实物质功用系统的符号，戏剧演出符号具有强烈的瞬时性，且与它的创造者的身体须臾不可分离。第三，她对戏剧演出符号的产生与观众对符号的接收和阐释两个过程的共时性的分析，对应于莫里斯所说的符号的语用学维度。这样，我们就完成了对费舍尔-李希特戏剧演出符号学理论思路的梳理，并在符号学发展的历史语境中深刻理解了其理论源流。

在戏剧演出符号的应用层面，费舍尔-李希特提出，戏剧的内符号规则系统规定了："其一，剧场中哪些是承载意义的符号；其二，这些符号以何种方式在何种情况下彼此组合；其三，这些符号要么在特定的语境中，要么在孤立的情况下，被赋予了何种意义。"（第12-13页）这就是说，剧场是独特的子系统，因为在意义建构的过程中，剧场有自己独特的符号，并使用自己独特的句法、语义和语用规则。① 费舍尔-李希特论述，分析戏剧符号必须具有三个维度：系统维度（Der theatralische Code als System），规范维度（Der theatralische Code als Norm）和言语维度（Der theatralische Code als Rede）。②在系统维度处理超越具象文化生态的普遍戏剧演出内符号；在规范维度处理多姿多彩的不同时空的戏剧演出内符号，如古希腊悲剧、意大利即兴喜剧、伊丽莎白戏剧、中国戏曲等；在言语维度处理个体的戏剧演出，这就进入包含剧本层面的单个戏剧演出中。

戏剧演出符号学的系统维度处理的是抽象的、超越时空与具体历史语境的戏剧符号学的根本问题，即，"如果我们将戏剧（演出）本身定义为一个系统，那么问题就出现了，为了确立戏剧（演出）作为一个系统产生意义的特殊方式，在多大程度上这个系统也必须被细分为它最小的构成要素"（第184页）。我们来阐释一下这个根本问题。戏剧演出符号不同于造型艺术符号的一个特点是，它本身能与所指示的世界共享同一物质性，也就是说，现实世界中的声音、空间、物品、身体等等一切作为符号进入戏剧演出时，完全不必改变自身的物质性。一把椅子

---

① 值得注意的是，脱离语言学进入戏剧研究时，要在戏剧表演相对应的元素层面来理解 syntaktisch, semantisch, pragmatisch 这三个术语。参见 Erika Fischer-Lichte, *Semiotik des Theaters Bd.* 1, p. 13。

② 参考 Erika Fischer-Lichte,《戏剧符号学》卷一、卷二、卷三。

进入音乐时会变成一段音符，进入诗歌时变成声音或者文字，进入绘画时变成图像，而一把椅子进入戏剧时，完全能保留一把椅子在外部世界的状态，作为符号，它可以指示一把椅子、一座山、一扇门、一幢酒楼，甚至是一位情人。外部系统的各种符号保留着自己的物质性进入戏剧演出，意味着戏剧演出这门艺术样式中包含了大量的异质符号，极为丰富。

戏剧演出中的符号意义不仅可以由子系统内部符号指示，还可以由其他子系统的符号来指示，比如，雨可以由雨滴、水管喷水（比如奥斯特迈耶执导的《哈姆雷特》）、下雨的声音、语言说下雨了、雷电的声音、敲锣等等来指示。因此，布拉格语言学派的戏剧演出符号学研究者无论如何尝试都一直无法克服的难题是，如何将戏剧演出符号细分为同质的符号单元而加以研究，这是因为，"第一，戏剧（演出）符号由许多产生于不同符号系统的异质符号构成，因此不能在同质单元（homogene Einheiten）的基础上来分析。第二，这些异质的戏剧（演出）符号可以作为符号的符号而起作用，并拥有相当的灵活性，故而不同的符号就可以起到完全相同的符号学功能"（第186-187页）。所以，费舍尔-李希特得出结论，在系统维度，根本不可能找到同质单元的戏剧演出符号。因此，这一尝试可以彻底放弃，戏剧演出就是使用异质符号的独特艺术形式。正如罗兰·巴特所说，与线性的语言相比，戏剧演出是复调的。我们也可以说，戏剧演出的复调正是由于其所根植的文化本身是复调的。

在系统维度探索观演关系，我们再观照戏剧演出与其他艺术形式的一大区别，即戏剧演出符号具有的生产与接收的同时性（第192页）。如果想确保戏剧观演双方的顺畅交流，双方则要具备共时的阐释符号的能力，这方面突出的例子就是欣赏京剧、歌剧、芭蕾舞剧等具有非写实主义符号体系的戏剧演出样式时，如果观众不具备相关的符号阐释能力，就会一头雾水（第192-193页）。而我们以这样的思路来试图理解先锋派戏剧表演艺术时，就会得出这样的结论：先锋派探索的是小众的戏剧演出符号，不是观众普遍能够理解的"大众交流"（Massenkommuni-kation）（第 194 页）。所以分析 20 世纪以降的丰富多彩、具有强烈"表演性"的戏剧演出时，就不能只使用戏剧演出符号学，必须结合表演性美学理论。

我们尝试以具体案例分析来理解符号学的用法时，就可以从规范和言语两个维度入手。因为系统维度包含了所有潜在发挥功能的一切符号，而规范维度就只包括那些实际上确实地在某一种文化的某一特定时期、特定情境、特殊类型中发挥作用的符号。"因此，作为一种规范的戏剧（演出）符号，总是从符号系统中产生的所有可能的选项中挑选出来的一系列特定的选择……因为这些选择总是发生在特殊的、具体的历史、政治、社会、文化和经济等条件下，也就是说，在规范的维度，戏剧（演出）符号是一个由特殊的历史决定的以产生意义的系统。从系统到规范这一步，可以被认为是从戏剧（演出）系统研究到戏剧（演出）历史研究的转变。"[1] 所以说，我们的案例分析将从规范和言语两个维度进行。

我们可以通过探讨德国不同历史时期的戏剧演出符号的异同以理解规范维度。具体而言，是巴洛克时期、启蒙早期和启蒙中后期。巴洛克时期德国首次出现戏剧演员职业（第 10 页）。彼时的时代隐喻是将世界理解为剧场（Theatrum mundi）和将生命理解为戏剧（Theatrum vitae humanae）：舞台即世界，世界即舞台，演员即人类，人类即演员（第11 页）。因此，"扮演着戏剧人物的演员，不仅应作为对人物角色的表现，更应作为一种对人类存在的表现来把握和理解"（第 40 页）。"世界和人生的虚幻和瞬息变换，强大的自我历经命运起伏而不为所动，孱弱的灵魂改变自己以适应命运甚至因命运而消亡。"[2] 舞台上扮演所有

---

① Erika Fischer-Lichte, *Semiotik des Theaters Bd. 2*, p. 7.

② Erika Fischer-Lichte, *The Semiotics of Theater*, p. 151. 本文在引用德文版的同时对照引用英文版。

角色的演员都有一个关键站姿，身体的臀、腿、手臂、肘部、双手呈现出一种对立（contraposto stance），手指微微弯曲，双脚分开指向不同方向，这种站姿有一个专业术语"crux scenica"，也称为"舞台十字（Bühnenkreuz）"①。这种颇为矫揉的身体姿势是一种指向彼时理想人格的符号，观众据此可以直接解读出一个有自控能力、自信、主导型的自我（第152页）。巴洛克时期另一个与我们现在对于舞台人物心理情感非常不同的理解是，情感不是一种心理过程，而是一种实体化的独立存在体（hypostatized entities）。在这个前提下，舞台上的人物就可以完全不顾情感变化所需的过程，而是将表示不同情感的姿势随意组合，甚至是不合理地组合，以有效表达人物的情感爆炸（第153页）。对称的、遵守规则的身体姿势表示自我有控制力，不受外界起伏干扰，而乱摆乱放的姿势表示癫狂，不会被舞台驱逐。在巴洛克时期的世界观里，"一方面，符号被认为是唯一途径，不仅表征感官可以直接感知的东西，而且可以表征世界的真实秩序，这是感官所能感知的物体背后的东西。另一方面，符号作为可感知之物的表征，也经受着同样的裁定，即也将遭遇所有感官所能感觉之物都会遭遇的怀疑，即它们可能也瞬息易逝，欺骗感官"（第154页）。这就意味着真实世界中，符号可能指向的是真实，也可能是虚妄，人们无从判断。但巴洛克时期的戏剧演出符号却给人以确定的意义。"演员所使用的表征符号与社会现实生活相比，对于观众具有非常强大的真实性，因为，尽管它们会欺骗他们的感官，却从不欺骗他们的理智。"（第155页）

而到了启蒙早期，外部符号系统发生了变化。17世纪，世界秩序

---

① Erika Fischer-Lichte, *Semiotik des Theaters Bd.* 2, p. 46. 此外对巴洛克时期戏剧演出中"舞台交叉"（crux scenica）姿势的理解可参见此书第47页配图，也可参考 Gerda Baumbach，《演员：表演者的历史人类学》（*Schauspieler：Historische Anthropologie des Akteurs* Band 1. *Schauspielstile*, Leipzig：Leipziger Universitätsverlag, 2012），p. 263。这种姿势与雕塑中的"对立式平衡"并不相同。

由上帝创造的神圣所统领，而人类由于自身的不完美和局限性，只能有限地感知世界。而到了启蒙早期，人类理性的精神抬头，正如克里斯蒂安·沃尔夫所阐释的，自然是一般真理的普遍系统，等待人们以理智来理解（第 156 页）。17 世纪末，对世界和人生的主导解读不再是宗教拯救和救赎，故而作为内部符号系统的戏剧演出符号也随之改变。于是，启蒙早期的戏剧舞台驱逐了巴洛克时期许多违背规则的身体姿势，小丑（jester）、丑角（buffoon）、滑稽（harlequin）、疯癫、残暴的舞台表现都被驱逐出舞台（第 156 页）。"身体姿势规则的对立，即遵守规则和损害规则曾是巴洛克时期戏剧身体符号的最核心组成要素，在这个（启蒙早期）过程中，破坏规则的身体姿势被彻底清除。"（第 156-157 页）早期启蒙的戏剧舞台上于是留下的都是遵守规则的身体姿势，即符合理性的身体姿势。

启蒙的中后期，对自然看法的改变引起外部符号系统的变化。受英国经验论的影响，早期那种对自然的理性认识、那种将自然定位成一种先天秩序（a prori order）的观点退位，自然成为一种需要通过感官来感知，并且要基于考察才能认识的对象。也就是说，不能通过理性的纯推理来理解，认知必须基于仔细的观察辨别。于是此时的戏剧演出符号又发生了一些转向，以模仿自然的身体姿势为主，因为在时空中模仿自然的身体姿势最能引发真正的感官印象。启蒙中后期戏剧演出身体姿势的核心要义有两个——美和真：美是要悦目，真是要表达真正的感情和个体性格。戏剧舞台不再关注自我（ego）的表达，转而是要淋漓尽致、完整地表达每个角色独特的个体性格（individual character）以及与之对应的心理状态（第 157-166 页）。欧洲戏剧走到这里时，自然主义戏剧已经呼之欲出。

进入戏剧演出符号的言语维度，也即单个演出的个案，我们首先看看戏剧演出符号学在何种程度上适用演出分析。面对着戏剧演出这门独特的综合艺术样式，学者们有着两种冲动：一种是对其进行系统性的综合理解的冲动，其重点在于抽象意义认知；一种是基于个体经验的感知冲动，关注身体、物性、能量和流动。① 观众也会有两种冲动，一种是尝试赋予意义的解释性冲动，一种是基于个体经验的感知冲动。这两种冲动并不是泾渭分明，甚至会在观众自身并无察觉的情况下不受控制地不断跳转。20 世纪以降的戏剧演出有一个清晰的"身体转向"的脉络，在分析演出的时候，符号学与现象学的方法必然是混杂使用、相辅相成的。

三、戏剧演出符号学作为演出分析方法

本节尝试从戏剧演出符号学的言语、规范维度出发，对德国柏林人民剧院前艺术总监弗兰克·卡斯托夫（Frank Castorf）执导的很令观众费解的戏剧演出《白痴》进行符号学方法分析。2002 年卡斯托夫执导改编自陀思妥耶夫斯基的《白痴》，该演出运用了封闭空间与数字媒体影像的舞台实践方法。

舞台设计师博特·纽曼（Bert Neumann）在人民剧院创造了一个涵盖观众区和舞台区的"新城"：一个有三层结构的旋转舞台设计，大约能容纳二百人。舞台延展到观众席以平台相接，平台上设有一个点心铺、一个旅行社、一个草草装修的便利店。观众席右边是一个美容沙龙，旁边是一个挂着电影院牌子的门脸。建筑群后方舞台深处显示出一般大都会的城市图景。多层公寓在舞台两侧，其中一侧有个寒酸的小酒吧"拉斯维加斯"。公寓后方是一些深色的房子。整个舞台场景中遍布的现实主义元素是类象性（iconic）符号，新城的建筑风格和舞台上的服务性建筑作为标志性符号让观众自然联想起那些因为工业发展而快速崛起的大型底层社区，这些社区里住着来自南欧、东欧在德国打工的

---

① Janelle G. Reinelt and Joseph R. Roach（eds.），*Critical Theory and Performance*, p. 8.

"客工"（Gast Arbeiter）。客工在德国的社会作用类似于中国的"农民工"进入大城市。①

演出开场之前和中场休息时，观众可以自由地在"新城"漫步，欣赏建筑和装饰细节，而演出中观众则坐在台下或者旋转舞台上面的"集装箱"里。这样的安排极大限制了观众观看演出的视域，确切而言，在整场演出中，前五个小时的连续演出观众只能偶尔看到演员，而最后一个小时根本看不到演员的身体。相反，在各个房间里面的演员则随着摄像师扬·施佩肯巴赫（Jan Speckenbach）的数字媒体现场拍摄，在几个小的显示屏和几个大屏幕上不断播放展现给观众。在长达六个小时的演出中，观众极少能看到演员，只能偶尔瞥到一个背影或者一双手，只能看到其他现场的观众，只能随着镜头跟进情节。这种设计让观众逐渐陷入焦躁，内心无比困惑：这些即时视频是不是早就拍好了的录播？这还算一场戏剧表演吗，或者已经成为一场电影？② 一直到演出结束，观众也没能再看到任何演员出现，他们被压抑的强烈渴望在演员谢幕时迸发出来，雷声涌动般的鼓掌，一次又一次的谢幕演变为一种观演双方强烈联结的仪式。

我们来分析这场演出强烈的符号学意味。演员身体的缺席唤醒了观众对演员身体在场的强烈渴望，这些缺席的身体符号性地指向了一个巨大的阶层不平等——这些外来务工的服务性阶层实际上经常处于城市中产及以上的市民的视线之外。贫困阶层的这种隐藏经常是结构性的，在城市运转的巨大齿轮中，我们根本看不见他们的存在。这种看不见下层而带来的焦灼感在日常生活中并不会发生，而在导演设计安排的这个特

① 该剧的舞美请参考 https：//nachtkritik. de/meldungen/buehnenbildner-bert-neumann-ist-tot，演出可参考人民剧院制作的"戏剧电影"《白痴》https：//vimeo. com/112496517［访问日期：2024 年 1 月 15 日］。

② Erika Fischer-Lichte, *The Transformative Power of Performance*：*A New Aesthetics*, translated by Saskya Jain, Oxon and New York：Routledge, 2008, pp. 71-72.

殊的时间和空间里，观众感受到了巨大的焦灼，非常希望能够看到他们。那么，这种对于看到扮演者的冲动，会不会延续到现实生活中，进而乃至促进社会的进步呢？

我们此处借鉴罗兰·巴特符号学进一步分析。巴特发展了索绪尔的符号学，指出符号不仅仅是一重能指和所指，实则是能指指向所指，所指再作为能指指向所指，如此绵延相扣，最终指向终极的意识形态。① 本剧中，缺席的演员身体指向了外来务工人员的不可见，外来务工人员的不可见指向了当代社会城市管理的区隔理想，即转动城市混沌的魔方，使之秩序化，呈现出整一化的美感。对客工的区隔并不是德国独有，美国对新移民等例子比比皆是。顺着区隔的治理思路，异质杂陈、暗流涌动的城市景观彰显着未能完成区隔与秩序化的城市治理的失败。这种把异质的身体当作不稳定因素，区隔治理以消除异质身体的逻辑指向了资本主义的根本逻辑——对人的彻底的异化。人不再是流动的、丰富的身份面向的集合，人变成消费社会系统中的一个个部件。异化了的人作为资本主义内部的零件，是消费者也是消费品，是受害者也是同流合污者，系统之内，无可幸免。然而，正如笔者听到的戴锦华的分析，即使是成为城市魔方折叠空间的最底层也并不是最悲惨的，因为他们还在系统之内。系统内一切不合某一阶层规定的都被区隔到适合其的另一分区，以小说《北京折叠》为例，空间分为三层，第一、第二与第三空间。第三空间人的生存成本相对低廉，确保他们能在城市、资本主义消费链条和系统中有一席之地，能活下来（überleben）。空间区隔虽然残酷，但我们知道，更残酷的事实是，那些不肯或者不能被收编进入空间，即系统的，或者说系统不再需要的，最终将被排出系统的人，将成为彻底的弃民。弃民是绝对不可见的异质身体。舞台上演员身体的不可见最终指向了对资本主义帝国的终极意识形态的彻底批判。而演出过程

---

① 参考罗兰·巴特，《神话修辞术》，屠友祥译，上海：上海人民出版社，2016。

中观众的焦灼，谢幕时观众仪式般的热情、掌声、对可见的身体的欢呼，台上台下相容为一体的能量环，是卡斯托夫在批判系统的同时，也必然预判、推导出的与系统对抗的方法，可以说，这也许也是真正的出路：人与人的真正联结，跨越阶级、种族、性别、国家的人与人的真正联结。① 对机构性压迫的反思，对两德合并后失去灵魂的西方的猛烈批判一直是卡斯托夫戏剧艺术的灵魂，由此卡斯托夫发展出自己的暴烈美学。②

余 论

大半个世纪以来，塔德乌什·科桑、安德烈·赫尔博、于贝斯菲尔德、弗兰科·鲁菲尼、马尔科·德·马里尼斯、安伯托·艾柯、特蕾莎·德·劳雷蒂斯、伯特·史地兹、帕维斯、费舍尔-李希特、卡尔森、诺里斯等学者纷纷在戏剧符号学领域深耕，费舍尔-李希特、卡尔森、诺里斯等学者的戏剧演出符号学研究在当代有广泛的影响力。

帕维斯和卡尔森分别在 1982 年和 1990 年出版了戏剧符号学方面的代表作，诺里斯稍晚，在 2014 年出版专著。这三位学者与费舍尔-李希特系统性新戏剧演出符号学最突出的共性就是不断在多元变化发展的学术语境和历史社会语境中汲取新的观念和视角，发展戏剧演出符号学。费舍尔-李希特和帕维斯同受布拉格语言学派和结构主义影响，戏剧演出

---

① 但这样的联结还不够，人类必须学会与自然联结。也就是说，我们从一场戏剧演出的符号学分析进入演出本身所在的文化系统，再进入文化系统所在的生态系统。观众和演员在共同的仪式般的热情后，也许会在归途中再一次思考，这种焦灼和热情不应该局限于人与人之间。现代对自然的绝对客体化的剥削、残暴，正是从资本主义崛起开始的，逆转资本主义的伤害，以资本主义造就的现代性的方法反现代性是不够的，要从打破人与自然的二元话语，复归人类和自然的联结开始。

② 卡斯托夫的戏剧美学与政治性，可参考陈琳，《二战后德国三代导演剧场美学与政治性嬗变》，《戏剧艺术》，2023 年 8 月第 4 期。

符号学理论呈现出系统性，卡尔森和诺里斯并未构建完整的戏剧演出符号学体系，但融会贯通，极大发展了符号学各家理论在戏剧演出分析中的应用方法。同时，四位学者也都接受了后结构主义影响，将戏剧符号学的研究纳入历史和社会语境，并拥抱接受美学的范式转换带来的观众维度。卡尔森的《戏剧符号学，生活的符号》（*Theatre Semiotics*，*Signs of Life*，1990）一书非常重视演出本身和观众的参与，强调戏剧演出符号学分析的重要一环是观众，批评此前的符号学理论大多仅侧重于剧本或演出的符号生产而将观众视为被动的意义接受者。在东方戏剧样式更多地进入研究视野后，帕维斯和费舍尔-李希特还共同进入后殖民视野，直接将戏剧符号学引入跨文化研究领域。帕维斯在《文化十字路口的戏剧》（*Theatre at the Crossroads of Culture*，1991）一书中继续了他对图表和系统建构的热爱，值得注意的是，帕维斯将他的关注转向了"语境和文化中"的表演文本，因为他觉察到在交换中能创造出不期而至的文化产品。①

诺里斯《戏剧如何意义》一书虽未建构自己的戏剧演出符号学体系，但颇具特色。相较于费舍尔-李希特的著作，该书非常"读者友好"。诺里斯将语言学者索绪尔及受他启发的巴特、福柯、拉康、列维·斯特劳斯、巴赫金的理论，和皮尔斯的符号学理论拆解剖析，再借鉴其他戏剧符号学者的理论和现象学、社会符号学、女性主义、新历史主义、文化唯物主义、后殖民和跨文化研究理论，将其与具体的剧作、戏剧表演的具体场景、动作、道具、语言、角色、情节、时间、空间、场面调度、观众等要素相结合，帮助读者理解抽象的符号学如何能用于分析鲜活的戏剧演出。诺里斯所理解的戏剧演出符号学并不意在指出一件作品是什么意思，而是关于如何在创作、观看、分析和记录的过程中创造出意义。② 在他看来，戏剧演出最根本的功能之一就是作为在文化之内和文化之间进行价值协商的论坛现场，因而，理解符号如何在过程中编码、传播、

---

① Marvin Carlson, "Semiotics and Its Heritage", p. 23.
② Ric Knowles, *How Theatre Means*, London: The Palgrave Macmillan, 2014, pp. 1-2.

解码，对于理解沟通、交流、协商究竟是如何发生的，就至关重要。①

本文的核心论点是：戏剧演出符号学发展至今已然突破文本中心主义；戏剧演出符号学根植于人类面对戏剧现象时的系统性综合理解冲动和认知模式，与以现象学方法来理解、阐释 20 世纪初以来戏剧多种形态的"表演性美学"理论和"后-戏剧剧场"理论并行不悖，甚至有共通呼应，故要等量齐观，不能顾此失彼。费舍尔-李希特在《表演性美学》（*Ästhetik des Performativen*）一书中专门论述了人在认知过程中使用的符号认知方法与现象经验如联觉等方法的不受人为控制的漂移，卡尔森也是充分认识到了两种方法不可作二元切割，卡尔森指出："戏剧或者表演的任何活动的展示，都不可避免地在观众中发起了符号学过程。"②卡尔森还对赫伯特·布劳（Herbert Blau）关于"非媒介的"不参与符号学编码表演的说法加以否定，"因为意识本身就被赋予了重复和复制的机制，而这也正是符号学过程的基础。"③诺里斯也论述说："现象学本身（理解为对人类意识直接遭遇的现象世界的研究，在戏剧研究中，即指对舞台上所发生的一切的研究）有时被看作是与符号学相对的反表征的一极，然而符号学与现象学两种方法如今正有互为补充的倾向。"④

作者简介：

陈琳，山东大学人文社会科学青岛研究院国际莱布尼茨研究中心副教授，德国柏林自由大学哲学博士。主持国家社科基金中华外译项目和全球汉籍合璧工程子项目"梵蒂冈宗座图书馆所藏汉籍调查编目"等科研项目，研究领域为戏剧学、艺术哲学、新人文科学、生态德性。心理疗愈师，创建山青育园-未来花园。

---

① Ric Knowles, pp. 2–3.
② Marvin Carlson, "Semiotics and Its Heritage", p. 17.
③ Marvin Carlson, p. 17.
④ Ric Knowles, *How Theatre Means*, p. 82.

经典与阐释

超越理智与蔑视俗世

——论圣波那文都《创世六日宣讲篇》中的伪丢尼修神秘主义思想与方济各精神*

于 雪

内容摘要 圣波那文都的《创世六日宣讲篇》被誉为其最后一部伟大作品，象征着作者神学研究的顶峰，是整个中世纪神学的一部集大成之作。本研究发现，一方面，作者受到了亚略巴古的伪丢尼修的神秘主义思想的影响，强调理智的内在局限，对在好奇心的驱动下追求外在的知识颇为诟病，推崇沉思生活的慰藉；另一方面，作品充分地体现了亚西西的圣方济各的"蔑视俗世"这一理念，旨在告诫世人尘世的虚空性，劝诫人们抑制对于世俗荣誉与财富的渴望与贪婪，引导人们对尘世无欲无求，进而蔑视此世中的荣华与磨难。

┃关键词 圣波那文都 《创世六日宣讲篇》 亚略巴古的伪丢尼修 神秘主义 圣方济各

* 本文受 2022 年度大连外国语大学科研基金项目"十二世纪文艺复兴中伊壁鸠鲁哲学对阿伯拉尔《对话》的影响研究"（2022XJQN09）资助。

"Transcendens Intellectum" and "Contemptus Saeculi": On the Pseudo-Dionysian Mysticism and Franciscan Spirit in St. Bonaventure's *Collationes in Hexaemeron*

Yu Xue

Abstract: St. Bonaventure's *Collationes in Hexaemeron*, a summa of the entire medieval period, is widely acclaimed as his last masterpiece and the zenith of his theological study. On the one hand, this work is heavily influenced by the mysticism of Pseudo-Dionysius the Areopagite, highlighting the intrinsic limitation of intellect, denigrating the pursuit of exterior science driven by curiosity, and eulogizing the solace brought by contemplative life. On the other hand, this book fully exemplifies San Francesco di Assisi's ideal of Contemptus Saeculi by admonishing people of the vanity of the world, exhorting people to restrain their cupidity of pursuing secular honor and wealth, to eschew the worldly desires and to distain both prosperities and tribulations.

Key words: St. Bonaventure; *Collationes in Hexaemeron*; Pseudo-Dionysius the Areopagite; mysticism; San Francesco di Assisi

引 言

1588 年，教皇西克斯图斯五世（Sixtus V）在其著作《耶路撒冷的胜利》（*Triumphantis Hierusalem*）中曾将意大利的方济会修士、经院神学家和哲学家圣波那文都（St. Bonaventure of Bagnoregio, 1217—1274）与阿奎那并称为"上帝之屋中的两棵橄榄树与两支烛台"（duae olivae et duo candelabra in domo Dei lucentia), ① 可见圣波那文都在中世纪宗教史中的重要性。他的晚期著作《创世六日宣讲篇》（*Collationes in Hexa-emeron*，1273。以下简称《创世》）② 被誉为其"最后一部伟大的作品"与"象征神学与神秘主义神学的杰作"（a masterpiece of symbolic and mystical theology）。③ 法国近代中世纪研究专家阿尔比的于勒（Jules d'Albi）高度评价该书，称其是"基督教会文学（littérature ecclésiastique）

---

① Etienne Gilson, *The Philosophy of St. Bonaventure*, Paterson: Franciscan Press, 1965, p. 449.

② 本文引自《创世六日宣讲篇》的原文均出自 St. Bonaventure, *Collations on the Hexaemeron*: *Conferences on the Six Days of Creation*: *The Illuminations of the Church* (*Works of St. Bonaventure Book* 18), trans. Jay M. Hammond (New York: Franciscan Institute Publications, 2018)。该书目前尚无中文译文，引文由笔者自译。下文出自该书的引文，将随文标出卷与节数，不再另注。书名中的"Collationes"源自拉丁语"collatio"，指代 13 世纪时期神学大师（master of theology）举办的一种特定形式的宣讲（preaching）。当时，巴黎大学的章程规定，"collatio"的目的是布道（sermon）。在早期的修隐院文化（monastic circles）中，"collatio"包含灵性布道（spiritual conferences），但这一术语在 13 世纪增加了额外的所指，即晚祷（vesper）时的晚间布道，这种晚间布道进一步阐释某一周日或基督教节日（feast day）早晨举办的圣餐礼拜仪式（eucharistic liturgy）上的布道主题。而当"collatio"这一术语是复数时（如圣波那文都的《创世》标题中）则指代周六晚间就某一主题举行的一系列宣讲会（a series of Saturday evening conferences）。参看 Timothy J. Johnson, "Bonaventure as Preacher", in Hammond, Jay M., J. A. Wayne Hellmann, Jared Goff, *A Companion to Bonaventure*, Leiden: Koninklijke Brill NV, 2014, pp. 421–422。亦有学者指出《创世》中的"宣讲"特指一种在四旬斋（Lenten season）期间的周六晚上就某一特定话题举行的时间长一些的布道。而"Hexaemeron"据基督教《创世记》指的是创世的第六日，因此该书的英译名称为"Conferences about the Work of the Six Days of Creation"。参看 Marianne Schlosser, "Bonaventure: Life and Works", in Hammond, Jay M., J. A. Wayne Hellmann, Jared Goff, *A Companion to Bonaventure*, Leiden: Koninklijke Brill NV, 2014, pp. 24, 52。

③ Kevin L. Hughes, "St. Bonaventure's Collationes in Hexaëmeron: Fractured Sermons and Protreptic Discourse", *Franciscan Studies*, Volume 63 (2005), p. 107.

中最独特、最丰富，并可能是最有力的作品"，① 德国著名的天主教哲学家阿洛伊斯·邓普夫（Alois Dempf）也盛赞该书是"整个中世纪的一部集大成之作"（einer Summa in ganzen Mittelalter）②。该书在近几个世纪被不断翻印出版，③ 并在近些年获得了学界越来越多的关注。近代学者约翰逊（Junius Johnson）将之称为"波那文都最重要的作品"。④

目前学界对《创世》的研究主要分为以下几方面。首先，聚焦该书的修辞结构（rhetorical structure）⑤；其次，探寻该书的创作目的，如哈达德（Jordan A. Haddad）认为《创世》是圣波那文都为了急切地回

---

① 转引自 Joseph Ratzinger，*The Theology of History in St. Bonaventure*，trans. Zachary Haye，Chicago：Franciscan Herald Press，1989，p. 4。

② 转引自 Joseph Ratzinger，*The Theology of History in St. Bonaventure*，p. 4。

③ 《创世六日宣讲篇》最早的手抄本可能是亚西西古书手抄本（Assisi codex），其最早的印刷版本为 1495 年古版书（incunabulum），当时题目为《开启基督教会之光的创世记之书，或光明，或论五重神示》（Liber super Genesim，qui Luminaria Ecclesiae intitulatur，sive Illuminationes，sive de quinqué Visionibus），后于 1504 年在威尼斯出版。1588 年的西斯廷-克莱孟版（Sistine-Clementine edition）亦较为有名。而 1891 年的卡拉奇版（Quaracchi edition）则为读者提供了准确的精校本（critical edition）。参看 Pietro Maranesi，Robert M. Stewart，"Bonaventure of Bagnoregio：A Transcription of the Third Collation of the Hexaëmeron from the St. Petersburg Manuscript"，*Franciscan Studies*. Volume 53（1993），p. 47。

④ Junius Johnson，"Unlocking Bonaventure：The Collationes in Hexaëmeron as Interpretive Key"，*The Thomist*，Volume 83：Number 2（2019，April），p. 277.

⑤ 例如，休斯（Kevin L. Hughes）指出该书属于规劝形式的布道（sermons adapted to the mode of protreptic）。"规劝"（Protreptic）这种言说方式目的在于规劝读者追求某一种形式的生活。圣波那文都的这部规劝式著作旨在劝诫方济各会的（Franciscan）读者追求方济各会式的神圣生活（a life of Franciscan holiness），因为只有结合了神圣（holiness）与洞察力（insight）的人才能找到上帝的智慧。休斯将这本书称为一部"充满激情的劝告人们将学习生活与神圣生活进行统一的劝诫之书"（passionate exhortation to an integrated life of study and holiness）。参看 Kevin L. Hughes，"St. Bonaventure's Collationes in Hexaëmeron：Fractured Sermons and Protreptic Discourse"，*Franciscan Studies*，Volume 63（2005），p. 107。

应约阿希姆主义（Joachimism）而作①；再次，有论者探究了该书与圣波那文都其他作品的关系②，还有学者聚焦于后世对该书的接受史，如本森（Joshua C Benson）研究了中世纪对《创世》的早期接受③；此外，豪因瑟（Joseph Rauinser）探讨了该书中的历史神学（Theology of History）问题④。但迄今为止，我国学界对这一中世纪神学巨著尚无研究。

纵观现有研究，鲜有学者关注《创世》中的神秘主义元素与圣方济各精神。因此，本文以《创世》为考察对象，首先结合中世纪伪丢尼修的神秘神学传统探究该书对理智局限性的探讨，其次全面梳理圣方济各对圣波那文都的影响，结合方济各精神探究书中对尘世财富、荣誉与困境的蔑视，以期进一步理解这部中世纪神学巨著与伪丢尼修的神秘神学传统、方济各精神的内在联系。

----

① 当时的约阿希姆主义代表人物亚西西的圣方济各（St. Francis of Assisi，1182—1226）主张圣灵与圣经、圣礼与制度化教会分离。对此，圣波那文都在该书中回应称，教会也可参与智慧的与神圣的神秘主义沉思。哈达德指出，这为数百年后法国多明我会神学家龚加尔（Yves M. -J. Congar，1904—1995）等人从灵性上"皈依福音"的理论奠定了基础。参看 Jordan A. Haddad, "A 'Modern' Medieval Theory of Doctrinal Development：Development of Doctrine in St. Bonaventure's Collationes in Hexaemeron", *New Blackfriars*, Volume 101：No. 1094 (2020), p. 435。

② 梅特塞拉尔（Suzanne Metselaar）考察了圣波那文都在其《创世》与《心灵通向天主的旅程》（Itinerarium mentis in Deum，1259—1260）两部著作中在探讨作为原初认知者（primum cognitum）的上帝时作品结构上的相似性。参看 Suzanne Metselaar, "The Structural Similarity between the Itinerarium mentis in Deum and the Collationes in Hexaemeron with Regard to Bonaventure's Doctrine of God as First Known", *American Catholic Philosophical Quarterly*, Volume. 85, No. 1 (2011, Winter), p. 196。

③ Joshua C. Benson, "A Witness to the Early Reception of Bonaventure's Collationes in Hexaëmeron：Nicholas of Ockham's Leccio at Oxford (c. 1286) — Introduction and Text", *Medieval Sermon Studies*：Volume 58：No. 1 (2014, October 1st), pp. 28-46.

④ Joseph Ratzinger, *The Theology of History in St. Bonaventure*, 1989.

一、超越理智:《创世六日宣讲篇》中的伪丢尼修神秘主义

对于圣波那文都对亚略巴古的伪丢尼修（Pseudo-Dionysius the Are-opagite）① 神秘主义思想的继承，前人已有总结，如皮特里（Ray. C. Petry）指出，伪丢尼修通过爱留根纳（Johannes Scotus Eriugena）、圣维克多的雨果（Hugh of St. Victor）等人的传播，影响了圣波那文都、尼古拉斯的库萨（Nicholas of Cusa）、吕斯布鲁克（Jan Van Ruysbroeck）等人的神秘主义传统。② 但未有学者结合《创世》分析圣波那文都对伪丢尼修神秘主义思想的继承，这将是本部分探究的重点。而选取这一文本进行分析尤为有代表性，因为尽管圣波那文都早在其《十诫宣讲篇》（*Collationes de Decem Praeceptis*）和《圣灵之礼宣讲篇》（*Collationes de Donis Spiritus Santi*）中即从信仰角度指出科学的局限性（limits of science），但他的《创世》对这一主题进行了最重要的总结。③

圣波那文都在《创世》中就理智局限性的讨论深受伪丢尼修的神秘神学影响，因为他在该书中多次明确提到了后者的巨著《神秘神学》（*De Mystica Theologia*）。正是《创世》对伪丢尼修的这一大量提及使得有学者指出，有必要结合《丢尼修文集》（*Corpus Dionysiacum*）中伪丢尼修所说的原话（ipsissima verba）来分析《创世》。④ 首先，圣波那文都援引了伪丢尼修对理智的局限性的探讨，主张人应超越一切理智

---

① "亚略巴古的伪丢尼修" 又译 "伪狄奥尼修斯"。为简便起见，以下简称 "伪丢尼修"（下文个别引用文献原文在提及伪丢尼修时略去了 "Pseudo"，为与原文保持一致，这种情况下仅称 "丢尼修"）。

② Petry, R. C., (ed.), *Late Medieval Mysticism*, Louisville: Westminster John Knox Press, 2006, p. 33.

③ Joseph Ratzinger, *The Theology of History in St. Bonaventure*, p. 3.

④ Luke Togni, "The Hierarchical Center in the Thought of St. Bonaventure", *Franciscan Studies*, Volume 76 (2018), p. 137.

（transcendens omnem intellectum, II. 29）：

> 丢尼修教导，要摒弃可感的（sensibilia）和理智的（intellectual-
> ia）事物，存在（entia）与非存在（non entia）的事物——他所说的
> 非存在的事物指的是世俗的事物（temporalia），因为它们的状态总是在
> 变化之中，由此才能进入黑暗之光辉（tenebrarum radium），之所以称
> 之为黑暗是因为它与理智无关（Dicitur tenebra, quia intellectus non
> capit），但是灵魂却极度充盈着光（anima summe illustratur）。（II. 32）

可见，圣波那文都受伪丢尼修影响，认为理智活动并不能使人的灵
魂获得拯救。"黑暗之光辉"这一悖论性的概念是理解圣波那文都思想
的关键概念，这一概念被英译为"the radiance of darkness"（II. 32），
指的恰恰是脱离了知性的澄明境界。他指出，当灵魂接近最高境界的沉
思时，理智处于黑暗之中，必须摒弃一切理智活动，才能抵达神圣黑暗
的光辉之中，他还运用了伪丢尼修的术语"超亮的"（superluminous）
来形容这一状态。[1] 学者库伦曾指出，"圣波那文都无疑属于'否定神
学'（apophatic theology）这一悠久的传统"[2]，而"黑暗之光辉"这一
概念恰恰深植于"否定神学"[3] 传统。圣波那文都运用了伪丢尼修神秘

----

[1] 转引自 Ilia Delio, "Theology, Spirituality and Christ the Center: Bonaventure's
Synthesis", in Hammond, Jay M., J. A. Wayne Hellmann, Jared Goff, *A Companion to
Bonaventure*, Leiden: Koninklijke Brill NV, 2014, p. 383。

[2] Christopher M. Cullen, "Bonaventure's Philosophical Method", in Hammond,
Jay M., J. A. Wayne Hellmann, Jared Goff, *A Companion to Bonaventure*, Leiden: Konin-
klijke Brill NV, 2014, p. 152.

[3] "否定神学"由基督教神秘主义的奠基人、创造了"神秘神学"一词的伪
丢尼修首次明确定义，他区分了肯定（cataphatic）神学与否定神学，前者是一条由
上而下，即由上帝下降到受造物的流溢之路，而否定神学却是一条自下而上的回溯
之旅，从而"进入超出理智的黑暗之中"，并"被提升到那在一切存在物之上的神
圣幽暗者的光芒之中"。参看（伪）狄奥尼修斯，《神秘神学》，包利民译，北京：
商务印书馆，2018，第99，96页。

主义的否定神学概念，通过提出"黑暗之光辉"这一概念呼应了后者提出的"幽暗者的光芒"，因为他强调理智缺位的所谓黑暗最终能给人带来光辉与拯救。正是这种对伪丢尼修神秘主义的继承使有论者指出，"从根源上来说，圣波那文都的这种反理智论的源头包括伪丢尼修的反理智神秘主义（anti-intellectual mysticism of Pseudo Dionysius）"。①

正是秉承伪丢尼修神秘主义思想，圣波那文都在《创世》中反复强调人单凭理智无法获得终极智慧。首先，作者在该书中宣称，仅凭单纯的理智思辨并不能给人带来最高的幸福，他指出，"完整的至福不仅是通过智性力量获得的"（non est tota beatitudo in intellective, II. 29）。此外，作者在该书中指出，不断追求外在的知识并不会给人带来真正的生活，"不断追求知道所有的知识（voluit omnia scire）"，会使人"像所罗门那样变弱（enervatur）"，"这种人好比远离黎巴嫩的雪松（cedro Libano），而转向海索草（hyssopum）。他忘记了最重要的，转向了虚空的（vanus）事物"（XIX. 3）。这里，圣波那文都将知识比作较为廉价的海索草，将仅仅忙于研习知识的人比作远离名贵的黎巴嫩雪松。可见，对圣波那文都来说，世俗知识的堆积显然不是人生的终极目的。正如其所言，"知识（scientia）更低级（infra）""智慧（Sapientia）是高贵的，它更高级（supra）"（XIX. 3）。此外，圣波那文都还提醒读者注意亚里士多德在《形而上学》（Metaphysics）中承认了人类理智与知识的局限性："我们的智力对最明显的现存事物的理解很少，好比夜间活动的鸟儿的眼睛看不到太阳。"② 他由亚里士多德意识到，人无法仅凭理智获得真理。作者对理智的这一质疑植根于有论者指出的亚伯拉罕一神教（Abrahamic Monotheism）传统中的反智主义（Anti-intellec-

---

① Joseph Ratzinger, *The Theology of History in St. Bonaventure*, p. 157.

② 转引自 Marianne Schlosser, "Bonaventure: Life and Works", in Hammond, Jay M., J. A. Wayne Hellmann, Jared Goff, *A Companion to Bonaventure*, Leiden: Koninklijke Brill NV, 2014, p. 51。

tualism）。反智主义把至高无上的神视为真理的唯一来源，"人类的知识
积累和理智能力在其看来，不仅无助于获取终极真理的能力，反而往往
是信仰道路上的障碍"。① 正是延续了伪丢尼修的这一神秘主义思想，
圣波那文都在《彼得·郎巴德的〈箴言四书〉评注》（*Comentarius in
Quatuor Libros Sententiarum Petri Lombardi*）中同样指出理智的局限。②

此外，圣波那文都受伪丢尼修反理智神秘主义的影响在《创世》
第十九篇宣讲（Collatio XIX）中也有所体现。具体来说，作者通过直
接援引伪丢尼修的话语以暗示人不能过分追求理智，从而僭越了"度
量"（commensuratio）：

> 亚略巴古的伪丢尼修说，六翼天使用它们中间的翅膀（mediis alis）
> 飞行，这意味着人不应达不到自己的可能性，也不应超越自己的可能性
> （ut nec sistat homo citra id quod potest, nec ascendat ultra id quod potest）。
> 同理，那些用超过他们自己的音域唱歌的人永远不会产生协调（illi qui
> cantant ultra vires, nunquam bonam faciunt harmonium）。（XIX. 19）

伪丢尼修所谓"用超过他们自己的音域唱歌的人"无疑指涉过分
探求知识、僭越本分的人，所谓人"不应超越自己的可能性"显然指
的是人不应在知识与理智的领域无限探求。正是秉承着这一思想，圣波
那文都同样认为，对外在世界知识的无限累积远远不及溯源灵魂认知自
我的重要性——"如果一个人不能衡量自己（se metiri nesciat），那么
能够衡量其他事物（sciat metiri alia）有什么用呢？如果他夸耀自己的
程度超过他应该夸耀的，那么这对于他来说是危险的"（I. 24）。所谓
"夸耀自己的程度超过他应该夸耀的"显然暗指人对自己的知识的夸耀

---

① 张俊，《基督教反智主义辩证》，《宗教学研究》，2021 年第 3 期，第 232 页。
② 转引自 Christopher M. Cullen, "Bonaventure's Philosophical Method", in Hammond, Jay M., J. A. Wayne Hellmann, Jared Goff. *A Companion to Bonaventure*, Leiden: Koninklijke Brill NV, 2014, p. 152.

常常超越了其应该的界限。

正是秉承伪丢尼修的这一神秘主义思想，圣波那文都在该书中区分了对智慧与真理的勤奋追求与好奇心之罪（sin of curiosity），从而对过分的求知欲与好奇心进行了批判。如他在谈到智慧之灵（Sapientiae septimo）时，引证了真福者贝尔纳（Beatus Bernardus）的话语——"就骄傲（superbiae）的等级而言，罪恶之首（primum vitium）是好奇心（curiositas），正是好奇心导致了路西法的堕落"（XIX. 4）；他还引用了奥古斯丁在《上帝之城》中的话语，即邪恶的精灵被称作恶魔，意为那些知道的人（scientes，XIX. 4）。可见，圣波那文都深深赞同两者的观点，认为求知欲非但不能给人带来拯救，反而会带来人类的堕落与罪恶，继而陷入"魔鬼的陷阱"（laqueos diaboli, I. 24）。

此外，圣波那文都对外在知识的这种批判也渗透至了他对《约翰福音》（John）的解读，彰显了他对神秘主义的继承。具体来说，圣波那文都提到《约翰福音》言及耶稣因走路困乏，坐在井边说道"凡喝这水的，还要再渴；人若喝我赐的水，就永远不渴"（《约翰福音》4：13-14，XVII. 26）。对圣经中的这一段落，作为解经家（exegete）的圣波那文都这样解读道："两种水（duplex aqua）被区分开来，一种是外在的知识（notitia exterior），一个人喝得越多越渴；另一种水是内在的（interior）……这种水源自拯救之泉（aquae de fontibus Salvatoris），即源自对维持灵魂的恩典的觉知。"（XVII. 26）在此，圣波那文都指出，圣经的这一段落启示人们，人获取的外在知识越多，便越觉得饥渴，真正的慰藉唯有灵魂内在的智慧之水可以带来。可见，作者在对《圣经》的诠释（scriptural exegesis）中注重探寻圣经的比喻（tropological）义与神秘解读（anagogical interpretation）。从根源来说，这种对知识与好奇心的贬损源自其神秘主义思想，因为"本质上是一位神秘主义者（mystic）"[1] 的圣波

---

① Etienne Gilson, *The Philosophy of St. Bonaventure*, p. 441.

那文都与中世纪最伟大的神秘主义者圣伯尔纳铎（St. Bernard）均倡导"思想的禁欲主义"（asceticism of the mind），即克制好奇心。①

面对理智的局限，圣波那文都给出了解决之道，可谓在伪丢尼修的基础上更进一步。他指出理智必须向神圣之学与超验体验开放，只有凭借向神圣智慧开放的沉思才能通往救赎之道：

> 灵魂有三种力量，分别是动物性、知性与神性（animalem, intellectualem, divinam），对应着三重眼睛（triplicem oculum），分别是肉体之眼、理性之眼与沉思之眼（carnis, rationis, contemplationis）——肉体之眼观看，在于感知与想象；理性之眼被遮蔽（caligat），具有理性与理知（ratio et intellectus）的能力；沉思之眼完全失明（excaecatus），具有两种力量——其一是使自己朝向神显之视觉（divina spectacu），其二是使自己朝向对神性恩惠的品尝。前者通过理解实现，后者通过一种统一力量（vim unitivam）实现，这种力量是神秘的（secreta）。（V. 24）

可见，圣波那文都认为只有借助"沉思之眼"向神显开放才能脱离理智的桎梏，从而向神的智慧敞开自我。当一个人失去了"沉思的慰藉"（solatium contemplationis）并喜爱好奇心（delectatur in studio curiositatis），他只想知道（scire）；由此诞生了自负的傲慢（supercilium vanitatis）。在这种情况下，真正的生活（vera vita）从人那里被夺走了（XVIII. 3）。从引文中作者对灵魂的三分法也可以看出，圣波那文都并未完全否定理智与世俗知识的必要性。正如有论者所言，"他只是批评人们扬言理智具有自足性与完满性"。②

---

① Etienne Gilson, *The Philosophy of St. Bonaventure*, pp. 441–442.
② Ilia Delio, "Theology, Spirituality and Christ the Center: Bonaventure's Synthesis", in Hammond, Jay M., J. A. Wayne Hellmann, Jared Goff, *A Companion to Bonaventure*, Leiden: Koninklijke Brill NV, 2014, p. 393.

从上述例子可以清晰地看出圣波那文都对中世纪神秘主义传统的继承。难怪罗马教会领袖里奥八世（Leo XIII，1878—1903）将其称为"神秘主义派的首领"（The Prince of Mystics），吉尔松（Etienne Gilson，1884—1978）也指出，"圣波那文都的学说标志着基督教神秘主义的顶峰"①。欧洲中世纪神秘主义史研究的权威麦金（Bernard McGinn）也将圣波那文都与克雷渥的伯纳德（Bernard of Claivaux）并称为"中世纪西方最重要的两位神秘主义教师"。②

圣波那文都在《创世》中的这种神秘主义思想，包括对知识、知性与好奇心的批判，离不开当时的历史背景。在创作《创世》时，在约阿希姆（Joachim of Fiore，1135—1202）的影响下，巴黎和其他地区的许多方济会修士（Minorites），包括哲学家罗吉尔·培根（Roger Bacon，1220—1292），都对科学日益拥护，这无疑与圣波那文都的宗教立场相悖③，圣波那文都认为这种世界观极其危险，因此，《创世》及其早期的《十诫研讨会》（Collations on the Ten Commandments）背后的动机均意在对抗当时盛行的这一世界观。圣波那文都在《创世》中提出，要想获得真正意义上的拯救，则必须由研习科学（studio scientiae）转向研习神圣（studium sanctitatis），选择知识而非神圣之学的人永远不会繁荣（XIX. 3）。对知识的渴求必须改变，人们必须更加热爱智慧与神圣之学（sapientia et sanctitas, XIX. 4）。换句话说，圣波那文都在该书中警告人们不追求神圣与智慧、仅追求知识的危险性。这鲜明地体现了其对理智与心灵的区分，正如英国著名哲学家科普勒斯顿（Frederick Copleston）所言，在圣波那文都那里，"理性（ratio）、理智（intellectus）、智性（intelligentia）和心灵之巅峰（apex mentis）或意识之火花（synderesis scintilla）"实际上"指涉的是理性灵魂从可感的受造物上

① Etienne Gilson, *The Philosophy of St. Bonaventure*, p. 448.
② 转引自 Marianne Schlosser, "Bonaventure: Life and Works", p. 56。
③ Timothy J. Johnson, "Bonaventure as Preacher", p. 423.

升到上帝自身这一进程之中的不同功能"。① 类似的主题在其《圣灵七礼宣讲篇》（*Collationes de Septem Donis Spiritus Sancti*，IV. 24）中同样可见。②

二、蔑视俗世：《创世六日宣讲篇》中的方济各精神

圣波那文都《创世》中的另一个重要主题是教导人们尘世的虚空、抑制对于世俗荣誉的渴望与贪婪。作者在书中谴责尘世的荣誉与财富，写道：

> 一旦被给予荣誉，正义之人便会逃离，因为他害怕堕入罪中，因在每一颗谷粒中有一只虫子：在荣誉之谷粒（grano honoris）中有骄傲（elatio）；在财富之谷粒（grano divitiarum）中有贪婪（avaritia）；在享乐之谷粒（grano deliciarum）中有淫欲（concupiscentia）。（XVIII. 20）

值得注意的是，圣波那文都在此对尘世荣誉与财富的鄙视发轫于圣方济各（St. Francis of Assisi，1182—1226）的"蔑视俗世"（Contemptus Saeculi）这一思想。圣波那文都的作品被誉为"有着圣方济各的灵魂"（Franciscan soul）③；吉尔森更是宣称圣波那文都的全部哲学是基于他对圣方济各灵性生活（Franciscan spirituality）的体验④。的确，分

---

① 弗雷德里克·科普勒斯顿，《科普勒斯顿哲学史 2：中世纪哲学》，江璐译，北京：九州出版社，2022，第 311 页。

② 具体来说，作者指出"知识使人膨胀（scientia inflat）……因此，将知识与上帝之爱相连是必要的"（转引自 Ilia Delio，"Theology, Spirituality and Christ the Center：Bonaventure's Synthesis"，2014，p. 399）。换句话说，知识只有向神圣智慧敞开，才会对人有益。

③ Joseph Ratzinger，*The Theology of History in St. Bonaventure*，p. 2.

④ Etienne Gilson，*The Philosophy of St. Bonaventure*，p. 65.

析《创世》离不开当时的历史背景，即早期的圣方济各运动。出身贫寒的圣波那文都在 1238 年左右加入方济各会（Franciscan order），因为"当他还是孩子的时候，他的母亲有一次求助亚西西的圣方济各而大病痊愈"[1]；他 37 岁（即 1257 年）被选为方济各会总会长（Minister General）[2]，这一年"标志着圣波那文都皈依了圣方济各信仰"[3]。圣波那文都在《创世》中对尘世荣誉与财富的鄙夷受到圣方济各的影响，可从以下两方面证实。

首先，《创世》中明确提到了圣方济各对世俗荣誉的鄙视："就如同有福的方济各（beati Francisci）做的那样，当人们给他荣誉时，他告诉他的伙伴说人不会因这种荣誉而充实，但是当人受到侮辱时却会充实。"（XVIII. 11）可见，作者深深认同圣方济各对尘世荣誉的蔑视，认为尘世间的荣誉并不能给他带来真正的慰藉。正是秉承圣方济各的这一观点，圣波那文都在该书中多次强调人要抑制对世俗荣誉的渴盼，并从圣经人物中选取例子，指出诸多智者均对世俗荣誉嗤之以鼻：

> 看，亚当、扫罗、所罗门、皈依者耶罗波安（Ieroboam idololatrae）！还有原初天使（primum angelum），对他们所有人来说，所有世俗意义上的慰藉和杰出（omnibus solatia temporalia et excellentiae）都是毁灭性的。因为当它们给人带来愉悦时，它们是毁灭性的。当它们不给人带来愉悦时，人不为其所控。（XVII. 14）

---

① 弗雷德里克·科普勒斯顿，《科普勒斯顿哲学史 2：中世纪哲学》，江璐译，北京：九州出版社，2022，第 258 页。

② 亨利·奥斯本·泰勒，《中世纪的思维：思想情感发展史》，赵立行、周光发译，上海：上海三联书店，2012，第 1011-1012 页。

③ Marianne Schlosser, "Bonaventure: Life and Works", in Hammond, Jay M., J. A. Wayne Hellmann, Jared Goff, *A Companion to Bonaventure*, Leiden: Koninklijke Brill NV, 2014, p. 26.

也就是说，只有当人不为世俗荣誉所动之时，才能不被其控制，实现真正的自由。类似的论断在圣波那文都《心灵通向天主的旅程》中也得以体现，作者称想要抵制此世的慰藉（temporalem consolationem），因为这种慰藉不过是幻觉。①

其次，圣波那文都在《创世》中明确提及了圣方济各曾援引的《圣经》对绝对贫穷的提倡。具体来说，圣方济各在著作《首要原则》（Regula Prima）中确立了绝对贫穷（absolute poverty）的原则，并引用圣经《路加福音》（9：3）中的"行路的时候，不要带拐杖和口袋，不要带食物和银子，也不要带两件褂子"。② 值得注意的是，圣波那文都在《创世》中恰恰提及了这句话的第一句："上帝对使徒们说：行路的时候什么也不要带（Nihil tuleritis in via，V. 5［此处斜体为圣波那文都所加］）。"秉承圣方济各对绝对贫穷的推崇，圣波那文都同样认为，财富会阻碍通往思考神圣之路，他指出人只能"在贫穷之沙漠开启思索"（Incipit speculatio pauperis in deserto）③，如果一个人贪婪财富，那么他的大脑会受苦（dolet cerebrum）（IV. 6）。圣波那文都在其他作品中也贯彻了圣方济各的这一主张，如《问题论辩集：教会的完满》（Quaestiones Disputatae de Perfectione Evangelica）同样指出，基督徒要绝对摒弃一切财产。④ 总之，两人都崇尚清贫生活。

圣波那文都鄙夷世俗财富，离不开方济各会的会规的要求。13 世纪 60 年代晚期和 70 年代初期，圣波那文都试图为托钵修会（mendicant）的合法性辩护。⑤ 而作为托钵修会之一的方济各会，其会规就是

---

① 转引自 Marianne Schlosser, "Bonaventure: Life and Works", p. 44。

② 参见 Etienne Gilson, *The Philosophy of St. Bonaventure*, p. 50。

③ 转引自 Ilia Delio, "Theology, Spirituality and Christ the Center: Bonaventure's Synthesis", p. 372。

④ Etienne Gilson, *The Philosophy of St. Bonaventure*, p. 12.

⑤ Timothy J. Johnson, "Bonaventure as Preacher", p. 424.

崇尚贫穷或"自甘清贫"（povera volontaria），① 该会规延续了圣伯尔纳铎（Saint Bernard）"神圣的贫穷"（sancta paupertas）这一理念。意大利哲学家阿甘本在《最高的贫困》（*Altissima Povertà*）中曾论述过方济各会推崇的这种弃绝一切的生活（life of total renunciation）。的确，圣波那文都倡导圣方济各式的贫穷（Franciscan poverty），这在其晚期作品《为贫穷辩护》（*Apologia Pauperum*）中也得以体现。他还曾在一封信的结尾中承认"我在上帝面前坦白，我是如此热爱圣方济各的生活方式，因为这和教会的起源和完满完全一样，原初源自简朴的渔夫（fishermen），后来发展成最杰出的与博学的基督教神学家"。② 此处"渔夫"指耶稣最初的门徒之一彼得，他曾是加利利海边的渔夫。所谓"简朴的渔夫"的生活方式恰恰凸显了圣波那文都对圣方济各简朴的、远离尘世喧嚣的生活理念的欣赏。当然，对作者而言，这种"清贫"并不止步于不屑于累积尘世财富与荣誉，更侧重于通过物质层面的清贫达到灵魂内部的澄明，正如吉尔森所言，"圣方济各式贫穷（Franciscan poverty）赋予理智以生命（giving life to the intellect），倡导根除激情，赋予人以内在统一（interior unification）"。③

从根本上说，圣波那文都对圣方济各鄙视世俗荣誉的推崇离不开"效法基督"（imitazione di Cristo）这一理念。我们知道，方济各会的确立和壮大使得"效法基督"——即通过模仿基督的使徒生活从而洁净灵魂中的罪孽——成为核心议题，而对圣波那文都来说，圣方济各即

---

① 关于方济各会对贫穷的提倡与对世俗财富的鄙夷，参看钟碧莉，《清贫与孤独：论彼特拉克食物书写中的人文主义与方济各精神》中的详细论述，载《外国文学评论》，2021 年第 2 期，第 31-46 页。

② 转引自 Kevin L. Hughes, "Bonaventure's Defense of Mendicancy" in Hammond, Jay M., J. A. Wayne Hellmann, Jared Goff, *A Companion to Bonaventure*, Leiden: Koninklijke Brill NV, 2014, p. 525。

③ Etienne Gilson, *The Philosophy of St. Bonaventure*, p. 433.

"另一个基督"（alter Christus）①，因为基督这种对世俗慰藉与荣誉的蔑视恰恰在圣方济各身上得到了延续。圣波那文都在《创世》中指出人应以基督为榜样，因基督从不享受世俗的慰藉（temporalia solatia）。他将苦涩（amaritudinem）与慰藉（solatiis）混合，将苦难（poenam）与愉悦（fruitione）混合，因为他的灵魂总是……处于一种至乐的状态（XVIII. 11）。圣波那文都在此指出基督对尘世间侮辱（vituperes）与艰难困苦（tribulationibus）（IX. 29）的蔑视，这无疑绝佳地诠释了方济各精神。

圣波那文都在《创世》中倡导对此世无欲无求，进而蔑视此世中的磨难，这体现了蔑视世俗慰藉的圣方济各精神。作者在该书中将"对此世无欲无求（nil curet de mundo）"称为"信仰的最高点（summum fidei）与顶峰"（IX. 29），并指出，节制（temperantiae）与坚韧（fortitudinis）有助于人达到这一境界："节制的角色不只是抑制世俗的渴望，而是要把它们完全忘记；坚韧的角色是忽视激情，而不是战胜激情，由此人才不会愠怒，且无欲无求（cupiat nihil）。"（VI. 31）可见，《创世》处处浸透着鄙视俗世慰藉的圣方济各精神。

《创世》对鄙视俗世的圣方济各精神的深刻贯彻有两方面的原因。首先，圣波那文都本人对圣方济各极为推崇，他不仅曾拜访过圣方济各在里野地山谷（Rieti Valley）的旧居，1259 年秋天还归隐至圣方济各接受圣痕（stigmata）并见到六翼天使（seraph）的拉维纳山。② 1266年他为圣方济各撰写的《大传奇》（Legenda Major）更是成为修会内部批准的唯一一部圣方济各传记，之后所有以前的传记都被销毁。③ 其

---

① Ilia Delio，"Theology, Spirituality and Christ the Center：Bonaventure's Synthesis"，p. 389.

② Marianne Schlosser，"Bonaventure：Life and Works"，pp. 32-33.

③ 雅克·勒高夫，《中世纪的面孔》，申华明译，北京：商务印书馆，2022，第 279 页。

次，作为圣方济各的第七代继承人，① 圣波那文都为弘扬方济各精神作出了巨大贡献。当圣波那文都在巴黎的方济各修隐院（Minorite convent）布道《创世》时，有一百六十位修士参加，其中主要是方济会修士，圣波那文都试图引导其听众进入真正的灵修的深处，使他们配得上被称为圣方济各的追随者。② 正因其杰出地践行并推行了圣方济各的理念，教皇西克斯图斯六世将圣波那文都封为第五位方济各圣徒（Franciscan saint）。③

正是秉承圣方济各精神中对俗世的鄙视，圣波那文都在《创世》中频频指出尘世之虚无性质。例如他写道，"人死后什么也不会留下，这些是虚无和无价值的：因此所有的事物都是虚空"（Vane et frustra fit de quo nihil relinquitur homini in morte, et ideo cuncta vanitas）（XVII. 17）。正因此，作者对于《旧约·传道书》（1：2）中著名的那句"虚空的虚空，凡事都是虚空"深表赞同，称"这一提法是正确的"（XIX. 2）。此外，圣波那文都还在《创世》中摘录了《旧约·诗篇》（Psalm）中的两段："世人行动实系幻影。他们忙乱，真是枉然"（39：6）与"早晨他们如生长的草，早晨发芽生长，晚上割下枯干"（90：5-6）（XIX. 1）。总之，圣波那文都在《创世》中对尘世荣誉与财富的批判、对尘世虚空性质的阐释，均植根于圣方济各精神。

结　语

在《创世》写作的一年后，即 1274 年 7 月 15 日早晨，圣波那文都永远地离开了人世。这部"象征着圣波那文都神学研究的顶峰"④ 的著

----

① Joseph Ratzinger, *The Theology of History in St. Bonaventure*, p. 2.

② Timothy J. Johnson, "Bonaventure as Preacher", p. 424.

③ Pietro Maranesi, "The Opera Omnia of Saint Bonaventure: History and Present Situation", in Hammond, Jay M., J. A. Wayne Hellmann, Jared Goff, *A Companion to Bonaventure*, Leiden: Koninklijke Brill NV, 2014, p. 61.

④ Timothy J. Johnson, "Bonaventure as Preacher", p. 432.

作是其留给后人无价的精神财富。圣波那文都在创作《创世》时，格里高利十世（Gregory X）于 1273 年 5 月 28 日任命他为枢机主教（cardinalate）。可能因工作繁忙，该书只写到了创世第四天，即第 23 次研讨会。但这丝毫未减损这部著作的伟大，正如有论者指出，其文本的未完成更增强了其智性深度。① 一方面，圣波那文都在《创世》中融合了伪丢尼修的神秘主义思想，强调了理智的内在局限，驳斥了由好奇心驱使的对外在知识的过分追求，"整合了亚略巴古的否定神学之云（Areopagite's apophatic cloud），延续了丢尼修的非知（Dionysian unknowing）"传统②，所谓"非知"是因为信仰要求弃绝以个人为中心；另一方面，该作品体现了方济各精神，即圣方济各对世俗财富与荣誉的鄙视，意在劝诫人们抑制对于世俗荣誉与财富的热望。

吉尔松曾言，圣波那文都的教义无疑是中世纪哲学中最中世纪的，因为没有哪位 13 世纪的思想家更加系统地"使科学完全为神学服务"。③ 的确，《创世》试图用信仰收编理智、借圣方济各式鄙夷俗世的精神对抗尘世。系统地梳理和研究该书，有利于我们更好地厘清圣波那文都晚期作品《创世》的思想脉络，从而烛照圣波那文都的神学智慧。

作者简介：

于雪，复旦大学文学博士，大连外国语大学英语学院讲师，主要研究方向为王尔德牛津笔记、欧洲中世纪与文艺复兴时期的文学。通讯地址：辽宁省大连市旅顺南路西段 6 号大连外国语大学英语学院；邮编：116044。

---

① Timothy J. Johnson, "Bonaventure as Preacher", p. 430.

② Paul Rorem, *Pseudo-Dionysius: A Commentary on the Texts and an Introduction to Their Influence*, Oxford: Oxford University Press, 1993, p. 222.

③ Etienne Gilson, *The Philosophy of St. Bonaventure*, p. 437.

异界之旅的复兴

——兼论《富尔萨生平》和《巴隆图斯的幻象》中的权力

黄志远

内容摘要 异界之旅是一类历史悠久的故事，它曾短暂地受到冷落，后于 7 世纪的两部基督教文学文本《富尔萨生平》和《巴隆图斯的幻象》中重新被重视，从此异界之旅就逐渐成为中世纪文学的突出标识之一。把这两部文本放在政治史和宗教史的背景中细读可以发现，尽管它们存在诸多不同之处，但都宣称各自的主人公在异界得到了上帝的启示，以此巩固主人公所处修道院在俗世中的权力。这两部文本中的主人公都经历了一段往返于异界的旅途，得到了异界的启示，并将之带回俗世转变为权力。于是，异界之旅便作为文学手段得以复兴。解释异界之旅复兴的原因，不仅补充了中世纪文学史，也可以由此深入思考权力诉求与文学发展之间的复杂关系。

┃关键词 异界之旅 《富尔萨生平》 《巴隆图斯的幻象》 权力

On the Renaissance of Otherworld Journeys:
Also the Power in *Vita Fursei* and *Visio Baronti*

Huang Zhiyuan

Abstract: Otherworld Journeys is a genre of storytelling with a long history that was briefly overlooked but regained attention in the 7th century through two Christian literary texts, *Vita Fursei* and *Visio Baronti*. Since then, Otherworld Journeys has gradually become a prominent hallmark of medieval literature. Through the close examination of these two texts within the context of political and religious history, it becomes evident that despite their differences, both claim that their respective protagonists received divine revelations from God in the otherworldly realm to consolidate the power of the protagonists' respective monasteries in the secular world. In both texts, the protagonists must embark on a return journey to the otherworld in order to obtain revelations, then bring them back to reality, and finally transform them into power. So the Otherworld Journeys has been revived as a literary device. Exploring the reasons behind the revival of Otherworld Journeys not only enriches our understanding of medieval literary history, but also allows for deeper contemplation on the complex relationship between power aspirations and literary development.

Key words: Otherworld Journeys; *Vita Fursei*; *Visio Baronti*; power

一、异界之旅:《富尔萨生平》和《巴隆图斯的幻象》

对何谓"异界之旅"（otherworld journeys）没有公认的唯一定义，但它并不难理解:在文学中，它是一类主题，或是一种叙事手法，还与梦幻文学（dream vision, visionary literature）有很深的联系;① 在神学中，异界之旅是一种奇迹和一类特殊幻象。② 本文更多称异界之旅为一类"故事"，以图能更大范围地涵盖其多方面的含义。在异界之旅故事的一般框架中，主人公的灵魂会通过做梦或其他方式进入彼岸世界，由某位伟人、天使或圣徒充任向导，一边引领主人公游览天堂、地狱或其他区域，一边向他们传达某些预言或指示，最后再将他们送回人间。其实，异界之旅更多地被称为"灵魂之旅"（journey of the soul）或"来世幻象"（visions of the afterlife），前一种叫法是因为异界之旅往往以灵魂出窍的形式展现，而后者则强调这种旅途中所见的来世景观。由于本文不探讨灵魂问题,③ 并认为旅途的过程更加重要，所以仍以"异界之旅"来指称这类故事。

异界之旅故事出现很早，近东、古希腊、古罗马和基督教启示文学中都有涉及,④ 这种传统影响了古代晚期的西欧。在西欧流传最广的有异界之旅的作品是启示文学《保罗启示录》（*Apocalypse of Paul*），它最

---

① 梦幻文学会讲述一些短小的幻象或梦，也会讲述较长的异界之旅。梦幻文学的定义众说纷纭，但本文认为它可以笼统地被表示为一类描写人在清醒、沉睡或昏迷时，在人间或异界所见的梦或幻象的文学作品。梦和幻象这两种概念在古代晚期的文本中往往是互通的，见 Isabel Moreira, *Dreams*, *Visions and Spiritual Authority in Merovingian Gaul*, Ithaca and London: Cornell University Press, 2000, pp. 1-7。

② Yithak Hen, "Visions of the Afterlife in the Early Medieval West", in Richard Matthew Pollard ed., *Imagining the Medieval Afterlife*, Cambridge: Cambridge University Press, 2020, p. 25.

③ 教父时代就有学者讨论过幻象的原理，奥古斯丁认为人所见的幻象分为肉体所见、灵魂所见和智识所见三种。既然异界之旅也是幻象的一种，人在异界之旅中的感官问题也值得更多讨论，虽然灵魂之旅是个通称，但为了避免概念的冲突，本文不采纳这一说法。Isabel Moreira, "St. Augustine's Three Visions and Three Heavens in Some Early Medieval Florilegia", *Vivarium* 34, no. 1, 1996, p. 3.

④ 关于古罗马的梦幻文学和异界之旅，见赵山奎，《论西方传记文学中的梦》，《外语研究》，2008 年第 5 期，第 99 页；Susanna Braund and Emma Hilliard, "Just Deserts in the Ancient Pagan Afterlife", in Richard Matthew Pollard ed., *Imagining the Medieval Afterlife*, pp. 9-24。对一些启示文学的分析和部分翻译，见雅克·勒高

迟5世纪初就传入北非，随后在西方以《保罗的幻象》（*Visio Pauli*）为名广泛传播。但是，7世纪以前西欧各类宗教文学都更青睐于讲述比较简单的梦和幻象，相较启示文学及以前那些瑰丽、奇幻、娓娓道来的异界之旅故事而言，古代晚期前几个世纪的异界之旅故事只在6世纪末成书的史书《法兰克人史》中有两个短篇，①篇幅上不能独立成篇，作者得以发挥的空间也就不大。换言之，异界之旅故事在文学史上存在一个不长不短的低谷期。②

异界之旅故事的复兴，是在7世纪中期和中后期两部基督教文学作品《富尔萨生平》（*Vita Fursei*）和《巴隆图斯的幻象》（*Vision Baronti*）之中。③这两部作品的产生时间和创作地点都相差不远，都以占据了整部作品的大部分篇幅的异界之旅为主要内容，且都具备较高的艺术水

夫，《炼狱的诞生》，周莽译，北京：商务印书馆，2022，第50—60页；Eileen Gardiner ed. and trans. , *Visions of Heaven and Hell before Dante*, New York：Italica Press，pp. 1-46, pp. 237-239；Isabel Moreira, *Dreams*, *Visions and Spiritual Authority in Merovingian Gaul*, pp. 19-21；Yithak Hen, "Visions of the Afterlife in the Early Medieval West", pp. 27-29。

① 都尔主教格雷戈里，《法兰克人史》，戚国淦译，北京：商务印书馆，2012，第4卷，第33章，第181-182页；第7卷，第1章，第350-354页。Gregory the Great, *Dialogues*, in Odo John Zimmerman trans. , *Saint Gregory the Great：Dialogues*, New York：The Catholic University of America Press, 1959；Jonas of Bobbio, *The Life of Columbanus and his Disciples*, in Alexander O'Hara and Ian Wood eds. and trans. , *Jonas of Bobbio：Life of Columbanus*, *Life of John of Réomé*, *and Life of Vedast*, Liverpool：Liverpool University Press, 2017, pp. 85-239.

② 有学者认为6、7世纪之交的大格里高利的《对话录》中数个故事也是异界之旅，但其实大格里高利的数个故事只是在讲人死后有一个徘徊的空间，但普通的生者和死者的幽灵仍是阴阳相隔的，更没有用长篇大论的异界之旅故事来描述异界。Isabel Moreira, *Dreams*, *Visions and Spiritual Authority in Merovingian Gaul*, pp. 157-158.

③ *Vita S. Fursei*, in W. W. Heist ed. , *Vitae sanctorum Hiberniae*, Bruxelles：Société des Bollandistes, 1965, pp. 37-50；*Visio Baronti monachi Longoretensis*, in J. N. Hillgarth ed. and trans. , *Christianity and Paganism*, 350-750：*The Conversion of Western Europe*, Philadelphia：University of Pennsylvania Press, 1986, pp. 195-204.

准，这让它们获得了学界的广泛重视，还常被互相比较，甚至有学者认为这两部作品是欧洲梦幻文学的真正开端。① 本文认为，两者的重要性体现在它们对异界之旅故事的复兴上。本文拟将它们放在一起比较，指出为什么是它们重启了异界之旅的写作，并分析彼此的异同。

富尔萨（Fursey）是一位先后在爱尔兰、英格兰和法兰克王国传播福音的知名修士，649 年或 650 年逝世于法兰克，他的圣髑埋在一个叫佩龙尼（Peronne）的村庄，很快，同名的佩龙尼修道院就以富尔萨的圣墓为中心落成。《富尔萨生平》的创作情况不太明朗，很可能是佩龙尼修道院的修士在修道院内部写成的，成书时间大概是 657 年，这是有关传主富尔萨的最原始的文本。② 该传大多数篇幅是以第三人称讲述富尔萨在爱尔兰时见证的一次异界之旅，记载游走于生死之间的富尔萨的所见所闻，向广大听众和读者讲述异界的样貌。《富尔萨生平》讲述了富尔萨一生的功绩和他所见的四次幻象，但大部分内容都简明扼要，全传绝大部分篇幅都是在讲述富尔萨在第二次幻象中进行的异界之旅。

富尔萨的第二次幻象发生于他从第一次幻象中苏醒后的第三天，当时他感到不适并陷入昏睡，由此开始了异界之旅。一开始天使们就要把富尔萨带到天堂，但刚刚升上天空就有许多魔鬼前来阻拦，声称富尔萨身上有未赎清的罪，所以不能上天堂；而天使则坚称富尔萨还有可以改正的办法。双方一边舌战一边武斗，最后天使打败了魔鬼。③ 随后天使

---

① 关于此两种文本有没有开辟一种新的可识别的传统的争议，见 Isabel Moreira, *Dreams, Visions and Spiritual Authority in Merovingian Gaul*, p. 136; Isabel Moreira, *Heaven's Purge: Purgatory in Late Antiquity*, Oxford: Oxford University Press, 2010, p. 10。

② Pâdraig O Riain, "Les Vies des saint Fursy: Les sources irlandaises", in *Revue du Nord*, 68/269, 1986, p. 405.

③ 天使和魔鬼在这次的文斗中都引用了圣经，这可以视为作者早已编排好的教义宣传，他不仅从圣经中寻找理论依据，还很清楚对手的辩词，最后正确的教义胜过了被曲解的教义。Isabel Moreira, *Heaven's Purge: Purgatory in Late Antiquity*, p. 120.

让富尔萨从天上看看世界，富尔萨看到空中有四团火焰，这四团火分别以人性的虚伪（mendax）、贪婪（cupiditas）、争斗（dissentio）和不敬（impietas）为燃料，富尔萨没有这些缺陷，所以不会被火焰所伤。穿过火焰后魔鬼们再次袭来，双方展开了一场更大规模的口舌之争，但仍是天使获胜。赶走魔鬼后，一群天使队伍出现了，唱起了天籁之音，富尔萨认出了天使的队伍中有两位德高望重之人。这两人随后留下与富尔萨谈话，告诉他人性的脆弱，富尔萨作为牧人应该积极引导他们过上在忏悔中赎罪的生活，要保持济贫，要在出世和入世之间寻求一个平衡点。富尔萨虽然不想再次回到人间，但他还有传播福音的职责在身，就被天使们护送着返回。归途中，一个魔鬼将一个被火烧着的罪人扔向富尔萨，烧伤了后者的肩膀和脸颊，这处圣痕在他回到人间后仍然存在。最后富尔萨回到了自己的肉身处并灵魂归位，结束了这次异界之旅。

《巴隆图斯的幻象》的作者在末尾明确表明，该作品写于提乌德里克三世 6 年，即 678 年或 679 年，作者应当是巴隆图斯（Barontus）所在的朗格莱（Longoretus）修道院或邻近的米莱贝卡（Millebeccus）修道院的修士。作品的开头和结尾以第三人称描写，主干部分都是布尔日（Bourges）附近朗格莱修道院一位世俗地位显赫的新进修士巴隆图斯本人以第一人称对异界之旅的描述。①

《巴隆图斯的幻象》主要内容是巴隆图斯突然发高烧并昏迷不醒，一整日后他在修士们为他唱诗时突然醒来，讲述了他昏迷时所见的异界之旅幻象。在幻象开始时，有魔鬼试图把巴隆图斯拉下地狱，天使拉斐尔（Raphael）救了他。随后拉斐尔带巴隆图斯飞越树林和田野，到达附近的米莱贝卡修道院，在那里拉斐尔安慰和治愈了病中的修道院院长。此时魔鬼们再度袭来，拉斐尔打败了魔鬼。两人随后穿越了天堂的

---

① Yitzhak Hen, "The Structure and Aims of the ' Visio Baronti ' ", in *Journal of Theological Studies*, n. s. 47, 1996, pp. 480-484.

前三道门，巴隆图斯见到了自己所在修道院的一些已故的修士弟兄，还有许多孩子、贞女和圣徒，他们都警告和勉励了巴隆图斯。第四道门禁止巴隆图斯进入，随后，圣彼得和魔鬼一起对巴隆图斯进行审判，圣彼得虽然辩称巴隆图斯已经忏悔了罪恶并武力赶走魔鬼，但也指责巴隆图斯私藏了 12 枚金币，命他回到人间以后把钱分给穷人。天堂的一位修士送巴隆图斯回到人间，回程路上巴隆图斯看到了很多邪恶的灵魂正在地狱受刑，其中包括普瓦提埃的迪多（Dido of Poiters）和布尔日的符尔弗罗杜斯（Vulfoleodus of Bourges）两位主教。回到修道院后巴隆图斯的灵魂回归肉身。

二、对异界之旅复兴的解释

上述这两部文本的重要性早已被学界认可，但为何在 7 世纪中后期重新出现了异界之旅这一现象并未被当作单独的问题来讨论，学者们往往只是在谈到其他神学问题时把它当作一个自然而然的现象加以陈述，因此对异界之旅为何在两作中得以运用的解释也缺乏系统性。在此有必要对它们作一番介绍和辩驳，说明其不足之处并提出新的解释。

1. 从忏悔之地到异界之旅

布朗和邓恩研究了《富尔萨生平》和《巴隆图斯的幻象》如何对待净化人类之罪的问题，[1] 他们对异界之旅的解释也基于此。在基督教

---

① Peter Brown, "The Decline of the Empire of God: Amnesty, Penance, and the Afterlife from Late Antiquity to the Middle Ages", in Caroline Walker Bynum and Paul Freedman eds., *Last Things: Death and the Apocalypse in the Middle Ages*, Philadelphia, University of Pennsylvania Press, 2000, pp. 41-59; Marilyn Dunn, "Gregory the Great, the Vision of Fursey and the Origins of Purgatory", in *Peritia* 14, 2000, pp. 238-254;

教义中，洗礼可以净化原罪，但客观现实是洗礼之后人也会犯罪，天堂不能接纳有罪之人，所以如何将人后天的罪清除并拯救他们就成了神学家的难题。布朗和邓恩认为，原本必须在生前进行的忏悔活动到了 7 世纪初出现了变化，开始有观点认为人就算带着罪死去，死后也可以在某个既非天堂也非地狱的地方（炼狱的雏形）继续忏悔。① 因此，布朗和邓恩并没有明确指出为何两作中使用了异界之旅故事，但是根据他们对忏悔理论的理解以及对《富尔萨生平》和《巴隆图斯的幻象》的解读，他们认为：《富尔萨生平》的异界之旅中出现了净化之火，就是要传达在异界也能依靠苦修来净化罪孽的新理念，异界之旅是获知这一情况并向人们转述的办法；而《巴隆图斯的幻象》借鉴了异界之旅的写法宣传济贫的思想（济贫是忏悔的修行内容之一），只是它没有提供死后忏悔的条件，这说明它持有的是生前必须完全赎罪的保守理念。

莫雷拉全面质疑了布朗和邓恩的理论，并指出他们对文本解读的一些勉强之处，② 这些质疑十分有力，可以说建立在布朗和邓恩那一套忏悔的神学理论上的对异界之旅的解释也就站不住脚了。莫雷拉隐约意识到，在异界之旅和有关拯救的神学之间很难建立起联系，所以她没有继续从这方面给出自己的解释，而是从梦幻文化的角度入手试图解释异界之旅为何在此时出现。

Peter Brown, *The Rise of Western Christendom：Triumph and Diversity A. D.* 200-1000, Oxford：Blackwell, 2003, pp. 258-266. 另一位对两种作品进行深入全面解析的人是克罗齐（Claude Carozzi），可惜笔者没有找到他的著作《灵魂之旅：5-8 世纪拉丁文学中的来世观》(*Le voyage de l'âme dans l'au-delà d'après le littérature latine*［*Ve-XII-Ie siècle*］)，但克罗齐的基本观点得到了布朗和莫雷拉等人的转述。

① 关于忏悔问题的争论比较复杂，见 Rob Meens, "Remedies for Sins", in Thomas F. X. Noble and Julia M. H. Smith eds., *The Cambridge History of Christianity*, *Vol. 3：Early Medieval Christianities*, *c.* 600-*c.* 1100, Cambridge：Cambridge University Press, 2008, pp. 406-407。

② Isabel Moreira, *Heaven's Purge：Purgatory in Late Antiquity*, pp. 120-122.

2. 异界之旅与梦幻启示

莫雷拉把自古以来的梦幻文化传统和异界之旅的社会功能相结合，以此解释异界之旅的出现。她指出墨洛温王朝的基督教教会和教民一直都相信梦幻故事，① 在这种宗教文化的氛围下，以《富尔萨生平》和《巴隆图斯的幻象》为代表的异界之旅幻象可以对教众起到启示性作用，提醒他们要对未来的审判做好准备，帮助普通教众净化罪过，达成救赎。② 既然异界之旅是一个让教俗人士都喜爱的概念，它也就顺理成章地重新出现了。③

莫雷拉将异界之旅视为一种古已有之，但在基督教的文化中得到了新的发展的文化现象。可是这种解释仍存在一个矛盾，那就是对异界之旅的这种需求其实一直都存在，没有理由等到7世纪才出现成熟的作品——至于6世纪图尔的格雷戈里记载的两个异界之旅故事并不面向教众，而更像是对原本就虔诚圣洁之人的提醒和奖励。④ 莫雷拉试图将异界之旅故事的复兴与社会的宗教需求挂钩，但实际上两者的时间是错开的。

杰西·凯斯基亚霍（Jesse Keskiaho）提出了另一种从梦幻启示的角度对异界之旅的解释。先前莫雷拉已经注意到死亡的介入是墨洛温王朝

----

① Isabel Moreira, *Dreams*, *Visions and Spiritual Authority in Merovingian Gaul*, pp. 14-17.

② Isabel Moreira, *Dreams*, *Visions and Spiritual Authority in Merovingian Gaul*, pp. 136-168.

③ 莫雷拉早年指出有三个传统因素催生了7世纪异界之旅故事，第一个是墨洛温王朝对梦幻的长期接纳，第二个是大格里高利在《对话录》对人的生死之间的探索，最后一个是忏悔带来的影响。但后来她只强调梦幻文化对异界之旅的影响。Isabel Moreira, *Dreams*, *Visions and Spiritual Authority in Merovingian Gaul*, pp. 138-141; Isabel Moreira, *Heaven's Purge*: *Purgatory in Late Antiquity*, p. 93, p. 114.

④ Isabel Moreira, *Dreams*, *Visions and Spiritual Authority in Merovingian Gaul*, pp. 149-152.

的异界之旅故事的特征，由于当时人们都对来世的情况感兴趣，所以将异界的见证者说成暂时死亡又复活之人可以吸引听众（她还认为巴隆图斯进行异界之旅时未死，是个例外）。① 凯斯基亚霍根据这一点猜测《富尔萨生平》和《巴隆图斯的幻象》的异界之旅奇迹有可能是为了加强启示的可信度。凯斯基亚霍发现，未必所有人都轻信梦幻的启示意义，所以后人为了维护自己所写幻象的权威性，就把领受幻象的启示的主人公写成暂时死亡的状态，他们的苏醒被视为复活，这样一来他们所说的一切就不是真假难辨的梦幻，而是真正的启示。如果这么理解人间梦幻和来世启示的差异，那么异界之旅就是人进入来世获得更具有说服力的启示，并最终回到人世传达这些启示的必要手段。② 的确，在6世纪图尔主教格雷戈里笔下的第二个异界之旅故事中，异界旅客后悔将异界之旅的故事公之于众；而7世纪的富尔萨和巴隆图斯却都乐于用讲述自己的异界之旅来感染他人，③ 看来从6世纪到7世纪，人们对梦幻启示的理解应当已经发生了改变。

凯斯基亚霍的推测虽然精巧，但也有未尽之处。首先，他的观点必须建立在一套人能起死回生、进入异界并回归俗世传达见闻的神学理论上，古代晚期确实有不少圣徒圣墓将人复活的奇迹，但至少在笔者目力所及之范围并没有发现这些故事背后有系统的死而复生的神学思想，遑论死后的异界之旅了。其次，《富尔萨生平》和《巴隆图斯的幻象》的作者只说了富尔萨和巴隆图斯处于病重和昏迷的"濒死"状态，不能断定这种状态就是暂时死亡，适才也提到莫雷拉就认为巴隆图斯在异界之旅时没有死。最后，把异界之旅的见证者写成濒死并不是大格里高利

① Isabel Moreira, *Dreams*, *Visions and Spiritual Authority in Merovingian Gaul*, pp. 141-146, pp. 159-160.

② Jesse Keskiaho, "Visions and the Afterlife in Gregory's Dialogues", in Richard Matthew Pollard ed., *Imagining the Medieval Afterlife*, pp. 225-246.

③ 保守幻象的秘密是一个传统。Isabel Moreira, *Dreams*, *Visions and Spiritual Authority in Merovingian Gaul*, p. 174.

以后的事，前述的格雷戈里笔下的异界旅客也是在濒死时经历了异界之旅。

总之，从忏悔神学和梦幻启示两个角度出发都不足以解释异界之旅此时的复兴，但我们可以跳出思想观念的范畴，从权力视角来考虑这个问题。

三、权力视角下的异界之旅

《富尔萨生平》和《巴隆图斯的幻象》的写作是要服务于权力斗争，异界之旅的部分内容就是两部作品对权力观念的集中体现。这里的权力指一个笼统的概念，包括7世纪最重要的两种权力——政治权力和宗教权力——以及各种不同的权力来源，它们在当时的社会实践中远非泾渭分明，而是彼此纠缠，这一点在高级神职人员身上尤为明显。① 换言之，这两种作品都可以被视为作者或作者的服务对象对自身权力的声明，书写异界之旅奇迹是它们共同的文学上的斗争策略。

《富尔萨生平》的诞生背景是7世纪时由爱尔兰修道主义在法兰克王国的传播所造成的法兰克地方权力结构的变化。爱尔兰修道士很早就到过法兰克，6世纪末开始频次明显变多，但他们秉持的爱尔兰修道模式并不适应法兰克王国的权力结构。在爱尔兰传统中，修士，特别是修道院院长拥有相对较高的宗教地位和实权，② 他们有权力和义务从事对

---

① Isabel Moreira, *Dreams，Visions and Spiritual Authority in Merovingian Gaul*, p. 77；Gregory I. Halfond, *Bishops and the Politics of patronage in Merovingian Gaul*, Ithaca and London：Cornell University, 2019, p. 13.

② 爱尔兰修士的权力和地位曾被学界夸大，但无论如何他们的社会地位都要远高于在法兰克的社会地位。Thomas M. Charles Edwards, "Beyond Empire II：Christianities and the Celtic Peoples", in Thomas F. X. Noble and Julia M. H. Smith eds., *Early Medieval Christianities*：600-1100, Cambridge：Cambridge University Press, 2010, pp. 98-102.

教众的教牧工作，他们的权威也受到各方尊重。反观法兰克的制度则是中央权力归国王，地方上由主教独揽政教大权。① 法兰克本地的修道院应归主教管辖，② 即使是 7 世纪时修道院的权力地位已经有所提升，仍然算不上一股能和国王和主教分庭抗礼的单独势力。③

修士社会地位的巨大反差引发过爱尔兰修道院和法兰克教俗势力之间的冲突，比如 6 世纪末到 7 世纪初在法兰克活跃的爱尔兰修道院院长高隆邦（Columbanus），他虽然一度依靠国王和贵族的帮助以及自己的名望而建立了著名的吕克瑟伊修道院（Luxeuil），但晚年因触怒国王而被驱逐，④ 后来他的继任者也因扛不住主教的压力而被迫放弃了一些爱尔兰传统。⑤ 可见，爱尔兰修道院院长来到法兰克后尽管可以得到礼遇，但他们的权力其实远不及在爱尔兰时，为了开展教牧工作并维持修道院的独立性，他们需要做出应对。过度妥协不符合这些倔强的爱尔兰修道院院长的诉求，坚守原则又可能像高隆邦那样招致祸患。因此，在修道院创始人的圣徒传中树立一个神圣的形象，通过创始人的功绩和奇

---

① 6 世纪末以前的法兰克，理论上由伯爵负责地方政务，主教负责宗教。但主教的权力不断膨胀，伯爵逐渐沦为主教副手，7 世纪时主教已经拥有了政教两方面大权。Edward James, *The Origins of France From Clovis to the Capetians*, 500-1000, New York: St. Martins' Press, 1982, p. 59.

② 451 年卡尔西顿公会议规定修道院要服从所在教区的主教，554 年的阿尔勒宗教会议又在墨洛温法兰克重申了这一点。

③ Ian Wood, "A Prelude to Columbanus: The Monastic Achievement in the Burgundian Territories", in H. B. Clarke and Mary Brennan eds. , *Columbanus and Merovingian Monasticism*, Oxford: BAR International Series 113, 1981, pp. 14-15.

④ 高隆邦的事迹见他的传记《高隆邦及其门徒们的生平》。Jonas of Bobbio, *The Life of Columbanus and his Disciples*, in Alexander O'Hara and Ian Wood eds. and trans. , *Jonas of Bobbio: Life of Columbanus, Life of John of Réomé, and Life of Vedast*, pp. 85-239.

⑤ Ian Wood, "The Select Memory of Jonas of Bobbio", in Sebastian Scholz, Gerald Schwedler eds. , *Creative Selection between Emending and Forming Medieval Memory*, Berlin, de Gruyter, 2022, p. 50.

迹来彰显他本人的神圣性，以此稍微弥补权力的不足，就成了可选的策略之一。

但是，圣徒传和奇迹的书写也大有文章。法兰克当地也有深厚的圣徒传传统，圣徒传是主教们维持宗教影响力的工具之一，这些圣徒传的传主一般都是当地教区的杰出主教，他们的奇迹吸引和维持着广大教众对该教区的信任。如果爱尔兰修道院圣徒传的传主也能行奇迹并广为人知，就会将教众分流，这表面上有利于修道院，但极有可能引起当地主教的强烈反应，造成神父和修士之间的矛盾。《法兰克人史》提供了著名的苦行者符尔福莱克（Vulfolaic）因行奇迹而受到民众欢迎，结果被当地主教联合其他主教们群起攻之的案例。[①] 这件事说明主教把教众的信仰视为一种重要的权力资源，并对此高度敏感。圣徒传尽管只是在做文字转述，但其中普遍包含的大量的传主所行的奇迹对教民有着强大的号召力，可想而知主教们会对修道院圣徒传抱持戒心。也就是说，在主教对圣徒崇拜形成垄断的背景下，即便只是以在圣徒传中书写奇迹的方式来宣传修道院圣徒，也必须注意合理的表达方式。

《富尔萨生平》问世时，富尔萨的继任者们在政治和宗教方面都处于劣势。从富尔萨去世到《富尔萨生平》成书的短短数年间发生了两件年份不是很确定，但影响到修道院的大事：其一是富尔萨的继任者是他的两个兄弟，但在接管修道院后就与之前富尔萨的庇护人发生了冲突，二人被迫出走；[②] 其二是富尔萨去世后的第四年，他的圣髑被努瓦永主教埃利吉乌斯（Eligius of Noyon）和康布雷主教奥伯特（Autbert of Cambrai）在原址附近重新埋葬。[③] 由于缺乏进一步的证据，很难从这

---

① 都尔主教格雷戈里，《法兰克人史》，第 8 卷，第 15 章，第 414-417 页。

② 比德，《英吉利教会史》，陈维振、周清民译，北京：商务印书馆，1991，第 3 卷，第 19 章，第 187-192 页。

③ Dado of Rouen, *Life of St Eligius of Noyon*, translated by Jo Ann McNamara, in Thomas Head ed., *Medieval Hagiography: An Anthology*, New York: Routledge, 2001, pp. 163-164.

两件事还原出富尔萨死后数年间修道院发生的具体事件和各方立场，但仍可以看出，富尔萨死后，佩龙尼修道院的权力真空引来了外部势力的争夺。圣墓在圣徒崇拜活动中处于核心地位，[①] 两位主教转移富尔萨圣髑之举表示他们成功地分享了富尔萨崇拜，控制了佩龙尼修道院。

草创未久又失去领导者的佩龙尼修道院此时面临着严重的权力危机，某位修士若想在极度缺乏权力的情况下仍借助《富尔萨生平》来颂扬创始人富尔萨的功绩和加强修道院的宗教声誉，就要想方设法避开两位主教的权势。另外，富尔萨一生大部分时间都在爱尔兰和英格兰活动，在法兰克的活动时间不长，这就导致有关他在法兰克的事迹不会太多，但对于《富尔萨生平》的作者来说重要的恰恰只有传主在法兰克的那部分，而非他的早年经历。在权力和材料均不足的双重困难下，《富尔萨生平》的作者另辟蹊径，干脆选择将异界之旅当作全传的主要内容，这样既可以弥补材料的不足，又可以将读者带到一个更加充满神性的空间，在抬高富尔萨宗教地位的同时规避掉世俗叙事可能引发的误会。这样做实属无奈，但有一举多得的功能。因此，《富尔萨生平》全篇都呈现出两个特点：一是对教俗事务的规避，全篇对富尔萨的教牧活动和政治活动讲述得很少且十分笼统，传主和政教人士保持着相当的距离；二是重视从异界之旅中寻找富尔萨活动的合法性，富尔萨在第二次异界之旅后就开始了布道的工作，这项工作在尔后的两次幻象中再次得到确认，这说明富尔萨在异界之旅中获得的启示是他日后活动的合法性基础。这两个特点看似矛盾，实则对立统一，作者通过异界之旅来塑造富尔萨的神圣性，以一种绵里藏针的方式争取权力。

由此可见，《富尔萨生平》以异界之旅为主要内容的写作方式是一系列复杂的政治、宗教和文学传统与作者个人天赋结合的结果，但最直接的原因还是要借助一个更加公平的异世界来强调传主的宗教声望，以

---

① Peter Brown, *The Cult of the Saints：Its Rise and Function in Latin Christendom*, Chicago：Chicago University Press, 1981.

弥补材料的不足和现实世界政教权力的缺失——考虑到丰富的生平材料也是为了宣扬圣徒的权威，后者才是更为根本的写作目的。

《巴隆图斯的幻象》对待权力的态度与《富尔萨生平》截然不同，它的特点是明确地强调修道院与中央权力的结合。7 世纪 50 年代以来，法兰克王国墨洛温王朝的最大内患就是其两个子王国——纽斯特里亚和奥斯特拉西亚——之间的争斗，经历了 7 世纪 70 年代中期的短暂又失败的统一之后，两国又于 680 年彻底兵戎相见。① 《巴隆图斯的幻象》写作的 678 年或 679 年前后正值多事之秋，它站在纽斯特里亚一边反对奥斯特拉西亚，因为它描述的在地狱中受苦的主教迪多生前是奥斯特拉西亚的支持者，一起受苦的主教符尔弗罗杜斯则生前曾在未经当时国王允许的情况下就召开了宗教会议。《巴隆图斯的幻象》背后的朗格莱和米莱贝卡两所修道院早在 7 世纪 30 年代就由纽斯特里亚王室资助建成，该文本此番表态反映了两所修道院此时仍然选择站在纽斯特里亚一边。②

有了王室的支持，尽管《巴隆图斯的幻象》仍然采取了异界之旅的形式，但有许多迹象表明它在宣扬修道院的权力时显得更加大胆。比如，《巴隆图斯的幻象》最主要的道德训诫是强调济贫，传统上修道院虽然承担着一部分济贫职责，但这件事主要还是主教的职责以及获取教众支持的方式，直接关系着主教的权力来源。《巴隆图斯的幻象》抬高了济贫对修士的重要意义，潜台词是认为修士可以承担更多教牧职责并从中获取社会权力，可见该作品充分利用了为它撑腰的王室权力，大胆地表达了修道院权力扩张的渴望。比如，在天堂时巴隆图斯的同院修士曾表示魔鬼一直都不敢诱捕修道院的修士，可地狱中那两位敌对阵营的主教却在受苦，这种对比更突出了当时朗格莱或米莱贝卡修道院的权势之大。

---

① 《法兰克人史纪》，陈文海译注，北京：人民出版社，2018，第 43-46 章，第 156-162 页。

② Yitzhak Hen, "The Structure and Aims of the 'Visio Baronti'", pp. 495-497.

　　将两部作品相对比，更可以看出它们看待权力的差异。《富尔萨生平》中来世场景的复杂程度以及神学对话的思辨性要强于《巴隆图斯的幻象》，这反映了佩龙尼修道院极度缺乏权力，作者不敢对现实的事务多加评判，只能把精力更多用于对来世这一权力源头的描写上。《巴隆图斯的幻象》则让异界之旅可以与现实的场景挂钩，这是它相对以往异界之旅场景描写的突破之处。在启示文学以及以后的异界之旅故事中，异界旅客一旦进入异世界就会失去对人间俗世发生的事情的各种感知力，直到灵魂复归肉身。如《富尔萨生平》中的富尔萨在第二次异界之旅快结束时已经离肉身近在咫尺，但他此时只能看见自己的肉身，仍然看不见教堂的墙壁、为他哀悼的人群甚至是自己肉身所穿的衣服。这说明《富尔萨生平》的作者仍然认为灵魂所在的世界和人类的世界存在隔阂，只是肉身具有联结两个世界的特殊性才可以被看见。而在巴隆图斯的异界之旅中，在拉斐尔安慰米莱贝卡的院长以及巴隆图斯灵魂归来这两处，他都可以充分地观察到现实世界的人物和景观。《巴隆图斯的生平》写修道院的景观和修士们能被身在来世的巴隆图斯所见，暗示两所修道院虽在人间俗世，但却比其他世间万物更靠近神圣的来源。作者敢于这样直接地调用神圣的权力，是出于一种对既有权力的自信和对权力扩张的渴望。

　　异界之旅是权力斗争的有效方式，它的复兴是 7 世纪墨洛温权力斗争的结果，《富尔萨生平》和《巴隆图斯的幻象》则是异界之旅复兴的先行者。写作《富尔萨生平》时修道院的权力很小，它没有办法直截了当地对抗当地主教，故选择了写作圣徒传的迂回的方式；写作的时候一方面为避免刺激主教而鲜少涉及世俗事务，另一方面则以异界之旅的故事稳住富尔萨的宗教地位。传主富尔萨形象高蹈，但实际上作者并没有忘记给富尔萨争取权力，如富尔萨把圣痕带回俗世这一幕，此处作者将圣痕作为圣洁的证明，强调富尔萨值得拥有更多权力。相比小心翼翼的《富尔萨生平》，《巴隆图斯的幻象》则明确地表示了自己的立场，它在政治上偏向纽斯特里亚王室，为了向王室效忠以及加强自身权力，该作在政治、宗教和社会管理等方面的观点都十分直接和强势，甚至不惜攻击曾与王室结怨敌对的主教们。此举说明了这两所修道院面对主教权力已经不再退让，反而是主动出击，修士们的修道主张和巴隆图斯所见的异界之旅幻象都可以被视为修道院宣扬自己权力的方式。

结语：异界之旅中的拯救和权力

现在，可以就如何评价《富尔萨生平》和《巴隆图斯的幻象》的问题做一个总结。本文认为这两部作品的最大意义在于它们在特殊的背景——即权力斗争的环境中——复兴了异界之旅的书写传统，此举让后世的基督教作家可以扩充这类故事，最终使异界之旅重新融入基督教社会之中。

启示文学中就有向来世借取权力以便宣扬自身主张的现象。这或许是因为在公元初的几个世纪里，基督教虽然有所发展，但异教也在时不时地对基督教教会施加压力，且各地教会的神学理解不同，时而互叱异端。在这种情况下，人们需要想尽办法让别人接受自己的理念，考虑到自封先知等激进做法可能招致激烈的反对，于是借助启示文学的异界之旅宣扬自己的主张便成了不错的方式。奥古斯丁曾批评《保罗的幻象》是对《哥林多后书》毫无依据的扩写，[1] 但这恰恰是该作成功的宣传思路：既然保罗是使徒，让他通过异界之旅见到天使甚至上帝，并带回天上王国的指示，更能让人信服。就算后来的神学家们认可奥古斯丁的批判，却未能阻止《保罗的幻象》在西欧广泛流传。《保罗的幻象》的成功之处，除了它丰富的想象力和精致的描写，还在于它成功地将异界之旅用作为一种提升话语权力的方式。

---

① Yithak Hen, "Visions of the Afterlife in the Early Medieval West", p. 29.

　　基督教获得广泛胜利以及正统教义逐渐形成，可以被视为基督教教会方面权力结构的最终形成，此时异界之旅故事便沉寂了一段时间。但稍后爱尔兰传教士对法兰克政治宗教的冲击让基督教的权力斗争从纯宗教领域转向政治和宗教相交的领域，《富尔萨生平》和《巴隆图斯的幻象》的作者恰好都面临着政教权力斗争，于是便借助异界之旅这一古老的故事类型宣布修道院的权力，即使两作对待权力的态度大相径庭。从此，异界之旅故事根植在了新的社会背景之下。至于圣徒传和幻象书写的悠久传统、作者自身的文学天才等因素，它们固然重要，却不是直接原因。

　　尽管本文强调的是权力和异界之旅复兴之间的直接联系，但异界之旅故事并不只服务于权力斗争。古典时代的异界之旅将人的拯救和道德相挂钩，这是异界之旅故事的基调。到了启示文学时代，尽管异界之旅故事开始强调话语权力，但主要仍是在论述道德和拯救的问题。此后，基督教社会的各个阶层都日益重视个人拯救，担心有限的道德不能让人得救，这就为异界之旅这一类能解释来世情景的故事提供了复兴的可能性。所以，当《富尔萨生平》和《巴隆图斯的幻象》在权力斗争的机缘巧合下重新激活了异界之旅的传统之后，后辈学者就可以直接借此重新讨论拯救问题，异界之旅故事再次成为基督教神学对修行、立德、净罪，最终达成拯救等一系列问题的文学化的探索、表述和讨论的形式，由此诞生了诸多富有新见的异界之旅故事以及能独立成篇的作品。[1] 当然，无论在政治还是宗教方面，异界之旅也一直保留着权力斗争的功能，9世纪就有作品采用过这种方式。[2]

　　在《富尔萨生平》《巴隆图斯的幻象》和其他异界之旅作品中，不

① Isabel Moreira, *Heaven's Purge: Purgatory in Late Antiquity*, pp. 147-176.
② Maaike van der Lugt, "Tradition and Revision. TheTextual Tradition of Hincmar of Reims' Visio Bernoldi. With a new critical edition", in *Archivum Latinitatis Medii Aevi* 52, 1994, pp. 109-149.

论那些异界旅客在来世逗留了多久、他们的经历是否丰富或占用了作者多少篇幅，最后他们都回到了人间俗世，以生者的形象向世人传达异界之旅的见闻。即便是想留在来世的富尔萨最后也没能如愿，还是得依照命令回到人间，并在之后的许多年里兢兢业业地履行修道和布道的任务。异界之旅虽然讲述的是来世的故事，但本质上是对人间事务的回应，以及对理想的地上世界的畅想。

作者简介：

黄志远，北京大学历史学系博士研究生，主要研究方向为欧洲古代晚期文学、欧洲中世纪文学和传记文学。

比较文学与比较文化研究

孔子的两副面孔

——《欧洲所刊文学日报精选》中的孔子形象书写*

张艺莹

内容摘要 现藏于西班牙国家图书馆的《欧洲所刊文学日报精选》由西班牙学者克拉德拉创办，是 18 世纪末欧洲发行量最大的报刊之一，以书讯、文艺新闻为主要内容，在欧洲知识界享有盛誉。《精选》载有多篇"中国书写"，包含欧洲知识界对孔子"神圣"与"非圣"形象的双面塑造。前者以法国启蒙主义者巴斯托雷著作为代表，后者则通过来华汉学家信件表现，体现出"在欧"与"在华"学者的迥异思考方式及其在"孔子问题"上的多种尝试，其背后是欧洲学界中国书写的文化话语争夺。总体上，《精选》的孔子形象书写有文化（而非文本）指向性、对话性、法国中心性三个特点。

▎关键词 孔子形象 欧洲汉学 《欧洲所刊文学日报精选》 报刊 文明交流

* 本文系国家社科基金青年项目"1492—1732 年西班牙涉华书信的中国书写及其当代价值研究"（23CWW002）阶段性成果，同时得到四川外国语言文学研究中心年度项目"17 世纪欧洲视阈下的《中国帝国历史、政治、伦理和宗教》'中国书写'研究"（SCWY23-08）资助。

The Two Faces of Confucius:
The Confucian Images Presented in the
Periodical *Espíritu de los mejores diarios*
literarios que se publican en Europa

Zhang Yiying

Abstract: The periodical *Spirits of the best literary diaries published in Europe*, stored in the National Library of Spain and founded by Cladera, mounted to considerable population and intended to provide valuable literal information. The periodical frequently referred to China, in which revealed the aspects and strategies of the two writing forms, and formed both the sainthood and the unholiness of Confucius. The former was supported by the French enlightenmentist Pastoret, and the latter was traced through the letters of the sinologists in China. The two faces of Confucius presented by these studies contradicted and also cooperated with each other, having embodied the various attempts of the Early Modern European Academy, where the cultural competition among the European countries was subtly hidden. In general, the cultural concentration, the conversational stress and the France-centered opinions constituted the main features of the writings of this century.

Key words: images of Confucius; European sinology; *Espíritu de los mejores diarios literarios que se publican en Europa*; periodicals; cultural exchanges

引 言

16 世纪起，欧洲汉学家进入中国，其作品与视角在欧洲本土知识界中产生较大反响。欧洲早期中国书写的"在华""在欧"两类群体由此形成，而孔子形象始终是其中的研究重心。至 18 世纪，欧洲社会已有利玛窦（Matteo Ricci，1552—1610）译《论语》、殷铎泽（Prospero Intorcetta，1626—1696）译《四书》、柏应理（Philippe Couplet，1623—1693）译《中国哲学家孔夫子》（*Confucius Sinarum Philosophus*）等作。此外，高母羡（Juan Cobo，1547—1592）、拉达（Martín de Rada，1533—1578）等信件中也频繁提及孔子及其思想。以上"在华书写"流传较广，自面世起便广为学界讨论。然而，在此基础上产生的"在欧"孔子书写却始终回音寥寥。莱布尼兹（Gottfried Wilhelm Leibniz，1646—1716）、洛克（John Locke，1632—1704）、伏尔泰（Voltaire，1694—1778）等少数著名哲人的零散"孔子论评"受关注较多，而同时期欧洲社会对孔子的普遍印象常不为人所知。

报刊是反映社会思想动向的窗口，是探究文化问题的佐证。西班牙国家图书馆（Biblioteca Nacional de España）藏有流通于 18 世纪的周刊《欧洲所刊文学日报精选》（*Espíritu de los mejores diarios literarios que se publican en Europa*，以下简称《精选》），可用以管窥这一时期欧洲社会对孔子形象的理解方式。该刊由西班牙人克拉德拉（Cristóbal Cladera，1760—1816）创办，1787—1791 年共刊发 272 期，是 18 世纪末欧洲发行量最大的报刊之一，在欧洲知识界一度享有盛名。《精选》以介绍性的书讯、文艺新闻为主要内容，其中对孔子的讨论集中于 1787 年和 1789 年。在此，孔子呈现出"神圣"与"非圣"两种形象，其背后是在欧学者与在华汉学家对同一问题的不同探索与思想交锋。

一、"神圣"的孔子：本土知识界的间接理解

1787 年 7 月 14 日，《精选》介绍了法国启蒙主义者巴斯托雷（Claude-Emmanuel de Pastoret，1755—1840）的新作《查拉图斯特拉、

孔子与穆罕默德：教长，立法者与道德家》（*Zoroastre, Confucius et Mahomet comparés comme sectaires, legislateurs et moralistes*）。这是《精选》自创刊起首次出现与"孔子"有关的内容，内容占据报纸整页。巴斯托雷未曾来华，以欧洲社会流传的孔子生平之片段编写成书，并将其与穆罕默德、查拉图斯特拉形象建立联系。《精选》对此介绍道，这三位先贤"以其所创立的信条、律法、道德名垂于世"①，其中对"信条"与"律法"的解读，则颇具"神圣"意味。

该书于第二章专论孔子，分为"孔子的教义""孔子的律法""孔子的道德观"三节。在作者的概念中，孔子集"教长、立法者、道德家"三个身份于一身，其中"道德家"显然是最易理解、最符合中国文化形象的定位。巴斯托雷对此解释为"行为始终遵守一种原则，不做任何超出传统道德典范的事"②，"从不狡诈、卑鄙，也从不嫉妒、敌视、奉承他人"。③与此同时，"道德家"身份又常与"教长"或"立法者"紧密交织。

在"孔子的教义"一节中，巴斯托雷提出，"中国人视作教义或道德观的，是'人的身体由火、土、空气等元素构成，这些元素在人死后会回到自然中'"。④"教义"与"道德观"概念时常混同，这表明欧洲学者实则并未对其形成足够明晰的认知，以致将神俗问题混淆，将道德追求与神灵崇拜⑤联系起来。如此便不难理解这一节的开篇方式：

---

① 西班牙国家图书馆，《欧洲所刊文学日报精选》，1787 年 7 月 14 日，总第 6 期。藏于西班牙国家图书馆，编号 hd0003912506。因《精选》中每篇文章均未标注作者，此类援引止于指明周刊刊版日期与总期数。

② 可对应为"吾道一以贯之"（《论语·里仁》）。然而，巴斯托雷并未接触过《四书》原文或译本，应该是摘引或参考其他欧洲学者对原句的转述。

③ Claude-Emmanuel de Pastoret, *Zoroastre, Confucius et Mahomet*, Paris：Chez Buisson Libraire 1787, p. 432.

④ Claude-Emmanuel de Pastoret, *Zoroastre, Confucius et Mahomet*, pp. 125–126.

⑤ Claude-Emmanuel de Pastoret, *Zoroastre, Confucius et Mahomet*, p. 126.

"中国有三大教派，是老子之教、孔子之教与佛教。"① 将儒家思想认作一门教派，是早期现代欧洲思想家常有的"理解视差"，以韦伯（Max Weber，1864—1920）为代表的当代学者亦作此论。通过对中国思想中"天"的分析②，巴斯托雷提出，孔子是将社会道德观编织在宇宙观中的有神论者。他又针对孔子对天命鬼神"敬而远之"进行解析，得出"面对不可知，不应仅对其礼敬，更应将其纳入具有确定性的社会法律"。③ 对道德的追求使孔子叩问灵魂，而后又通过社会法度将神灵观纳入规范。经由这种逻辑，"道德家""教长""立法者"三类形象集合于孔子一身。

"立法者"形象，也是特定欧洲视角的产物。孔子未颁布成文法，将孔子比作"立法者"，显然是取"立法"的引申义，即确立并推行事物的规范。然而，更多的证据表明，被施用于孔子形象的"立法"概念，实则直接指向了极为具体的法条规范，而这一形象最终又峰回路转到了"神圣"层面。

《精选》第 212 期另提及，子思编著的《中庸》重申恢复上古法律的必要性，称"如果君王遵循商汤、文王时期的法律，就没有人会祸乱社会"。④如此表述，实则已证实欧洲人对孔门并非"立法"而仅是"传承古法"的事实有所认知。孔子对典章制度的推行、"重立旧法"的活动，使他由法律的解释者成为法律的代言人。对此，《精选》给出的解读则是："如果这些法律（指周礼）与教义真理切合、能使圣迹重现，所有人都会遵循它。"⑤到这里，"教义"概念不无突兀地出现，被加于孔子思想的"立法"与"教义"再次统一，并更为明显地体现出

---

① Claude-Emmanuel de Pastoret, *Zoroastre*, *Confucius et Mahomet*, p. 116.

② 然而，此处巴斯托雷明确引用的却是《易经》，这体现出以他为代表的 18 世纪欧洲知识界对中国文化的认识仍极为有限。

③ Claude-Emmanuel de Pastoret, *Zoroastre*, *Confucius et Mahomet*, pp. 123–124.

④ 西班牙国家图书馆，《欧洲所刊文学日报精选》，1789 年 12 月 21 日。

⑤ 西班牙国家图书馆，《欧洲所刊文学日报精选》，1789 年 12 月 21 日。

前者为后者服务的特点。

由于时代久远,孔子所实施之"法"(周礼)被欧洲知识界赋予超世神秘色彩。不仅如此,儒家思想始终保持传承、群体活跃,也使得孔门似乎成为以周礼为"教义"的"教派"。这便是"立法者"与"教长"身份同时凝结为孔子形象的原因。孔子思想由此在欧洲人眼中既表现出"教义"常有的神秘元素,又能够进入社会法律的语境中;既拥有了"立法"身份的合理性,也有了"教长"身份的外观。神秘因素由此成为贯穿孔子社会活动的主要脉络。

不仅作为"立法者",在作为"道德家"的孔子形象中,同样体现出以"神圣"为中心的解释方式。上述巴斯托雷有关孔子思想中道德与灵魂观的论证可为一例,《精选》中另有关于德国收藏家胡普男爵(Baron de Hupsch,1730—1805)的一则信息,再次指向18世纪欧洲人对孔子道德观与宇宙观的混淆理解。据克拉德拉介绍,胡普的藏品中有一叙及"中国教堂"(Iglesia China)的奇异手稿,胡普称"在中华帝国仍存有许多这样的书"。那个"以丝绢制成的纸卷轴"镶嵌有"两个圆形的木托",纸上记载的便是"孔子的教义"(la doctrina de Confucio)。[1]此处的"中国教堂"应就是孔庙,而"孔子的教义"或许是"四书"的某些篇章。孔庙本是中国古代文人礼敬先贤、学习道德文章之处,在欧洲学者眼中成为宗教活动场所,孔子也因此被赋予神秘色彩。这则信息是18世纪欧洲将孔子的道德教谕与宗教信仰相联结的再次印证。

通过对《精选》中信息的挖掘与相互印证,孔子的"神圣"形象越发鲜明,其作用与地位甚至在"立法者"与"道德家"之上。这一解读虽偏离了中国文化的实际,却构成了部分在欧学者的孔子观照方式。有趣的是,巴斯托雷的另一部作品《作为立法者与道德家的摩西》(*Moysés, considerado como legislador y como moralista*)在1789年1月又

---

① 西班牙国家图书馆,《欧洲所刊文学日报精选》,1789年4月13日。

被克拉德拉所介绍。其中，"身份特征"极其相似的孔子与摩西产生了一种内在联系。摩西本具有作为先知的"神秘性"。将孔子与摩西相比对，是对孔子超世神秘形象的又一次有意塑造。在欧学者对孔子形象的解读，表现出明显的神秘主义意味。此类倾向通过《精选》进一步传播，孔子由一个历史上真实存在的人，被浓缩为一个"类神"的符号。

《精选》为欧洲知识界介绍了巴斯托雷视角下的孔子形象，也为后世回顾 18 世纪欧洲社会的"孔子观"保留了珍贵史料。现有欧洲史传对巴斯托雷的记载较少。①事实上，凭借《查拉图斯特拉、孔子与穆罕默德》，巴斯托雷一度在法国思想界获得声望。该作于出版当年便获得奖项，其影响延续至今。德国学者奥斯特哈默（Jürgen Osterhammel）曾援引该书，论证"东方社会中完全没有稳定与开化的贵族要素，或只依赖像孔子与穆罕默德这样的宗教创始者的后裔"。② 奥氏默认了巴斯托雷理念中的"教长"成分，这证明欧洲学者对孔子的"神圣化理解"仍在延续。

二、"非圣"的孔子：在华汉学家的有意塑造

在欧书写之外，《精选》中另载有对法国在华中国书写的一系列介绍，展现出"孔子"的另一面貌。如果说"神圣"是 18 世纪在欧学者

---

① 如勒费弗尔《法国革命史》、路易·马德楞《法国大革命史》、蒂莫西·布莱宁《企鹅欧洲史·追逐荣耀：1648—1815》中，提及巴斯托雷之处均仅有寥寥数语，且关注其社会活动而非著作。

② 于尔根·奥斯特哈默，《亚洲的去魔化：18 世纪的欧洲与亚洲帝国》，刘兴华译，北京：社会科学文献出版社，2016，第 89 页。此外，美国学者芬格莱特（Herbert Fingarette, 1921—2018）也将孔子的社会立法主张、道德观与"神圣"问题相联系，如称"'礼'，也就是'神圣性的礼仪''神圣性的仪式'""'礼'通过自发的协调而起作用，这种自发的协调则根植于虔敬的尊严之中"。（赫伯特·芬格莱特、彭国翔，《孔子：即凡而圣》，张华译，南京：江苏人民出版社，2002，第 7、9 页。）

对孔子社会形象的理解，在华汉学家对孔子个体身份的定位，则是"非圣"。

在《精选》1787年8月11日一期中，克拉德拉对一系列写于1785—1786年的在华汉学家信件进行介绍并大加赞誉，称"找不到比这更细致的东方纪实"。① 这些记录中，便有一条"孔子故事"。当中国官员询问一位未具名的法国耶稣会士："像我们这样不信鬼神的官老爷，将来也要由你们的神来审判吗？"后者答："神灵一视同仁，当然也要审判。"官员随即问是否将孔子视作圣者，汉学家回答得更加谨慎，称："如果以您国的理解，将'圣者'解释为才能超群、品性端正的人，那么孔子显然是一位圣者；然而要是让我说，这位对灵魂、永恒都无所知的孔子，他曲解了善与恶的标准，绝对并非一位圣者。"

"圣"（santo）一词，在西班牙语原文中既有"圣徒、神圣者"之意，也表示"品德高尚之人"。也即，这一词汇既可代表欧洲宗教文化中的"圣徒"之"圣"，又能指涉古代中国社会语境中的"圣贤"之"圣"。两层含义一个着重于超验领域，一个关注现世道德，内在包含着矛盾。当两层含义同时出现在一个特定语境，便易产生混淆。法国学者对孔子"非圣"的论断，一方面是中法交流中跨文化翻译的局限性所致，另一方面体现出中欧"圣"文化间性。

《精选》中有多处论及"santo"，可帮助我们厘清该词在欧洲语境中的使用情况与适用群体，进而理解"孔子非圣"的内在逻辑。刊物中，名字前带有"圣"头衔的，如圣阿奎那（Thomas Aquinas，1225—1274）、圣道明（Domingo de Guzmán，1170—1221）等，多是中世纪经院哲学家。以及，在介绍贝尼托会院（Orden de San Benito）时，《精选》将服务其中的18位神父、184名红衣主教、1544名大主教、3512名普通主教统称为"圣"。②这些被称作"圣"的形象具有的共同点是：

---

① 西班牙国家图书馆，《欧洲所刊文学日报精选》，1787年8月11日。
② 西班牙国家图书馆，《欧洲所刊文学日报精选》，1787年10月11日。

他们均是历史中真实存在过的人物，并且这些"圣名"的由来与其职业有着直接关系。

当汉学家被中国地方官问及孔子是否应被视为"圣"，他们给出了否定的回答。其中的原因便在于，以往被称为"圣"的，均为专门从事经院工作的研究人员与社会活动人员。由《精选》内容可知，对"圣"群体的这种解释方式，至少已有六个世纪之久。当法国学者来华、被问及孔子是否属于"圣"时，他们最自然的反应，必然是依据其文化传统，以经院哲学视角审视孔子的职业活动，由此得出了"非圣"判断。

钱穆认为："中国人看人，喜欢从人的全体看。如说圣人贤人，君子小人，好人坏人等。西方人看人，好从人的相互分别的学业、职业、事业上看。"[1]这种说法恰可帮助我们理解汉学家所说的"孔子非圣"。18世纪欧洲人将以经院工作为职业的群体称为"圣"，并由此称不务此业的孔子为"非圣"。孔子不仅"是人而非神"，与"通神者"圣徒也相去甚远。即便这些在华汉学家承认孔子在社会立法上的价值，也仍坚持着孔子有且仅有"世俗立法者"的地位。

中国语境中"圣"的内涵，依据钱穆的说法，是"人具有修身、齐家、治国之品德便可被称作'圣'"，且"中国自古已多圣人，如尧、舜、禹、汤、文、武是也"。[2]传统中国"圣"的活动场域始终存在于现世，是"人中之人"，而非"人中之神"。那么，以在华汉学家为代表的欧洲学者对孔子的"非圣"论断，巧合地与中国本土一贯的孔子形象相符。然而，值得注意，法国学者做出"孔子非圣"的论断，并非仅是陈述"非圣"这一观点，而是在预设了中国官员认定孔子是一位"圣徒"后，再对其进行反驳。也即，在这场中法对话中，中国官员所谓的"圣"意指"圣贤"，而由于"santo"在跨文化翻译时体现

---

① 钱穆，《孔子与论语》，长沙：岳麓书社，2020，第47页。
② 钱穆，《孔子与论语》，第47页。

出的多义性，汉学家根据其文化传统直接理解为了"圣徒"，并提出异议。法国学者先是想象出了一类具有超自然力量的或从事经院活动的孔子形象，再对此加以否定，判断孔子并非这种"圣"。然而，在跨文化翻译中，"圣"又与欧洲经院传统中的"神圣""圣迹"一类概念产生联系，"至圣"由此被衍化出"至高无上的神""真神"的含义①。

　　法国汉学家对"圣"的这一理解，能否代表欧洲思想界对中国"圣"的一贯理解？上溯至 1585 年出版的门多萨《中华大帝国史》，可知 16 世纪的欧洲学者已具有了"中国人把具有超人的智力、勇力、勤奋，或过孤身刻苦生活的人当作圣人"② 的认识。此处的"圣人"，对应的仍然是"santo"一词。这证明，"圣"跨文化翻译的障碍，在中西交流开始时并不存在。不仅如此，利玛窦在其《中国传教史》中也直接避开了"圣"的话题，仅说"中国最伟大的哲学家是孔子"③，将"santo"中"圣贤"层面的含义剥离，将孔子形象准确地定位在世俗哲学。虽同是指明孔子的"尘世性"，16、17 世纪的在华汉学家较为准确地体味到中国文化中的孔子本貌，从未构建其神圣特性。至 18 世纪，以法国索隐派学者为主导的欧洲知识界，开始凭空驳斥孔子的"神圣"，并极力申辩其"非圣"。这一情形与上述欧洲本土学界的"神圣"理解遥相呼应，可证明两点：首先，在华法国汉学家对中国的观照，始终能够较为及时地传递回欧洲，并在欧洲学界产生较大的影响；其次，法国索隐派刻意的"非圣"论辩，是对此前盛行的西班牙、意大利早期汉学的抵抗，有意跳脱此前以田野调查为方法、以民俗研究为主要视角的中国研究范式，其背后是欧洲学界中国研究的文化话语争夺，而在此问题上，"中国"与"孔子"成为其抗辩的重要武器。

----

① 而据钱穆，"至圣"指中国民族理想人生之最高标准。

② 门多萨，《中华大帝国史》，何高济译，北京：中华书局，2004，第 40 页。

③ 利玛窦、金尼阁，《利玛窦中国札记》，何高济等译，北京：中华书局，1983，第 21 页。

有关"圣"的讨论，并非自中西初识之始便已存在，而是在 18 世纪法国汉学家来华后才正式展开，其原因在于法国来华汉学家有意提出的索隐阐释方式。巴斯托雷等法国汉学家似乎是生硬地点明孔子的"非圣"，其目的是展开对中国哲学的宗教性思考，进而将中欧思想的学理根源进行索隐研究。这一做法一定程度上扭曲了以孔子为代表的中国文化的本来面目，却使法国汉学在已有的以社会文化、民间风俗为主要观照的西班牙、意大利汉学研究之外，提出宗教学角度的新范式，极大影响了此后英美汉学家的孔子形象书写。例如，芬格莱特（Herbert Fingarette，1921—2018）将孔子与诺亚等欧洲超验形象相联系的做法，便是受到 18 世纪法国索隐研究的影响。

三、《欧洲所刊文学日报精选》孔子形象的书写特点

《精选》是 18 世纪欧洲知识界理解孔子、接近中国文化的重要途径。以这份报刊为线索，欧洲视野中"神圣"与"非圣"两类孔子形象得以展现，其书写方式体现出以下三个特点。

首先，孔子与《论语》通常被分开讨论。《精选》中涉及孔子的书写较多，而对《论语》的深入探讨极少。这一特点无论在作为社会立法者的孔子还是在对孔子是否为"圣"的探讨中，均体现得较为明显。巴斯托雷在判断孔子是中国社会的"立法者"时，并未援引《论语》的任何内容以证明这一身份；巴黎外方传教士讨论孔子是不是"圣人"时，也未以他的具体思想为依据，而是止步于与中国官员对于这一问题的争辩。

18 世纪欧洲学者脱离《论语》而谈孔子，这一奇特现象反映出中西初识时期欧洲人对孔子形象独特的理解角度与处理方式。自创立至停刊，《精选》从未出现对《论语》内容的介绍，未形成围绕《论语》的讨论。其中叙及孔子的许多轶事，均是不加注脚的道听途说，未援引

《论语》中的任何内容。刊物唯一引用的儒家原句为"父子有亲，君臣有义，夫妇有别，长幼有序，朋友有信"（《孟子·滕文公上》），却将孟子"五教"注为"孔子的德化"。《精选》所呈现的18世纪欧洲孔子形象建构，并非由研读《论语》或其已有译本而来，而更多取材于海外传信中的社会活动书写，对孔子的生活年代与社会地位有更多的展现，却仍未深入探讨其具体言语或主张。由17世纪到18世纪，欧洲知识界的孔子研究发生了由"翻译学中心"到"社会学中心"的转向。然而，失去了文本与史实的支撑，"孔子"被缩略成一个神话化、脸谱化的符号，其思想内涵被相对搁置。

由《精选》中"孔子形象"与《论语》研究之分离的事实可见，18世纪欧洲社会对中国文化普遍停留于猎奇意味，尚未深入其思想内里。"孔子"仍被理解为遥远东方的神秘人物，如伏尔泰等进行学理观照者尚少。这一情形，正符合克拉德拉所确定的办刊宗旨："了解世界上新奇与重要的事情。"① 可见，追求新奇是18世纪欧洲知识界书写孔子的心理动因，其理论深度常止步于此。在短暂的猎奇之后，以克拉德拉为代表的在欧学者或是尚不具备将"孔子知识"体系化整合的信息积累，或是如孟德斯鸠般，借中国圣贤之口，立欧洲社会之法。多种原因之下，18世纪欧洲"孔子书写"蓬勃，《论语》研究空缺。较之上一世纪，《论语》的各语种译本也大为减少。

其次，18世纪欧洲知识分子积极将孔子与欧洲思想家进行对比，较早展开了"中国故事"与欧洲学界的对话。

《精选》中，克拉德拉强调了巴斯托雷将三位哲人相对比的独特书写方式。其作于前三章分别讲述三位先贤的活动及历史地位，在第四章中展开对比。此种章节排布方式，重点在于最后的总结部分。前三章是为对比章节所做的基础工作，而第四章才是著作的主旨所在。巴斯托雷

---

① 见西班牙国家图书馆，《欧洲所刊文学日报精选》，1787年7月2日，"Idea de la Obra"（办刊宗旨）。

得出的结论是，"孔子以其道德与教喻，获得了可与穆罕默德及查拉图斯特拉媲美的光辉"。① 这一评语看似是对孔子思想的认可，实则隐含了这位启蒙主义者对以孔子思想为代表的中国文化的复杂态度。暂且不谈在第四章中"孔子思想的优越性"（Supériorité de Confucius）一节位于"穆罕默德思想的优越性"与"查拉图斯特拉思想的优越性"两节之后，仅就"可与之媲美"这一表述，就可知巴斯托雷有意回避对孔子思想进行直接而正面的赞扬。后文又有"在这些（关于战争和土地等问题上的）主张上，波斯先知与中国道德家（分别指查拉图斯特拉与孔子）思想二者无异"。② 巴斯托雷极少不经由其他两位先贤而直接表现对孔子思想的态度，这时常使人难以捉摸其书写立场。无论如何，巴斯托雷选择以"求同"的方式理解孔子及中国文化，为中欧学术交流奠定了极好的基础。

巴斯托雷将孔子与查拉图斯特拉、穆罕默德并列讨论的思考方式，较之雅思贝尔斯（Karl Theodor Jaspers，1883—1969）的"轴心时代理论"要早百余年。与此同时，经克拉德拉的介绍与宣传，一种"孔子书写"新范式悄然形成。19 世纪西班牙文学史家迪亚兹（Guilliermo Díaz-Plaja，1909—1984）同样将孔子思想与亚里士多德等古典学者著作联系、对比，以此作为其《世界文学框架内的西班牙文学》（1945）的主要结构。进入 20 世纪后，孔子与欧洲先哲之间的"对话"更加频繁。左雅、李彼蔚将此总结为，以利贝拉蒂（Liberati）、拜斯迦（Perceval）为代表的欧洲汉学家将孔子与亚里士多德、苏格拉底思想相对比的研究体现了对《论语》所倡导的文化价值的高度认可。③可见，这种跨时代、跨文明"对话"自巴斯托雷后，逐渐成为欧洲学者解读

① Claude-Emmanuel de Pastoret, *Zoroastre, Confucius et Mahomet*, p. 432.
② Claude-Emmanuel de Pastoret, *Zoroastre, Confucius et Mahomet*, p. 434.
③ 左雅、李彼蔚，《〈论语〉在西班牙的译介传播及多向阐释》，《孔子研究》2020 年第 5 期，第 111 页。

孔子形象的重要方法之一。

再次，以克拉德拉为代表的 18 世纪欧洲孔子形象建构，是糅合了个人思考、中国史实、法国影响的综合产物，其中法国影响占据了主要地位。

《精选》虽由三位西班牙人创办，① 其中对孔子及中国的记载却几乎全部出现于"法国"专栏。这一方面说明了 18 世纪法国思想的影响力之大，其对中国研究的精深程度已领先于西班牙、意大利等国；另一方面，这也体现出，以孔子形象为标志的中国文化借由法国思想家的书写、西班牙文学家的介绍辗转进入 18 世纪欧洲知识界，得以被更多欧洲人了解。克拉德拉与法国社会文化传统的紧密联系，也通过《精选》的选文方式体现出来。传记作家诺瓦列斯（Alberto Gil Novales，1930—2016）指出，克拉德拉思想明显受到卢梭的影响。②这种影响决定了《精选》对孔子信息的筛选与展现方式必然带有法国研究的色彩。

在克拉德拉之前，西班牙学界早已形成孔子书写之基础。高母羡译的《明心宝鉴》首次向欧洲学界系统展现了以《孔子》《孟子》等儒家格言为主要内容的中国思想。《中华大帝国史》（1585）中有对孔子思想的解读。积极参与"礼仪之争"的闵明我（Domingo Fernández de Navarrete，1610—1689）也在其《中华帝国的历史、政治、伦理与宗教》中，多次译介儒家语录。在这些西班牙汉学成果的启发下，③ 法国来华

---

① 除克拉德拉，《欧洲所刊文学日报精选》另有两位主编瓦伦丁·德佛龙达（Valentín de Foronda，1751—1821）与何塞·伊西多罗·莫拉雷斯（José Isidoro Morales），二人均为活跃的启蒙思想家。

② Alberto Gil Novales, *Diccionario biográfico de España* (1803—1833) *Vol.* 1., Madrid: Fundación Mapfre, 2010, p. 732.

③ 例如，《中华大帝国史》西班牙文原著于1585年面世，后于1588年被译为法文。许多16至18世纪的法国学者（如蒙田、约瑟夫·斯卡利热）或是通过法文译本，或是由西语原文读过这部书，并将其作为自己"中国知识"的来源。

汉学家进行了一系列以索隐研究为主的活动,① 尤其关注"孔子经验"对其本国社会的指导作用,② 并由此逐渐掌握了欧洲知识界"孔子书写"的主导权。《精选》反映出,18 世纪欧洲汉学研究的中心已开始由西、葡、意转移到法国,其研究范式随之挪移,这也决定了早期现代孔子研究的视角发生了由文学文本研究到文化、社会学研究的转向。

结　语

《欧洲所刊文学日报精选》对 18 世纪欧洲的"中国知识"进行了及时的搜集与整理,展现出欧洲知识界对以孔子形象为代表的中国文化的不同理解方式。

18 世纪欧洲的中国信息传播,以法国"国王数学家"活动为主要脉络。这支在华书写的"明线",同时促生在欧书写的"暗线"。双线并行,相互交织,打造出孔子"圣与非圣"的两种样貌。来华的"中国形象亲历者"多为宗教人士,以神学角度解读孔子及其思想,由其与欧洲圣徒的不同,指出"孔子非圣";另一方面,在华"中国文本"传回后,所载信息引发在欧学者的进一步思考,后者将孔子活动与欧洲自然法等思想相联系,得出"神圣"的结论。有关孔子"圣与非圣"的讨论,随着 18 世纪欧洲报刊的兴办、学术机构的兴起、索隐派活动得到推进。

与此同时,由《精选》内容可见,18 世纪欧洲能获取的"孔子信

---

①　如《中国哲学家孔夫子》不仅详述了孔子生平,还将《大学》《中庸》《论语》等文本进行了完整译介。李明(Le Comte,1665—1728)也在 17 世纪末出版《中国近事报道》(Nouveaux mémoires sur l état present de la Chine,1696)一书,其中对儒家思想作了较为尖锐的评价。

②　如克拉德拉所说,"对法国思想家来说,了解中国知识是为了更好地认识法国的历史"。(西班牙国家图书馆,《欧洲所刊文学日报精选》,1789 年 12 月 14 日。)

息"仍较为有限，许多同期问世的相关作品似乎并未被《精选》所知。法国学者钱德明（Joseph-Marie Amiot，1718—1793）于1784年写作的《孔子传》并未被克拉德拉介绍，在华汉学家编写的汉文著作也未被刊物提及。身处欧洲的克拉德拉或是未能获取这些著作，或是对其文艺、社会价值进行了主观取舍，这便决定了《精选》中形成的孔子形象仍相对单薄。

弗朗索瓦·于连（François Jullien）将中国文化称作"从外部审视欧洲思想的理想形象"。① 启蒙思潮启发了早期现代欧洲学者的中国想象，催生出孔子"圣与非圣"的双面书写。这一系列书写是世界语境下中国故事的早期探索，也是当前讲好中国故事的重要参照。讲好中国故事，内在包含着了解、借鉴他者眼中的中国形象。孔子形象是中华文化的核心元素之一，也是新时代深化中国文化海外传播的重要议题。厘清孔子形象海外书写的历史，对把握中国文化在全球舞台的历史方位具有重要意义。

作者信息：

张艺莹，文学博士，四川大学外国语学院助理研究员，研究方向为中国与西班牙语国家文化交流史。通讯地址：四川省成都市双流区四川大学江安校区文科楼4区527办公室；邮编：610021。

① 弗朗索瓦·于连，《迂回与进入》，杜小真译，香港：生活·读书·新知三联书店，1998，第14页。

东亚文化的生态重塑

——石牟礼道子环境文学中的中国文化意象

徐嘉熠

内容摘要 日本著名环境文学作家石牟礼道子的作品中含有许多中国文化要素，对于挖掘中国文化中的生态资源具有重要意义。而这一问题并未引起先行研究的重视。本文通过文本细读与比较文学研究方法，以石牟礼环境文学中的中国文化意象为聚焦点，重点考察了"吕太后"与"戚夫人""羹""西王母"的文学形象。通过分析石牟礼作品中采用的双重类比，重叠历史与神话，融合人与非人、此世与来世等多种文学艺术手法，本文探讨了其作品蕴含的生命本位立场、东亚文化认同以及天人合一的世界观。石牟礼文学对于中国文化意象的接受与重塑，不仅为解决以环境问题为表征的现代性危机找到了一个出口，也为我们挖掘中国文化中的生态资源，建设中国的生态文明提供了有益启发。

┃关键词 日本环境文学　中国文化意象　石牟礼道子《苦海净土》　《山海经》

The Ecological Reshaping of East Asian Culture: Study on Chinese Cultural Images in Ishimure Michiko's Environmental Literature

Xu Jiayi

Abstract: There are many Chinese cultural elements in the works of Ishimure Michiko, the famous writer of environmental literature in Japan. It is of great significance for ecological resource exploration in Chinese culture which however has not received enough attention. Through close reading and the research methods of comparative literature, this paper takes Chinese cultural images in Ishimure Michiko's literature as the key point, focusing on the typical literary image of "Empress Lü", "Lady Qi", "Kui" (夔), and "Queen Mother of the West". This paper analyzes the variety of literary and artistic techniques, such as double analogies, history and myth overlapping, human and non-human/this life and the next life integration, etc. This paper also interprets and explores the life-oriented stance, East Asian cultural identity, and the unity of nature and human contained in her works. The acceptance and reshaping of Chinese cultural image in Ishimure's literature not only offer an effective way for solving the crisis of modernity manifested by environmental problems, but also provide inspiration for digging the ecological resources in Chinese culture and constructing China's ecological civilization.

Key words: Japanese environmental literature; Chinese cultural image; Ishimure Michiko; *Paradise in the Sea of Sorrow*; *The Classic of Mountains and Seas*

引 言

20 世纪中后期，全球范围的工业化不断破坏地球生态系统，最终危害到人类自身的生命与精神健康。大气化学家保罗·克鲁岑（Paul Crutzen）提出"人新世"（Anthropocene）这一概念，指出在 20 世纪中叶之后，人类掌控生地化循环，全球环境开始急速变化。① 在如此时代背景之下，人们尝试从古代文化中汲取人与自然相处的智慧，挖掘中国古代生态思想。② 但相关领域仍存在诸多值得研究的问题，比如王顺天梳理了"生态批评"的本土化实践，指出目前"生态批评更多地停留在文艺理论界，无法在繁荣的当代文学批评现场中获得更多的实践机会，生态批评也因此成为一种并不及物的批评现状"。③ 原丽红、朝克也指出，中国传统文化中有大量的生态思想资源，它们的超越性与普适性为其现代转化奠定基础，然而，其实现路径仍有待追问。④ 由此可见，在文学批评实践中挖掘、考察中国古代文化中生态思想的应用，是生态批评理论在中国本土化研究中深化发展的内在需要。

日本环境文学的代表性作家石牟礼道子（Ishimure Michiko，以下简称"石牟礼"，1927—2018）始终关注水俣病（Minamata Disease）公害问题，她在 20 世纪 60 年代至 21 世纪初创作出一批形式体裁多

---

① 约翰·麦克尼尔，《"人新世"和大加速（1780—2021）》，徐露、李星皓译，《国际社会科学杂志（中文版）》，2022 年第 2 期，第 62 页。

② 相关著作如：浅野裕一，《古代中国的文明观》，高莹莹译，北京：新星出版社，2019。

③ 王顺天，《"生态批评"的理论输入与本土化实践"》，《文艺争鸣》，2022 年第 11 期，第 134 页。

④ 原丽红、朝克，《中国传统文化中生态思想资源现代转化的可能性思考》，《理论学刊》，2009 年第 9 期，第 68 页。

样化的环境文学作品，被誉为"日本的蕾切尔·卡逊"（Rachel Carson）。然而少有人关注到，石牟礼曾多次在其文学作品中加入中国文化元素。例如，石牟礼在其新式能剧台本《不知火》中，以中国神话《山海经》为基础，创造出了一个能够呼唤众生齐舞，使被毒化的海洋恢复生命力的"乐祖夔"的意象，① 将中国传统文化思想应用于现代生态文艺创作。石牟礼还曾拜日本汉字学家白川静（Shirakawa Shizuka）为师，在与白川静的对谈中提到如今日语简化、限制使用汉字"让人的精神萎缩，感受性也变得非常单一"。② 在创作《不知火》之前，石牟礼曾专程前往京都请教白川静，石牟礼谈到自己阅读白川静的专著《中国古代文化》时的心得："（夔）这样异常猛烈的乐祖如果现在出现指挥东洋古乐的话，我们也会觉得'不图为乐之至于斯也'（孔子的话）吧。"③ 这次交谈后，翌年初，石牟礼便完成了《不知火》的台本创作。白川静《中国古代文化》研究的"夔""西王母"形象，亦出现在石牟礼文学中。可见，石牟礼不仅认识并运用了中国古代文化，还积极吸收学术研究的成果。那么，石牟礼是如何在环境文学的创作中化用中国古代文化资源？又有着怎样的意义？

对于这个问题的研究，目前尚未引起日本学界的充分重视。究其原因，一方面日本环境文学研究主要在日本英美文学研究领域展开，

----

① 徐嘉熠，《新式能剧〈不知火〉中的〈山海经〉接受研究——以"夔"意象为中心》，《阅读石牟礼道子——反思世界与文学》（《「不知火」における『山海経』について——「夔」のイメージを中心に》，《石牟礼道子を読む2——世界と文学を問う》，東京：東京大学藝文書院，2022），第97—113页。

② 白川静，《回思九十年》（東京：平凡社，2011），第378页。本文的日语引文均由笔者自译。

③ 白川静、石牟礼道子，《什么是日语——围绕"语言"与"文字"展开》，《环：历史·环境·文明 特集 日语论》（《日本語とは——「ことば」と「文字」をめぐって》，《環：歴史·環境·文明 特集 日本語論》，2001年第4期），第75—76页。

20 世纪 90 年代，日本环境文学研究发展的第一阶段，主要是翻译美国的自然写作（nature writing）作品和介绍美国生态批评文学运动。① 这一时期是生态批评引入日本的最初阶段，为使生态批评理论在日本成功本土化，日本环境文学学会的创始人之一野田研一（Noda Kenichi）将石牟礼作品定位为日本自然写作的典范。② 随着生态批评理论在日本不断发展，生态批评的对象已然从自然写作扩大到所有文学。无论在日本还是在国际上，石牟礼文学一直受到生态批评学者的关注，而有关其环境文学的评价却难以跳脱出自然写作的研究范式。另一方面，现今日本学者更倾向于将石牟礼文学定位为世界文学。2011 年，日本著名作家池泽夏树（Ikezawa Natsuki）在其编辑的《世界文学全集》丛书中收录了《苦海净土》三部曲，这也是唯一入选的日本长篇小说。池泽认为，世界文学是"拥有能够直接理解世界而非某个国家的资质的作品"，③ 石牟礼文学之所以成为世界文学，原因在于"她的（文学）水井延伸到了很深的地方"。④ 这一评价使石牟礼文学的研究不再局限于环境文学领域，继而出现了探讨石牟礼文学的世界性、可译或不可译性等世界

---

① Yuki Masami, "Ecocriticism in Japan", *The Oxford Handbook of Ecocriticism*, Greg Garrard ed., London：Oxford University Press, 2014, pp. 519–526.

② 野田研一编，《海石（节选）》，《FOLIOα 5 特集·"自然"的类型 2/日本自然写作》（《海石（抄）》，《フォリオα 5 特集·〈自然〉というジャンル 2/ジャパニーズ·ネイチャーライティング》）。東京：ふみくら書房，1999），第 81 页。

③ 池澤夏樹，《世界文学很有趣》，《池泽夏树的世界文学 wonderland 探究这个世界》（《池澤夏樹の世界文学ワンターランド》，《探究この世界》，2009 年 10—11 月），第 14-15 页。（此文献为杂志风格的书籍，日本称之为 mook，有 ISBN 编号。）

④ 池澤夏樹，《作为世界文学作家的石牟礼道子》，《漂泊的灵魂》（《されく魂》，東京：河出書房新社，2021），第 61 页。

文学相关的研究。①

综上所述，目前日本学术界有关石牟礼文学的研究，主要集中在以下两大方向：一是从西方生态批评的视角出发，挖掘石牟礼文学中的生态思想，将其与欧美生态文学进行比较研究，突出日本环境文学的特点，进而对西方生态批评理论进行日本在地性的补充；② 二是关注石牟礼文学所具有的普遍性，认为石牟礼文学对于弱者与社会边缘人群的观照，超越了国家的界限，因此将其定位为世界文学。但是，无论突出石牟礼文学的"日本性"还是"世界性"，学界都忽视了石牟礼文学接受中国古代文化的部分。

本文拟以石牟礼文学中重塑的中国古典人物形象为中心，选取三个典型文学形象"吕太后""夒""西王母"进行考察，探讨石牟礼文学中的中国古典人物形象的特点与意义，以期为进一步认识石牟礼文学的研究价值，挖掘中国古典文化中生态思想的实践性和越境性提供借鉴。

一、《苦海净土》中的"吕太后"与"戚夫人"形象：身体与政治的双重类比

《苦海净土——我们的水俣病》（以下简称"《苦海净土》"）是石牟礼正式登上文坛的第一部长篇作品，描写了水俣湾被工业废水污

---

① 包括池澤夏樹，《作为世界文学的苦海净土》，《环：历史·环境·文明》（《世界文学としての苦海净土》，《環：歷史·環境·文明》，2015 年第 61 期），第 118-122 页；榎本眞理子，《作为世界文学的〈苦海净土〉：石牟礼与伍尔夫》，《惠泉女学园大学纪要》（《世界文学としての『苦海净土』：石牟礼とウルフ》，《惠泉女学園大学纪要》，2014 年第 26 期），第 241-261 页；多和田葉子、伊藤比呂美、リヴィアモネ，《鼎谈 作为世界文学的石牟礼道子》，《文学界》（《鼎談 世界文学としての石牟礼道子》，《文學界》，2020 年第 74 期），第 178-188 页等。

② 参照井上洋子，《森崎和江与石牟礼道子的研究现状》，《日本近代文学》（《森崎和江·石牟礼道子研究の現在》，《日本近代文学》，2009 年第 81 期），第 321-327 页；茶園梨加，《石牟礼道子研究动态》，《昭和文学研究》（《石牟礼道子研究動向》，《昭和文学研究会》，2013 年第 67 期），第 71-74 页。

染，当地渔民和居民因大量食用有毒海洋生物而患上水俣病的公害事件。作品的单行本最早出版于 1969 年，正是日本政府承认水俣病为公害事件的第二年，因此，这部作品被广泛认为是揭露水俣病事件的报告文学。但是，它的文学性丝毫不逊色于其他纯文学作品。《苦海净土》中包含三种文体，一是第一人称"我"的观察者叙述，二是以口述实录（聞き書き）方式写作的患者话语，三是引用研究报告书、报纸新闻、医学会杂志等水俣病相关资料，兼顾多方叙述视角。

1. "吕太后"与"戚夫人"形象的生成过程

在塑造水俣病患者的形象时，石牟礼描绘了"我"在国道三号线上偶遇了送葬行列，逝者是渔夫兼搬运工荒木辰夫，在 1955 年水俣病的发病原因还未能确定时，他就因出现发狂的症状，住进了熊本市医院的精神科，最终死于水俣病。住院十年间，荒木没能回一次家，妻女已经认不出他的样貌。这使"我"想起了中国的历史典故：

> 突然，我想起了戚夫人的身影，想到了古代中国吕太后对戚夫人的所作所为。她被斩去手足，挖出眼球，削掉耳朵，强迫喝下变哑的毒药，取名为人彘关在粪坑里，最终被彻底杀死。
>
> 水俣病患者大部分死于非命，或者只在苟延残喘，他们经历了与公元前二世纪末汉朝的戚夫人近乎同样的遭遇。吕太后惨无人道的恶行被记录在人类历史中，对于偏僻的乡村，现代产业对我们的风土以及栖息在此的生命之源所犯下的，并且还将继续犯下的罪行，要怎样来记录呢？不知这罪行是否算得上垄断资本贪婪榨取的形态之一。在我的故乡至今仍弥漫着生灵、死灵，它们的语言和意识没有所谓的"阶级"概念，因此我必须调和我的泛灵论与先灵观，成为近代的咒术师。①

----

① 石牟礼道子，《苦海净土——我的水俣病》（《苦海净土—わが水俣病》，東京：講談社，1969），第 61 页。

　　作者将水俣病患者类比成"戚夫人"，二者的相似性主要在于身体上受到残害。作者还引用了细川一博士向熊本县卫生部预防科提交的报告书，其中详细记录了水俣病患者的临床症状，如"四肢运动障碍、语言障碍、视力障碍"，① 与戚夫人被"斩去手足，挖出眼球，削掉耳朵，强迫喝下变哑的毒药"形成对应。并且，水俣病患者的加害方"吕太后"，作者认为应是日本现代产业。那么，此处的两组类比是如何生成的呢？

　　在《苦海净土》单行本出版之前，其中一部分章节曾在杂志上刊载，最初是在杂志《文化集体村》（サークル村）上发表了石牟礼的《奇病——水俣湾渔民的纪实文学》②（单行本出版时将其修改成第三章"yuki 姑娘口述实录"），之后主要是在渡边京二编辑的杂志《熊本风土记》上以《在大海与天空之间》为题进行连载。《苦海净土》中"吕太后"与"戚夫人"的形象在单行本中出现于第一章第四节"死旗"，对应的是《在大海与天空之间》的第二回"一个老渔夫之死"。从下面《在大海与天空之间》的引用中，可以看出关于中国典故的叙述依然存在。

　　　　突然，我想起了戚夫人的身影，想到了古代中国的吕太后对戚夫人的所作所为。

　　　　那个被去掉手足，去掉眼球，去掉耳朵，强迫喝下变哑的毒药，取名为人彘关在粪坑里，最终被彻底杀死的身影。③

---

　　① 石牟礼道子，《苦海净土——我的水俣病》，第 28 页。
　　② 石牟礼道子，《奇病——水俣湾渔民的纪实文学》，《文化集体村（サークル村）》（"奇病——水俣湾渔民のルポルタージュ"，《サークル村》，1960 年第 1 期），第 34-48 页。
　　③ 石牟礼道子，《在大海与天空之间 第二回 一个老渔夫之死》，《熊本风土记》（"海と空のあいだに　第二回　ある老漁夫の死"，《熊本風土記》，1965 年第 2 期），第 21 页。

在杂志连载时，戚夫人遭受残害部分的日文原文为"手足をとり、眼球をとり、耳をとり"，而上文引用的单行本中这一部分日文原文为"手足を斬りおとし、眼球をくりぬき、耳をそぎとり"。两段引用对比可知，在单行本发行时，石牟礼将每个部位的残害方式描写得更加具体，读者阅读时的想象更具有画面感。而遭受如此残害的"戚夫人"形象紧接着与水俣病患者进行类比，水俣病患者所受的身体上的残害更具象化，相比于前文报告书中科学客观的描述，读者更加能够切身感受到患者的病痛与所受到的屈辱。由此可见，石牟礼在作品中借用中国历史典故并非一时兴起，而是推敲琢磨之后的表达。

2.《苦海净土》中"吕太后"与"戚夫人"的生态内涵

从作品的整体来看，"吕太后"与"戚夫人"形象的类比出现在第一章的结尾部分，第一章中塑造了"山中九平少年"、山中九平的姐姐"皐月"、"仙助老人"等多个水俣病患者的形象。在作品中，这些患者在患病之前，都过着或者本该过着与自然和谐共生的生活，例如叙述者对山中九平宛如母亲般的了解："我试着走近他〔指山中九平〕一些，他的脖颈散发着这个年龄的少年才有的香味，从肩膀的轮廓可以看出他正进入青年期，如果没有得水俣病的话，一定可以茁壮成长为渔村的少年。"① 仙助老人原先每天生活极有规律，就像村子里的"钟表"，"人们想起了仙助老人每天为买三合烧酒而前往铁道路上小店的时刻。他几乎是每天下午四点半准时出现，堤坝沿着铁路，铁路的尽头是散落着夕阳余晖的大海，大海前是茅草叶丛，他的身影与这样的风景融为一体"。② 这样一些水俣少年、渔民，由于日本现代化工企业经济利益至上，排出有毒工业废水而患上了水俣病，他们的身体残疾、精神发狂，与戚夫人境遇相似。在《苦海净土》中，"戚夫人"形象不再是具体历

① 石牟礼道子，《苦海净土——我的水俣病》，第10页。
② 石牟礼道子，《苦海净土——我的水俣病》，第51页。

史中的人物，而是变成了代指每个身体上受到水俣病残害的患者的符号。作者将日本现代产业类比为"吕太后"，赋予其人格化的特征，突出了加害者与被害者二者之间的关系，暗示在环境问题表象之下的本质是人与人之间的问题。

那么，《苦海净土》中"吕太后"与"戚夫人"的形象是否完全照搬了中国典故呢？在中国典籍中，西汉司马迁的《史记·吕太后本纪》和东汉班固的《汉书·外戚传》都记录了吕太后与戚夫人的故事。在《苦海净土》中有关戚夫人遭受吕太后残害的经历，对比《史记》，内容和叙述顺序较为一致。

> 太后遂断戚夫人手足，去眼，辉耳，饮瘖药，使居厕中，命曰"人彘"。①

由此来看，石牟礼很有可能直接参考了《史记·吕太后本纪》。《史记》作为中国史书的代表，是日本知识人喜爱的教养书目之一。对于毕业于水俣实务学校（现水俣高中），后又从事文学创作的石牟礼来说，熟悉《史记》中的典故不足为奇。《史记·吕太后本纪》虽然记录了吕太后人格残忍的一面，但对于她的政治能力也做了高度的评价：

> 太史公曰：孝惠皇帝、高后之时，黎民得离战国之苦，君臣俱欲休息乎无为，故惠帝垂拱，高后女主称制，政不出房户，天下晏然。刑罚罕用，罪人是希。民务稼穑，衣食滋殖。②

从国家权力的执行者、政治家的角度来看，吕太后治理下的国家安定太平，民众丰衣足食。司马迁对吕太后的历史评价主要是正面的。

---

① 司马迁，《史记》第二册，韩兆琦译注，北京：中华书局，2010，第924页。
② 司马迁，《史记》第二册，韩兆琦译注，第977页。

《汉书》的相关记述也可以佐证这一结论：

> 孝惠、高后之时，海内得离战国之苦，君臣俱欲无为，故惠帝拱己，高后女主制政，不出房闼，而天下晏然，刑罚罕用，民务稼穑，衣食滋殖。①

事实上，《汉书》中有关吕太后对戚夫人施暴的事只记载在《外戚传》中，吕太后的个人传记《高后纪》中并没有记载。相反，《高后纪》对其政绩同样有较为积极的评价。而有别于中国史书，《苦海净土》强调的是吕太后作为施暴者的人格而非她作为执政者的功绩，强调了"那个古代中国的吕太后对戚夫人的所作所为"②。石牟礼在接受中国历史典故中吕太后与戚夫人的故事时，拒绝了国家主义的宏观视角，而是从个体的生命本位的立场出发看待历史，并且用同样的眼光审视自己正在经历的日本历史。正因如此，石牟礼的笔下才出现了生活在日本边远地区以及处于社会边缘位置的渔民。他们在石牟礼的文学中不是政治经济发展理所应当的牺牲品，而是有着自己的生活文化的个体，是农村共同体中不可缺少的一部分。

在身体被害的层面，吕太后与戚夫人的关系，和现代工业与水俣病患者的关系有着相似之处。除此之外，中国历史中，吕太后与戚夫人之间不仅有个人恩怨，还关系到当时汉高祖刘邦的立储之争，戚夫人的悲剧更深层次的原因是国家层面的政治围剿。反观《苦海净土》的文本，石牟礼写道："水俣病不仅对他［指水俣病患者仙助老人］来说是不该发生的事情，而且对任何人都不应该发生。他说的那句'真丢脸'的话，表明因水俣病事件而逐渐走向死亡的无名之人在背负道义，这道义本应由肇事者一方承担，但它却隐蔽、无视、想让人们忘掉，自己也正

---

① 班固，《汉书》第一册，颜师古注，北京：中华书局，2005，第75页。
② 石牟礼道子，《苦海净土——我的水俣病》，第61页。

在忘掉这件事，而且头也不回地抛弃了道义。"① 此处提到的隐蔽和无视水俣病事件的"一方"，不仅包括排污的工厂，还有日本的国家权力。当时，新日本氮肥公司是日本化工业的支柱，垄断了日本国内的辛醇市场，为战后日本重建经济发挥了重要作用，是日本的"国策企业"。② 水俣病事件被隐蔽长达十余年之久，其背后便有日本国家层面的默许与支持。石牟礼认识到了这一点，在后续章节描写国会调查团来水俣的场景时写道："在承担民意这一方面，会场的一边是地方行政，一边是国会，这是同为权力者的会面，我在这个会场中无法不重叠着看到这样的预想图，即国家权力对付无权力的平民。"③

综上所述，《苦海净土》从生命本位的立场出发，以戚夫人所遭受的酷刑与水俣病患者症状的相似性为切入点，化用"吕太后"与"戚夫人"典故进行类比，不仅具象地表现出环境污染给人的身体与精神造成的伤害，控诉现代产业追求经济利益至上的残忍行径，还暗指国家权力与垄断资本的媾和。有关水俣病患者的人物形象，杨晓辉指出："当家园被粗暴地改变，甚至面临毁灭的时候，人与自然原有的和谐也被破坏，人的生存悲剧也随之拉开序幕。"④ 此处对中国古典人物形象的引用，既是通过强调受害者的生存悲剧来折射出人与自然和谐相处的重要性，也是对于"吕太后"与"戚夫人"人物形象具有想象力的重新诠释，使其具有了表达工业化与人之关系的内涵。"吕太后"儿子汉惠帝的早逝，或许预示了以牺牲平民、破坏环境为代价的发展终将走向毁灭的未来。

---

① 石牟礼道子，《苦海净土——我的水俣病》，第 62 页。
② 入口纪男，《甲基汞流入水俣湾》（《メチル水銀を水俣湾に流す》，東京：日本评论社，2008）。
③ 石牟礼道子，《苦海净土——我的水俣病》，第 86 页。
④ 杨晓辉，《日本文学的生态关照》，上海：上海外语教育出版社，2017，第 79 页。

二、《不知火》中的"夔"形象：拯救生命的乐祖

《不知火》是石牟礼晚年创作的新式能剧剧本，2002 年在东京国立能乐堂首演，之后又在熊本、水俣等地上演。石牟礼在晚年创作出多种形式的艺术作品，诸如能剧、戏剧剧本，舞台设定大多是在引发水俣病的不知火海沿岸。《不知火》的主题是净化被毒素侵害的大地和海洋。剧中负责舞蹈与唱念的主角（シテ）"不知火"是海灵宫的斋女、龙神的公主，跟随主角登场（ツレ）的是"龙神"，配角（ワキ）"焚尸老人"实际上是末世显现的菩萨，跟随配角（ワキツレ）的是"龙神"的王子、不知火的弟弟"常若"，狂言演员（アイ）是古代中国的乐祖"夔"。不知火与常若分别在海底与陆地，负责将此世的水脉变得丰富。但是由于大地和海洋都被毒素污染，常若被毒害而死，不知火也奄奄一息。见此情景，焚尸老人焚烧返魂香，召唤不知火和常若姐弟来到岸边，告知他们在来世将结为夫妻。能剧的最后，菩萨召唤来了夔为二人祝婚，在夔演奏的乐曲中，因中毒而死的百兽回到了岸边，随着众生共舞，能剧结束。从故事的情节来看，取材于中国神话的夔推动了整部戏剧走向高潮，正是夔的出现才使被毒害的万物获得重生。

笔者曾通过对比《不知火》中的夔形象与中国典籍中出现的四种夔形象，发现石牟礼选取四种夔形象的一部分融合，并进行了脱政治化与多义性的改造，创造出人类与非人类特征共存的夔形象。本文分析《不知火》中引入夔形象的意义在于：一是发掘出神话中所包含的改变现实生活的力量，神话不仅是虚构，神话诞生时就立足于当时人们的生活；二是将音乐、声音与现代文明所代表的文字相对化，赋予其治愈、拯救生命与灵魂的生态阐释性。① 需要进一步阐明的是，《不知火》是

---

① 徐嘉熠，《新式能剧〈不知火〉中的〈山海经〉接受研究——以"夔"意象为中心》，第 97–113 页。

怎样运用文字使改造后的夔形象得以成立，石牟礼为何要选用中国古代的神话形象进行重塑。

在夔出现之前，《不知火》的文本就多次铺垫了声音的重要性。首先，不知火在与焚尸老人交流时，不仅在听说话的内容，还注意到了对方的声音：

> 不知火：我从海底来到这并非梦境的现实岸边。
>
> 老人：在夜里的光影下，被潮水沾湿了头发，提着衣服下摆，夜光下的水珠帘，身影看起来格外微弱啊。
>
> 不知火：老人的声音让人怀念。
>
> ……
>
> 不知火：让人怀念的岛屿的香气，久别后又飘到海底，好像拉回了我正要消失的生命，于是我到这里来了。
>
> 老人：那个声音格外微弱，今夜尤其让人悲伤。①

不知火从老人的声音里听到了久别重逢，老人从不知火的声音里感觉到了她被毒素消耗的微弱生命。可以说，声音里蕴藏着人的生命状态。

其次，声音不仅象征着人的生命，动物、植物也都有各自的声音：

> 不知火：要说留恋什么，那就是不知何时诞生的海底春秋吧。樱鲷鱼群是春天的使者，它们的彩虹色不再明亮，石砂的污泥中横死的生物们堆积在一起，海藻的花园彻底成了瘴气的沼泽。母君的海灵宫周围一片死寂，没有了春秋的迹象，就让上天大人看到我燃烧自身后的火之色吧。②

---

① 石牟礼道子，《石牟礼道子全集·不知火》（第 16 卷），東京：藤原書店，2013，第 24 页。

② 石牟礼道子，《石牟礼道子全集·不知火》（第 16 卷），第 27 页。

鱼群、水藻因被污染毒害而失声，海底世界变得寂静，这里的声音是万物生命的象征。于是，后文焚尸老人召唤乐祖夔，给海滩重新带来声音：

> 地谣：那就为了二人［指常若与不知火］祝婚，那就为了二人祝婚，呼唤来自唐土的乐祖夔吧。它是木石之怪，可以变身成青色面庞的窈窕仙女，魍魉是它的祖先。这里是太阳之本，过去这里散发着香料树木果实的香气，把掌管歌舞音曲的夔呼唤到这恋路岸边吧。

> （夔出现。）

> 夔：东洋的彼岸有呼唤的声音，刚从长久的睡梦中苏醒，在梦中呼唤我木石之怪啊、魍魉啊，耳边还回响着非常美妙的声音。我是被称为乐祖的一只脚的仙兽。我与那落在昏暗海面上的神雨一起来了。

> 菩萨：音曲的始祖夔师啊，来吧，双手拿着这岸边来历深远的石头，敲击敲击，用声音给这片无声的岸边带来庄严吧。击石、击石歌唱吧！

> 〈夔之舞〉（乐之舞）

> 〈打拍子〉

> 地谣：惨死在这海滩的、美丽又可爱的猫们，在百兽回来跳舞之前，先出来吧！

> 夔：伴着我敲击石头的美妙声音。

> 地谣：变成神猫舞到发狂吧，变成蝴蝶翩翩起舞吧。

> 全员：来吧，今夜柑橘飘香。变成蝴蝶华丽地舞起来吧，舞起来吧！①

----

① 石牟礼道子，《石牟礼道子全集·不知火》（第16卷），第30-31页。

　　声音是生命的象征，夔是掌管音曲的始祖，因此菩萨要千里迢迢从唐土召唤夔，让死去的万物复生，世界重新回归有声。值得注意的是，上述引文中，地谣的歌词中有："惨死在这海滩的、美丽又可爱的猫们，在百兽回来跳舞之前，先出来吧！"现实中，在水俣病发生之初，渔村里各家抓老鼠的猫与人同时出现了水俣病的症状——疯狂跳舞。《苦海净土》中引用了熊本医学会的杂志（第三十一卷辅册第一，昭和三十二年一月），记录了得水俣病的猫的症状。

> 对猫的观察
>
> 　　居民之间注意到在本症状发生的同时，水俣地域的猫也出现了相似的症状。今年数量激增，现在该地已经几乎看不到猫的踪影。按居民的话说，猫时而跳舞，时而转着圈跑，最后跳入海中，呈现出甚为有趣的症状。我们开始调查该地的时候，别说是健康的猫，连有症状的猫几乎都绝迹了，承蒙保健所的帮助，提供了一只一岁左右的猫用来观察。①

　　象征病症的舞蹈与转生后象征生命的舞蹈重叠在一起，猫的形象中既有现实悲剧的色彩，又兼具神圣的希望。乐祖夔的形象同样如此，其用来奏乐的乐器是岸边有着腐臭气味的岩石："这个散发出浓郁气味的岩石，拿在手里有种抱着创世之初的圆形贝类的心情。击石、击石歌唱吧。"② 石牟礼的剧本中将声音等同于生命，在这样的铺垫下，乐祖夔具有了拯救生命、直面众生悲剧、感知万物灵性的神话之力。

　　那么，石牟礼为何要选用中国神话中的夔形象呢？如前所述，石牟礼在创作《不知火》之前，曾专程前往京都请教汉字学者白川静，在对谈中，石牟礼说：

---

① 石牟礼道子，《苦海净土——我的水俣病》，第133-134页。
② 石牟礼道子，《石牟礼道子全集·不知火》（第16卷），第31页。

　　和这些可爱的现代小精灵们相比，老师的《中国古代文化》中出现的"夔"鲜明而强烈，据说是被称为乐祖。样子是"状如牛，苍身而无角。一足……"，夔是木石之怪、蝄等。夔曰："于，予击石拊石，百兽率舞。"而且西王母"乘赤豹从神灵之雨中出现"，"那个窈窕含笑的女神，曾经白发散乱，有着像老虎一样悠远的叫声"，老师您说她后来被认为是美丽的仙女了。①

　　石牟礼提及的夔和西王母的意象，分别出现在她的能剧剧本《不知火》和戏剧剧本《草之崖》中。石牟礼在对谈中引用的片段，出自白川静著作《中国古代文化》的第六章"歌舞与艺能"。白川静通过古文字等史料考证了歌舞与艺能的起源："艺能大多数发源于古代的巫术、巫俗。这一点在朝鲜和我国古代尤其显著，在古代的东亚一般是共通的。中国的歌谣、舞乐的起源大致也可以追溯到巫祝社会。"②"歌谣起源于咒歌，舞乐也是从巫俗发展而来。舞本身是巫女的祈雨舞蹈，乐是巫师进行医疗的一种方法。"③可见，《不知火》之所以要引入中国神话中的夔形象，一方面是认为该形象鲜明而强烈，另一方面则是因为在古代东亚文化中，歌舞有治愈生命、祈祷的作用，故夔能来到不知火海滩，肩负起拯救众生的责任。不仅如此，集语言、歌曲、舞蹈于一体的能剧《不知火》特意在水俣、熊本上演，其用意就是一种拯救。有学者研究夔形象时，将历史与神话形象分割，认为夔能"百兽率舞"的记载不过是在夸耀大禹圣治之下的瑞应与异象。④虽然在文献考证上十分严谨，但从文学创作的角度出发，夔形象中历史与神话特征的重叠，

---

　　① 白川静、石牟礼道子，《什么是日语——围绕"语言"与"文字"展开》，第 75–76 页。

　　② 白川静，《中国古代文化》（《中国古代の文化》，東京：講談社，1979），第 184 页。

　　③ 白川静，《中国古代文化》，第 192 页。

　　④ 王东辉，《乐正夔与兽夔：命名中的神话与历史》，《宁夏大学学报（人文社会科学版）》，2023 年第 2 期，第 34 页。

不失为一种激发想象力的有效装置。

总之，石牟礼以声音为切入点，在文学的内与外都找到了夔形象能够拯救生命的力量。一方面，石牟礼尝试能剧这种包含音乐（大鼓、笛子）与歌舞（歌谣、舞蹈）等多种艺术形式的表达方式。另一方面，石牟礼通过吸收白川静的中国文化研究中有关歌舞的中国神话形象，重塑出新的具有生态思想的神话艺术形象，使因水俣病而丧命的灵魂得以安息。

叶舒宪在探讨现代人该如何找回失去的灵魂时，谈到："只能按照'寻找原始人'和'作为哲学家的原始人'之逻辑，到如今仅存的滞留在工业革命之前或前现代状态的原住民社会中去寻觅。于是乎，形形色色的非西方的神话民俗和前现代的族群部落，成为当今智者们聚焦的新标的。"① 这番道理也能解释为何石牟礼会将目光转向中国神话，在东亚文化传统中找到文化认同。正如白川静在《中国古代文化》的后记中写道："思考我国的古代时，一定要在东亚古代的文化圈中思考自己。我的古代中国研究也是从这样的意图出发的。"② 同样，在《不知火》台本最后的语句说明处，特别标注了召唤出死去常若的返魂香，是来自中国汉孝武帝为见死去的李夫人而焚香的传说。③ 在剧本中，不知火生活的海灵宫是万物生命之母，它"穿过紫尾湖的水脉，在肥后萨摩④边境的海底有潺潺涌出的泉水。旁边有个非常古老的门在摇晃着"⑤，标注说明此处的紫尾湖是根据鹿儿岛县的紫尾山而想象出来的湖，而紫尾

---

① 叶舒宪，《返本开新：文化自觉的思想前提》，《当代比较文学》第四辑，2019，第5-16页。

② 白川静，《中国古代文化》，第307页。

③ 石牟礼道子，《石牟礼道子全集·不知火》（第16卷），第32页。

④ 肥后和萨摩是日本的旧地名，肥后位于现今熊本县全境，萨摩位于鹿儿岛县北部。

⑤ 石牟礼道子，《石牟礼道子全集·不知火》（第16卷），第23页。

山"传说是很久之前中国的徐福探寻长生不老药时到达的灵峰"①。水脉连接着中国与日本，正如古代东亚共通的文化一样。石牟礼在白川静研究的启发之下，发现了中国神话中蕴含着的古代人的生活逻辑、世界观，以及由此形成的东亚古代文化圈，进而有意识地将自己的文学创作定位在东亚古代文化圈之中。水俣病所代表的现代性危机该如何解决，从《苦海净土》到《不知火》，一直是石牟礼的文学母题。

三、《草之崖》中的"西王母"形象：源于融合的临界性

从上文分析可知，石牟礼对汉字的认识与白川静的问题意识是一致的，她从白川静的著作中吸收了中国神话意象和古代中国思想，在东亚古代文化圈中完成了自我文化的认同与定位。然而，石牟礼对于白川静的研究并非不假思索地全盘吸收，例如《草之崖》中的西王母意象就没有完全采纳白川静的观点。

《草之崖》是石牟礼创作的戏剧剧本，2012 年最初刊载于日本季刊文艺杂志《文艺》，②后收录于《石牟礼道子全集·不知火》第 16 卷。戏剧以日本江户时代的历史事件"岛原之乱"为背景，起义军首领天草四郎战死在岛原原城，与战争后幕府派往天草做代官的铃木重成的灵魂相见，交谈起义和战后的悲惨状况。铃木重成虽为幕府的代官，但看到天草百姓民不聊生的状况后，向幕府建议减免百姓的年贡，被拒绝后在江户的宅邸自杀。岛原之乱是日本江户幕府初期真实发生的历史事件，由于幕府的封建压迫和宗教迫害，岛原半岛和天草岛的农民与天主教徒联合起义，当时 16 岁的天草时贞（四郎）被推举为起义首领，于1637 年发动起义，次年被幕府军镇压。石牟礼之所以关注岛原之乱，

---

① 石牟礼道子，《石牟礼道子全集·不知火》（第 16 卷），第 31 页。
② 石牟礼道子，《草之崖》，（"草の砦"，《文芸》，2012 年第 4 期），第 72-84 页。

是因为该事件与水俣病事件有相似的结构，即国家迫害平民，平民在绝望之下殊死反抗，而天草亦是水俣病的多发地区。《草之崖》的故事背景虽然设定在江户时期，但反映的依然是村落共同体与国家权力之间的冲突，以及平民百姓如何获得拯救的问题。

在《草之崖》的最后，与铃木代官亲近的渔夫女儿阿雏登场，她仍在现实世界，头戴山茶花做的花环，说着要和铃木代官与天草四郎一起去花之极乐世界（花の億土）后，戏剧结束。西王母意象便出现在山茶花的花名中。

> 阿雏：铃木大人，铃木大人，今天有什么工作呢？
>
> 铃木：哦，是阿雏啊，你今天有什么工作啊？
>
> 阿雏：我今天要拾花呢，昨晚的风吹落了好多花。
>
> 铃木：这样啊，这样啊。花是用来过家家的吗？
>
> 阿雏：哇哈哈哈，铃木大人，你真是什么都不知道啊。落花可以做花饭，也可以编花环戴在头上。
>
> 铃木：我知道山茶花呢。花名是很久以前中国女神的名字，叫西王母吧。听说它三千年只开一次花，也许它是为了遇见你才开花的。
>
> 阿雏：昨天夜里花落了许多。姐姐给我做了一个花环。
>
> 铃木：哦，是昨天夜里的风留下的。
>
> 阿雏：山茶花的花环戴在头上，就会变成天仙。①

铃木代官说起山茶花花名时，特别说明西王母是中国女神的名字。但是此处的西王母并不是白川静著作中的歌舞神形象，它的特征是"三千年只开一次花"和"山茶花的花环戴在头上，就会变成天仙"，说明它既存在于此世，又有着超越此世的神话意味，是极乐世界与人间的连接点。另外，从舞台设置来看，西王母山茶花树同样意味着此世与彼世

---

① 石牟礼道子，《草之崖》，《石牟礼道子全集·不知火》（第16卷），第145-146页。

的界限，它设置在"原城废墟的、像悬崖一样的石墙的右边角落"，①天草四郎的灵魂就是从山茶花树的树荫登场。那么，西王母山茶花树这一意象所具有的临界性是从何而来的呢？

回溯中国古典作品，有关西王母的记载最初出现于"从殷墟发掘出的甲骨文卜辞中，为'西母'"。②《山海经》中有三处记载和西王母相关，与石牟礼叙述的"曾经白发散乱，有着像老虎一样悠远的叫声"最为接近的是《西次三经》中的"其状如人、豹尾虎齿而善啸、蓬发戴胜、是司天之厉及五残"③。此处的西王母形象是恐怖的神，而不是女神。经过形象的不断变迁，到了《汉武内传》时，才变成了女神，"天姿掩蔼、容颜绝世、真灵人也"。④ 书中还描述，西王母给了汉武帝五颗三千年结一次的仙桃。在《博物志》中，也有桃树"三千年一生实"，⑤ 由西王母掌管。《草之崖》西王母山茶花树意象的"三千年只开一次花"特征，正是来源于中国典籍中西王母掌管桃树的记载，二者的拼接融合使原先仅作为品种名的日本山茶花树有了神话属性，进而产生出连接现实与虚构、天界与人间的临界性。

那么回到作品中，"花"的意象有怎样的含义呢？《草之崖》地谣中的歌词写道："以领主为首的百姓们／向幕府一方发起叛乱／并不是为

---

① 石牟礼道子，《草之崖》，第 134 页。
② 参考徐朝龍，《三星堆·中国古代文明之谜——作为史实的《山海经》》(《三星堆·中国古代文明の謎—史実としての『山海経』》，東京：大修館書店，1998)。
③ 袁珂，《山海经校注》，北京：北京联合出版公司，2014，第 45 页。
④ 参考《守山阁丛书 汉武帝内传》瀚文民国书库 http://www. hwshu. com/front/singleBookDetail/index/2b8e606d91949028fc21debb4baa235bc194387a9e98a8640704c51164f3b48924fce7fa122089aeb3d31bc24a8350d4. do. 第 10 页，［访问日期：2024 年 2 月 4 日］。袁珂，《中国古代神话》，上海：华东师范大学出版社，2017，第 10 页。
⑤ 张华，《博物志：卷三》，北京：商务印书馆，1939，第 17 页。

了争夺霸权/非常健壮的灵魂们/只是想着他们各自的来世中/会有花吗。"① 此处的花便象征着来世生命的希望。后文中四郎要带阿雏前往极乐世界同样代表着来世："是阿雏啊。真天真可爱。我想带着你和这个花一起去。去天堂，不，是结伴去花之极乐世界。"② 从上面引文中阿雏说"落花可以做花饭，也可以编花环戴在头上"便可看出，花亦是天草百姓此世日常生活的一部分。因此，西王母的形象与山茶花树融合时，不会让读者感到违和。石牟礼塑造的天草百姓的世界中，花的意象本身便带有此世与来世的双重含义，它并不同于浪漫主义时期通过自然去寻找与超越性的神接近的方法，它既是世俗的，又是神圣的。

西王母山茶花树反映出人与自然相处的方式，这与中国神话中的西王母也有相通之处。叶舒宪指出："中国汉族神话传统贡献给后世的最有影响力的女神是西王母。要揭开西王母的神秘面纱，除了要参悟她所在的地点'瑶池'和她头戴的'玉胜'之文化底蕴以外，最关键的是领会昆仑神山的秘密。"③《山海经》中西王母的住处是昆仑玉山，昆仑山万物尽有，并且在后世演变为天人合一的圣山。与此相似，《草之崖》中的天草百姓的世界也有着天人合一的特征：

四郎：我想我的祖先是像草一样的人。

铃木：草的祖先的说法很奇妙。百姓渔民是与此世的成立一心同体的人，大地与海洋是生命之母，正因如此才会在这里吧。你们的天空之神也正是在这样的宇宙中才会出现的吧。

四郎：是的。这片蓝天难道不是为了要讲述它的故事，才如此宽广的吗？④

---

① 石牟礼道子，《草之崖》，第 144 页。
② 石牟礼道子，《草之崖》，第 146 页。
③ 叶舒宪，《返本开新：文化自觉的思想前提》，第 11 页。
④ 石牟礼道子，《草之崖》，第 144 页。

渔民在海上以捕鱼为生，连接着大地与海洋，大地与海洋孕育了万物，因此渔民百姓的生活与神灵、天地、万物都"一心同体"。这反映出水俣病问题不仅是环境污染、生态破坏的科学问题，还关系着人类的精神文化如何存续，灵魂如何安放等本质问题。同时，石牟礼文学亦提示我们，诸如昆仑山的中国神话意象对于生态文明有着重要的文化意义。

以白川静的著作为线索，石牟礼发现了西王母这一中国神话意象，并追溯至中国典籍，选取中国神话中西王母掌管仙桃的特征，与山茶花意象结合，使其具有了连接人类与非人类（植物）、此世与彼世、神话与现实的意义。这使得原本主题略显沉重的戏剧在结尾呈现出人与自然交融的神话奇幻景象。可以说，石牟礼发挥文学的想象力，完成了对白川静历史学研究的超越。

结　语

本文通过考察石牟礼文学中"吕太后""戚夫人""夔""西王母"这些典型的中国文化形象，发现其中采用了双重类比，重叠历史与神话，融合人与非人、此世与来世等多种文学艺术手法，解读出这些文学形象背后所蕴含的生命本位思想、作者的东亚文化认同以及天人合一的世界观。正因如此，石牟礼文学才能够走出水俣，走出日本，创造出东亚古代汉字文化圈所共通的艺术世界。可以说，石牟礼文学为现今以环境问题为聚焦点的现代性危机找到了一个出口，亦为我们挖掘中国文化中的生态叙事，建设中国生态文明提供了有益启发。强调石牟礼文学的世界性，有助于用开放的视野审视日本环境文学，但同时无可避免地遮蔽了石牟礼对于东亚文化继承与接受的重要特点。有关石牟礼文学中的"东亚性"，还有待进一步研究。

作者简介：

徐嘉熠，清华大学在读博士研究生，主要研究方向为日本环境文学、日本近现代文学、中日比较文学。

会议综述

多元文明互鉴格局中的跨文化戏剧研究

——"跨文化论坛 2023 暨《古希腊悲剧在中国的跨文化戏剧实践研究》新书座谈会"学术综述[*]

杨书睿

2023 年 10 月 14 日，由北京语言大学文学院、北京大学出版社主办，北京语言大学比较文学研究所、北京语言大学一流学科团队高峰计划"世界文化多样性与文明互鉴"承办的"跨文化论坛 2023 暨《古希腊悲剧在中国的跨文化戏剧实践研究》新书座谈会"在北京语言大学教二楼隆重举行。来自中央戏剧学院、上海戏剧学院、中国作家协会、中国社会科学院、中国艺术研究院、北京大学、清华大学、南京大学、中国人民大学、华东师范大学、中国传媒大学、北京外国语大学、北京第二外国语学院、上海师范大学、福建师范大学等 40 余所高等院校、科研机构、文艺团体的专业学者、舞台导演、期刊编辑参与了本次论坛和座谈会。

论坛开幕式由《古希腊悲剧在中国的跨文化戏剧实践研究》作者、

[*] 本文为国家社会科学基金重大项目"中外戏剧经典的跨文化阐释与传播研究"的阶段性研究成果（项目编号：20&ZD283），另外受北京语言大学一流学科团队支持计划资助（项目编号：2023YGF02）。

北京语言大学比较文学研究所所长陈戎女教授主持，北京语言大学党委副书记魏晖研究员、北京大学出版社外语部主任张冰研究员、北京语言大学文学院党委书记张阳老师致辞。论坛主旨发言由中国人民大学耿幼壮教授主持，北京大学张辉教授、杭州师范大学李庆本教授评议。新书座谈会分为两场，由张冰研究员、北京外国语大学顾钧教授主持、评议。本次论坛暨新书座谈会共29位专家学者发言，围绕《古希腊悲剧在中国的跨文化戏剧实践研究》一书的学术价值、研究创新、体系建构、理论建树、经验贡献等方面进行了深入讨论，为跨文化戏剧理论与实践研究新范式的形成和发展提供了诸多思考，推进了文化交流背景下的中国比较文学跨文化、跨学科前沿研究。

一、中国首部考察"希剧中演"的跨文化戏剧研究系统性成果

《古希腊悲剧在中国的跨文化戏剧实践研究》（以下简称《古希腊悲剧在中国》）① 是陈戎女教授的最新研究成果，2023年3月由北京大学出版社出版。该书是在中希文明互鉴的当代格局中、在跨文化戏剧的理论视角下，以较为客观公允的态度，对中国戏曲搬演古希腊戏剧的改编和舞台演出进行系统研究的第一部专著，"不仅涵盖详实的史料分析、导演访谈，还从改编实践和舞台实践的具体分析中提炼出'译—编—演—传'的跨文化圆形之旅的理论范式，既带有国际跨文化戏剧的理论视野，又对跨文化戏剧理论的本土化和中国化具有重要的启示和指导意义"。该书入选"2022年度国家哲学社会科学成果文库"，成为跨文化戏剧研究、中希文明互鉴和古希腊文学的中国接受等方面的创新之作，"立时代潮流，发思想先声"。

---

① 专家发言中如若涉及书名以实际发言内容为准，专家发言原话用楷体字体。

耿幼壮教授说:"《古希腊悲剧在中国的跨文化戏剧实践》是一部很出色的跨文化、跨学科的研究著作!它最大的长处就是关注现实,关注世界,把理论和实践很好地结合在一起。"张冰研究员对此深表认同,她以俄国美学家别林斯基的名言"戏剧舞台艺术的状况是社会文明和时代精神的标志"为引,指出:"这部著作从跨文化戏剧的理论视野考察'西戏中演'中较少被系统研究的古希腊悲剧在当代中国戏剧中的跨文化实践,是国内首部深入探讨这一课题的学术专著。作者深入戏剧实践,其研究涉及了舞台演出实践,还包括部分戏剧作品的网络展播,不仅打通了理论与实践之间的壁垒,也打通了剧本文案研究与剧本舞台研究之间的壁垒,为学科交叉的跨学科研究提供了成功的范例。"南方科技大学特聘教授、南开大学教授王立新说:"这部著作确确实实地将古希腊戏剧这样一个源远流长的、哺育了西方文学数千年的传统重要文类在中国的舞台实践演出,很好地呈现在了读者的面前。"中国人民大学孙柏教授认为:"这部书是一本开启之作,是一部路标式的著作,打开了一个学术研究的空间。这不仅是陈戎女教授的个人成就,也是整个跨文化戏剧理论和实践研究的一个非常重大的成果。"

(一) 跨越与创新：古希腊戏剧与中国戏曲融合的系统性研究

文明互鉴，发生新知，《古希腊悲剧在中国》自觉地承担衔接古今、跨越中外的学术任务和文化责任，"以古希腊戏剧经典研究和中国戏曲研究为基础，在学科交叉中深度挖掘两个古老文明的跨文化实践具有的重大价值"。① 关于这部著作的跨越与创新，中国作家协会廖奔研究员在大会主旨发言中高屋建瓴地做出评价："陈戎女教授是古希腊悲剧研究家，我们从她对古希腊悲剧的整体与深入把握出发，关注中国戏曲舞台上的古希腊戏剧跨文化演出现象，能够领悟到更多、更深层次的文化意义，作出更加具体翔实的价值评判，其思维成果就能够超越一般性、片段式、偶感式研究和评论的泛泛而论，更加触及实质。"廖奔研究员认为自 20 世纪前叶出现以中国戏曲移栽西方戏剧题材这一舞台现象以来，学界始终对其缺乏理性自觉，相关研究零散片段，未能形成体系性的成果，而"这种状态被陈戎女在《古希腊悲剧在中国的跨文化戏剧实践研究》一书的探究打破了"。②

上海戏剧学院孙惠柱教授从事跨文化戏剧研究多年，在国际学术讨论中提出了"形式上的跨文化戏剧"与"内容上的跨文化戏剧"的二元概念。在大会发言中，孙惠柱教授从自身研究经验出发谈及该书对他的理论启发，"我在阅读这本书后，发现不能把其简单归入形式上的跨文化戏剧研究，正如罗锦鳞教授以河北梆子、评剧导演的古希腊悲剧剧目不可能只是形式的改编，而没有内容的变化。所以，我想我有必要修正我的观点，跨文化戏剧的内容和形式是不能进行严格划分的，'形式

---

① 陈戎女，《古希腊悲剧在中国的跨文化戏剧实践研究》，北京：北京大学出版社，2023，第 43 页。
② 廖奔研究员的文章已见报，参廖奔，《中国跨文化戏剧研究的推进》，《文艺报》，2023 年 11 月 27 日。

上的跨文化戏剧'未必只是不同戏剧形式的交流，'内容上的跨文化戏剧'也不仅是剧作家写的剧本。"

发言最后，孙惠柱教授提出了对陈戎女教授团队持续深入研究这一课题的希望："《古希腊悲剧在中国的跨文化戏剧实践研究》已经做得很好，成果卓越，以后是不是可以考虑把'内容的跨文化戏剧'也纳入其中？还有其他戏剧家，比如启蒙时代的伏尔泰和莱辛，现代的易卜生、斯特林堡等。如果开展这方面的研究，我认为北京语言大学的条件是最好的，可以发动国际留学生一起参与。"

北京大学罗湉副教授从宏观的角度对该书进行了总评："《古希腊悲剧在中国的跨文化戏剧实践研究》是一个从古代到当代、从爱琴海文明到华夏文明、从西方剧场传统到东方戏曲舞台的跨度巨大的研究。如果没有对欧亚文明的全面、深厚的了解，没有对上下五千年的世界历史的熟稔和对西方戏剧史、戏剧理论的充分把握，是很难做到的。总体来看，这部书资料工作坚实，作者的问题意识鲜明、观点明确，直面当下戏剧艺术研究的热点问题，对戏剧、戏曲和东西方跨文化戏剧等核心概念进行了细致的辨析和学科史层面的梳理，既批评了跨文化戏剧研究中的殖民心态和权力倾斜，也批评了某些跨文化戏剧研究中东方文化保守主义的弊端。"

顾钧教授也认为："《古希腊悲剧在中国的跨文化戏剧实践研究》有很大的理论关怀。但是它的探讨不是从理论到理论，而是基于大量的文本，包括文学文本，剧场的演出实践，和导演、编剧的交流访谈，是建立在一个非常扎实的文本的基础之上的。这部书本身就是一个很重要的跨文化戏剧事件。"

中国社会科学院张锦编审则探幽穷赜，从该书的理论支点切入进行分析。张锦编审说："《古希腊悲剧在中国的跨文化戏剧实践研究》借助考察经典理论家阐释文本的经验，完成了在跨文化戏剧的事件阐释之中意图实现的讨论，或者达到的意向性，因此我希望找到陈戎女教授撰写这部书的理论支点，或者说她在跨文化、跨学科的时候使用的支点。我爬梳出三点。第一是'情本体论'的支点，这一点应该来自我们的恩师北京大学乐黛云先生，陈戎女教授对情感在戏剧中、在跨越中所处位置的讨论，以及整部书的叙事节奏、写作节奏都让我想到了乐老师。第二是个案研究中体现的自觉的女性主体立场和位置，无论是《美狄亚》《忒拜城》还是《城邦恩仇》，跨文化戏剧中的女性形象一直是她的关注点，也是她观视戏剧实践与戏剧理论，提出'译—编—演—传'的立体模式的有效支点。第三是历史主义的支点，书中有大量资料翔实的田野调查和编导访谈，我认为这实际是她在尝试为每一次跨文化戏剧实践找到语境化、历史化的可能。"

北京外国语大学张洪波教授对张锦编审的理论分析深表赞同："《古希腊悲剧在中国的跨文化戏剧实践研究》是一部系统的、非常有深度的、具有广阔的思想史视野的专著……比较文学的一个关键词就是跨文化的文学阐释。在某种意义上，该书的研究就是对跨文化的文学阐释中理论与实践如何结合的回答。'是什么'重要，'怎么样'也很重要。怎么样跨越，怎么样实现理论和实践，尤其是从理论到实践的结合，这本书给出了答案。我非常能够感受到陈戎女教授对个案的尊重和对前辈学人的认真。她在具体的细致深入的个案梳理的基础上，把深厚的系统化的理论作为问题视野的一部分来进行思考理解，而不是强制的理论钳戒，这是非常值得借鉴和学习的。"

（二）随形而赋相：古希腊戏剧与中国戏曲融合的创新性发现

《古希腊悲剧在中国》从西方戏剧体系跨越到东方戏剧体系之中，探寻跨文化戏剧在中国的学术语境和学术话语体系构建中的空间与张力。针对这一跨越过程中双方文化共同发生的解构、变异、扬弃、创新，福建师范大学周云龙教授在座谈发言中说："不同于以往跨文化研究主要对中国文化主体性的关注，《古希腊悲剧在中国的跨文化戏剧实践研究》这部书敏锐地发现了西方文化进入中国之后，中国文化自身不得不做出让步、调整以及对自身的主体性进行压抑的层面。因为只有对自我进行让步、调整之后，才能更好地实现'transculturation'，实现对对方的含纳和接受。"他继而补充道："这正是这部书和以往的跨文化研究最大的差别，陈戎女教授发现了这种变化并将其提炼为一种具体的研究方法论。"

中国传媒大学王永恩教授从专业的戏剧戏曲学研究者角度出发，从跨越异质文化的大层面聚焦到跨越戏剧形式的小论点，高度肯定了跨文化戏剧对中国戏曲的意义。"外国戏剧引进到中国戏曲中之后对其产生了一种'强迫'，'强迫'着中国戏曲发生改变。"她说，"《古希腊悲剧在中国的跨文化戏剧实践研究》的研究是很全面的，它一方面用宏观的视野来扫描跨文化戏剧的现象，另一方面则是进行了细致的个案分析，收集了丰富的资料，包括对早期的舞台文本和演出的梳理，其中有很多是专业戏曲研究的学者都不了解的。"对该书的跨文化研究方法，王永恩教授也给出了高度的赞扬："对传统的戏曲研究来说，这部书采用的跨文化研究的方法无疑引进了一个新的学术增长点，打开了一个新的学术研究的视野。因为我们不可能完全用戏曲的形式来表现异质文化，所以戏曲本身必然发生改变。随形而赋相，面对不同的内容，就要赋予其不同的、更合适的表现形式。这对中国戏曲来说具有非常大的、积极的作用，一定会使得戏曲的道路越走越宽广。"

上海戏剧学院驻院专家罗彤导演是翻译家罗念生先生的孙女，长期在希腊从事中国戏剧改编古希腊戏剧的导演工作，积累了丰富的演出、实践经验。她认为陈戎女教授在《古希腊悲剧在中国》中提出的"译—编—演—传"的圆形范式弥补了以往戏剧领域，特别是古希腊戏剧领域中，翻译、研究和实践三个领域相脱节的问题。罗彤导演说："通晓语言的翻译者不懂舞台实践，很多理论研究者又没有语言基础，实践者就更缺乏理论支持，这是一个长期存在的问题，而这部书的综合性、立体性的研究无疑克服了这一不足。"罗彤导演从圆形范式的四个方面指出了该书对后续的"希剧中演"研究与实践的启示,她说:"一是有必要在前辈学人的基础上系统地、全面地重新翻译古希腊悲喜剧;二是重新翻译的古希腊戏剧要适合舞台演出;三是加大外译工作的投入,因为结合我自己在希腊工作生活的经验,希腊当地几乎没有希腊语版本的中国戏剧文本,这是需要我们继续努力的;四是通过跨文化戏剧演出的方式进行传播,让中国戏曲不仅'走出去',更能'留下来',既让国外观众看到中国戏曲表面的美和程式,更要让中国的传统美学以及戏曲的精髓和精神真正留在西方的话语世界。"

论坛上专家对此书的积极评价,主要是围绕其系统性、综合性的研究成果,坚实的理论论述和扎实可靠的文献资料支撑。专家们肯定了该书广阔的跨文化视野和双向互通的跨文化研究方法,认为该书的面世会为后续的跨文化研究,尤其是跨文化戏剧研究提供可借鉴的新路径。

二、西方跨文化戏剧的理论突破与中国研究范式的形成与发展

面对西方学界提出的跨文化戏剧(intercultural theatre)理论概念,在场学者追溯了其学术源头,剖析其研究范式与理论话语,并结合《古希腊悲剧在中国》所使用的跨文化与跨学科研究方法,指出这本书开辟了一个新的学术空间,为突破西方跨文化戏剧理论学术话语的局限,形成跨文化戏剧理论与实践研究的中国范式创造了可能。

中央戏剧学院罗锦鳞教授已88岁高龄,他毕生致力于探索如何让古希腊戏剧站上中国戏剧(包括戏曲和话剧)的舞台,他是第一版河北梆子《美狄亚》《忒拜城》以及评剧《城邦恩仇》的导演,提出了"融合"的跨文化戏剧导演范式。在大会发言中,罗老对这本书的理论价值和学术意义给出了极高的评价:"我要感谢陈戎女教授和北京大学出版社,因为他们的这本书对戏剧而言非常有作用,总结了很多的经

验，学术价值很高！"

罗锦鳞教授分享了他自 20 世纪 80 年代以来以中国戏剧形式导演古希腊悲剧的经历，他说："1986 年，我第一次以话剧形式导演了古希腊悲剧《俄狄浦斯王》，在中国演出获得肯定之后，我带队到希腊演出。当时的希腊文化部部长在观看演出之后说：'一定要派人到中国去留学，学习中国人是怎么认识希腊悲剧的。'当时法国有一位评论家，在法国发表了一整版的报纸文章，他的观点是：'只有拥有五千年历史文化的中国才能正确理解古希腊。'所以从那时候开始，我就进一步研究古希腊悲剧。我越来越感受到古希腊悲剧是西方戏剧的代表，中国的戏曲是东方戏剧的代表，那么东西戏剧能不能结合？我的结论是可以，但是'结合'不够，'拼合'也不行，而是要'融合'，就像咖啡加牛奶，要'你中有我，我中有你'。"这种将中国戏曲的美学和技法与古希腊戏剧相互借鉴、彼此吸收的编演方式，为中国的跨文化戏剧实践创新提供了明确而有效的思路。

南京大学何成洲教授是国内较早介入并一直关注跨文化戏剧研究的学者，出版了《全球化与跨文化戏剧》《表演性理论》等多部编著、专著。[①] 在大会主旨发言中，何成洲教授以中国江苏省昆剧院与英国莎士比亚剧团合作"汤莎会"《邯郸梦》、日本歌舞伎演员坂东玉三郎在法国演出中日版《牡丹亭》、张艺谋导演歌剧《图兰朵》的跨文化传播为个案，考察了当下的戏剧舞台上，不同表演文化的交叉、中国的改编戏剧演出和全球化戏剧本土与世界的交融。何成洲教授认为，中国广阔的跨文化戏剧实践丰富了观众的审美体验，传播了中国文化，建构起全球艺术的网络。中国与亚洲国家的跨文化戏剧演出，在理论上建立起一种东亚跨文化戏剧范式，从而对西方跨文化戏剧理论中的后殖民范式提出

---

① 何成洲教授的跨文化戏剧研究，见何成洲主编，《全球化与跨文化戏剧》，南京：南京大学出版社，2012；何成洲，《表演性理论：文学与艺术研究的新方向》，北京：生活·读书·新知三联书店，2022。

了自己的观点。

何成洲教授说："作为中国学者，我们应在理论探讨上对跨文化戏剧做出贡献。西方跨文化戏剧理论的源头可以概括成三个范式：后殖民主义、表演文化的交织、表演的生态与表演的生成性。为此，我提出了'跨文化戏剧的事件：作为行动的表演'的理论范式，将戏剧作为表演性理论建构的重要依据，以'事件'为突破口讨论跨文化戏剧的行动、社会干预和美学特征，从跨文化表演事件的生成、跨文化戏剧中表演者的主体间性、观演关系的转变进行讨论，把观演的互动关系，也就是文化认同和文化干预，作为事件理论建构的一环。目前我的研究结论可以分为三点。第一，跨文化戏剧是由众多不同性质的因素构成的复杂网络。跨文化戏剧不仅是表演层面的，也是社会层面、经济层面的，需要引入跨学科的支持来进行深入研究和理论创新。第二，跨文化戏剧是由来自不同国家、不同民族的演员、导演和团队成员集体创作的。集体创作这一关系很重要，这涉及表演的能动性和力量怎样进行文化干预，以及如何产生对现实的影响。因为很多西方国家都存在大量的移民社区，跨文化戏剧事实上已经对移民者的生存环境产生了影响，这就是对社会的能动性和干预性。最后，跨文化戏剧是一种创新的实践和观众的体验，我们应该思考如何在审美、情感和行动上与之呼应。"

张辉教授说："罗锦鳞先生讲中国学者如何用导演实践写西方历史，廖奔先生介绍西方学者怎样写中国的戏剧历史。两位先生的叙述相向而行，本身就已经是跨文化的。'文'字在《说文解字》中是'错畫也'，也就是'交错之画'。有交错才有文化的概念，如果完全都是平行的，大概就不是文化了，这也是我觉得中文了不起的地方。从另外一个意义上讲，文化在很大意义上讲就是跨文化。如果没有跨文化，也就没有文化。当然两位先生的发言主要是在戏剧实践的层面来铺开，但作为比较文学专业的学者，我们在做研究，尤其是涉及翻译研究的时候，也要注意把罗先生所说的'咖啡加牛奶'，也就是'融化'的路径引入其中，而不只是'归化'和'异化'。"

孙柏教授从"跨文化戏剧"这一理论概念的语素组成分析其学术意义。孙柏教授说："当戏剧和文化两个词语放在一起的时候，我们实际上需要更多去反思、界定和重新讨论的不只是'戏剧'，还有'文化'。因为文化往往会被锁定在民族、种族、族裔等范畴之中，但实际上文化的内涵是非常丰富的，它是立体的、是多面向的。除了民族等范畴之外，还有阶级、性别，如果继续细分的话，还有城市、地域、青少年、亚文化等，这些都应该被吸收进文化这个大的概念或者理论的观照之下。文化的定义可以被更大地拓宽，跨文化戏剧研究也应该在《古希腊悲剧在中国》已经完成的良好基础上，思维再开放一点，把更多元的文化维度或者说文化范畴代入进来，实现更大范围的'cross culture'。"

罗湉副教授说："我们需要思考的是，跨文化到底是从何处跨到何处的问题，因为这涉及我们进行跨文化研究的基点问题。从地理位置上看，当欧洲学者说到东方的时候，希腊难道不是处于东方吗？众所周知的是，15世纪东罗马帝国灭亡之后，君士坦丁堡图书馆里的大量古希腊语、古叙利亚语和阿拉伯语的古籍文献流出，这些文本被翻译成拉丁文，之后被翻译成法文回到欧洲。那时的欧洲人也受到了希腊文化的巨大震撼和冲击。以译成拉丁文和法文的古希腊罗马文本为基础，法国出现了古典主义戏剧的潮流。由此可见，欧洲内部的跨文化也是一直存在的，所以跨文化其实是无所不在的。跨文化的过程就像呼吸，或者像鱼在水中吞吐的过程一样，它不是单向度的，也不是单次的，而是经过无数次的吞吐和呼吸，才形成我们今天看到的面貌。"

《国际比较文学（中英文）》主编、上海师范大学纪建勋教授在座谈中以近年来上海跨文化戏剧演出情况为例，指出跨文化戏剧实践中的重要一环是面向观众的舞台演出，而对当下以现代戏改编为主的跨文化戏剧演出来说，观众能否接受、接受的程度如何，实际考验的是导演、编剧等人员是否具备创新整合的能力。纪建勋教授总结道："我和我的研究团队认为，导致当下现代戏热但市场冷的原因主要有五点：一是剧本创作题材反映百姓生活的占比小；二是创作时间短，演出实践缺乏打磨；三是创作者对社会的体验与剧本难以与观众产生共鸣；四是剧目对观众的吸引力不够；五是创作者对舞台、道具、作曲、唱腔等重视不够。"

北京第二外国语学院黄薇薇教授从译介传播价值与理论研究两个方面总结，对该书进行了评述："从英国传教士艾约瑟于1857年1月在《六合丛谈》杂志创刊上发表《希腊为西国文字之祖》，到2007年译林出版社推出《古希腊悲剧喜剧全集》，在一个半世纪的时空中，就古希腊戏剧在中国的译介、传播和接受来说，《古希腊悲剧在中国的跨文化戏剧实践研究》在视野和方法论上都具有前瞻性和创新性；另一方面，从1918年周作人在《欧洲文学史》中以单篇论文的形式开启古希腊戏剧的评述，到1985年罗念生出版《论古希腊戏剧》，以专著形式系统地对古希腊戏剧进行精耕细作的深入研究之后，古希腊戏剧的整体研究工作几乎没有以专著的规模问世，因此，《古希腊悲剧在中国的跨文化戏剧实践研究》的确是近40年来古典戏剧的研究史上的力作。"黄薇薇教授最后总结道："通过这本书，我们看到了中国戏剧百年发展的历程，尤其中国舞台对于古希腊悲剧的接受和创作，这本书为我们揭示出中国戏剧以优秀传统文化中的'戏曲'模式编演西方经典剧目的辉煌道路，体现了'民族性即永恒性'的深刻寓意。"

北京语言大学何宁教授赞扬《古希腊悲剧在中国的跨文化戏剧实践研究》一书是"跨文化戏剧研究领域的拓荒之作"。"作者凭借高度的跨文化意识，成功地将两种有着悠久历史的戏剧、文化、文明交织、联系在了一起。"何宁教授说，"这部书的成功之处在于，它基于中华文明的底色来考察和理解古希腊悲剧，构建出文明比较的视野。我们看到了两种戏剧形式、两种文明的碰撞和相互影响。这是一种双向交流和对话，作者的分析不仅从自我出发观照他者，同时也具有以他者的眼光来反观自我的真正的跨文化视角，真正实现了'美美与共'。"

北京外国语大学马晓冬教授认为《古希腊悲剧在中国》进行大量的田野调查和资料追踪的目的，实际是复原原始的、缺少文字记录的文化交流的场景。马晓冬教授说："民国时期，以李健吾为代表的一批戏剧实践者，在创排沦陷区戏剧时多以改编外国戏剧为基础，而他们反复提到的一句话就是'此时此地'，其实质是对如何体现中国本土思想的把握与斟酌。就像李健吾等人的戏剧实践一样，我们在面对古希腊思想、进行古希腊戏剧的跨文化改编时，也要思考当代的思想性从何而来。我们肯定不能单纯复制古希腊悲剧的思想，但我们需要意识到的是，跨文化戏剧是一个双向的交流，但是一个文本或者一场表演在面对不同的文化受众的时候，仍然要保持一种在他者和自我之间不断调试的姿态。真正自信的跨文化相遇是已经接受这一前提的，即在跨文化相遇之中两者必须都做出改变，不可能有哪一方能够保存着原汁原味的状态。固然不可能所有的改变都是有意义的，都是成功的，但是标准是什么呢？这是我们应该进一步思考的问题。"

围绕《古希腊悲剧在中国》所涉及的西方跨文化戏剧的理论根源、如何认识跨文化的内涵、中国学者开展相关研究时应如何注意思想性与时代性的融合等话题，在场专家展开了热烈讨论。专家们认为，该书是在坚实的个案研究基础上，结合中国戏曲改编古希腊悲剧的实践，形成了一个新的学术研究增长点，不仅为突破西方学术话语的窠臼贡献了智慧，也为建构跨文化戏剧研究的中国范式提供了思路。

三、垦拓中国跨文化戏剧研究的新思路与新领域

《古希腊悲剧在中国》一书的作者曾经设问："研究用戏曲改演古希腊戏剧的实践，究竟要实现什么样的目的？中国人研究戏曲版的希腊

戏剧有何意义?"① 在场学者普遍认为,《古希腊悲剧在中国》用高度的跨文化意识以及明确的跨学科研究方法,回答了这一问题,垦拓出一片新的、广阔的研究领域,为后续的深入研究创造了全新的思路和可能。关于后续研究可以朝哪些方向进行,还有哪些值得继续垦拓的新领域,学者们展开对话,提出了诸多值得借鉴的精彩建议。

(一) 扩大研究范围,注重时代与文化的交叉

中国人民大学范方俊教授指出,《古希腊悲剧在中国》涉及了当下跨文化戏剧研究中两个令人关注的话题:第一是中国戏曲与古希腊戏剧两大戏剧传统之间的融合互鉴,第二是对古希腊悲剧在中国当代戏剧实践中的及时关注和理论性总结。该书目前研究呈现的部分更加注重的是当代性和共时性的研究,也就是对两大体系之间平行关系的共时研究。范方俊教授提出了他进一步的希望:"正因如此,这部书其实为我们后续开辟新的研究领域提供了可能。其一是继续研究中国戏曲在过去一百年间和在当代的跨文化戏剧实践之中的贡献,我想这不仅是简单的、东西方不同戏剧之间的交流与碰撞,或许还承载着与戏剧实践相关的问题,也就是戏曲在当代中国的戏剧实践中所承担的角色的问题。其二是新剧、话剧进行跨文化戏剧实践研究的可能,如莎士比亚、易卜生等等。因为和这些戏剧家更为相关的戏剧改编,还是广义上的新剧或话剧。这无疑是一个很好的跨文化戏剧垦拓的领域。"

李庆本教授说:"以往学界讨论跨文化戏剧,多是从戏曲形式的方面来界定,但从内容的角度来看跨文化戏剧,确实能提供一个更广阔的背景。我想陈戎女教授之后的研究可以从内部的不同角度去界定跨文化戏剧,比如'跨文化戏剧的作者''跨文化戏剧的作品''跨文化戏剧的观众'和'跨文化戏剧的传播'等,这种多层次的分类可以让我们

---

① 陈戎女,《古希腊悲剧在中国的跨文化戏剧实践研究》,第 35 页。

对之有更深的理解。"

中山大学陈建洪教授说："《古希腊悲剧在中国》关于跨文化戏剧的舞台实践的观点是兼收并蓄的，而不是非此即彼的文化对立，这非常重要。关于之后的研究，我觉得古代戏剧的仪式性意义，或许是陈戎女教授可以继续关注的研究点。因为'戏剧'二字中，'戏'的右部是'戈'，'剧'的右部是'刀'，因此'戏'与'剧'在'小学'意义上可能都与战争的祭祀仪式有关系，也许是表演性的仪式，或者仪式性的表演，值得继续关注。"

王立新教授从 20 世纪 90 年代的一个跨文化戏剧事件入手，从观众的角度点明了跨文化戏剧的意义与现状："大概是在 1990 年，北京大学比较文学与比较文化研究所和南开大学文学院在天津联合召开纪念伏尔泰诞辰 300 周年的讨论会。在时任北大比较所副所长的孟华教授的促成下，中法两国参加讨论会的人员共同观看了由导演林兆华指导、天津人艺排演的伏尔泰的《中国孤儿》，以及由河北省河北梆子剧院演出的河北梆子《赵氏孤儿》。当这两个完全不同的戏剧同时呈现在中国大戏院的舞台上时，台下观众所收到的震撼效果是无与伦比的。这正是跨文化戏剧的特殊意义。但我们也必须承认的是，西方戏剧移植到中国舞台上的演出实践的受众是有限的。"王立新教授继而指出："所以我认为我们应该进一步归纳、分析演出之后观众反应中体现的规律性的内容，思考如何通过国内舞台引入外国戏剧的演出，为中国本土戏剧等各种艺术形式走出去积累经验，从而为讲好中国故事贡献力量。我想陈戎女教授未来可以继续培养学生团队，扩大对中国舞台上的中外跨文化戏剧研究范围，开拓研究对象。我相信这一选题如果可以持之以恒地深入研究，学术成就必将是蔚为大观的。"

马晓冬教授列举了 20 世纪 40 年代李健吾将阿里斯托芬的戏剧改编为歌舞喜剧的例子，指出在处理古希腊戏剧改编演出时，可以考虑将歌舞作为切入点。

（二）跨越不同学科，关注内部学理的相通与相融

作为理论概念的跨文化戏剧，与比较文学、戏剧学、表演研究等有着相同的思想根脉与相通的研究方法，其本质都是跨学科、跨文化的。从中国的哲学社会科学学科建制来看，《古希腊悲剧在中国》正是一部跨越比较文学与世界文学、古典学、戏剧与影视学等学科的跨学科著作。耿幼壮教授作为座谈会的第一位发言人，细数了本次论坛的参与者，他说："今天到场座谈发言的诸位学者来自不同的学科，有的从事表演、导演、艺术史研究，当然更多的一批人是从事比较文学研究，还有翻译学、古典学以及汉学研究、戏剧研究等。从这里就能看出来，这本书是一部很出色的跨文化、跨学科的研究著作！"王永恩教授也认为该书的研究视野和研究方法，对传统的中国戏曲研究有很大的意义，为中国的戏曲现代化做出了重要的贡献。

黄薇薇教授认为："把这部书放到西方古典学在中国近 20 年来的兴盛发展态势与众多丰硕成果中来看，它也是一抹亮色。"黄薇薇教授说："一般而言，西方的古典学对古希腊经典作品的研究有两个大的方向：一是训诂类，也就是关注古典语文方面的注疏和解释；另一个方向是义疏，就是对文本进行主题和思想的阐释，一般会结合史学、哲学或政治哲学的视角。从这个角度来说，《古希腊悲剧在中国的跨文化戏剧实践研究》是融合了古典学的做法的，比如对于专业术语的词源考证和对剧作的古希腊文溯源，乃至对这几部悲剧原著在主题、思想的准确把握和深入阐释，都体现出作者深厚的古典学功夫。"

中国人民大学彭磊教授对此深有同感："这本书是古典学与人文学科交叉融合的范例，同时给了我们一个很大的希望，那就是可以期待未来的研究不只局限于古希腊悲剧的跨文化戏剧改编，还可以回到古希腊戏剧本身，考察其内部的跨文化，比如说东方文化对古希腊戏剧的影响。跨文化研究是人文学科研究中一个具有普遍意义的视角，透过它，

我们可以看到不同文明之间的冲突、交流和融合。其实，所有的古代经典都是在文明的交流和动态融合之中形成的。"

《古典学研究》执行主编、中国社会科学院贺方婴研究员说："我认为《古希腊悲剧在中国的跨文化戏剧实践研究》这部书更大的意义在于将古代文本和演出勾连在一起。无论是理论高度还是实践表达，这部书都是一座连接不同学科、不同文化的稳固而坚实的桥梁。作者在书中讨论了六部古希腊悲剧，当这些悲剧穿上了中国戏曲的表演外衣呈现给世界观众的时候，一定是需要高度的理论概括的。这种概括更多要依靠作者多年来的古典学修养和思考。这种修养和思考，最终也体现在她对戏剧演出的实际效果的理论归纳和更往深处的表达。我相信这本书会给纯粹做古典文本研究的学人很大的启示。"

华东师范大学罗峰研究员认为从学理上讲，古希腊戏剧和现代戏剧之间，尤其是跨文化改编时，存在无法逾越的鸿沟，但《古希腊悲剧在中国》这部著作令她开始重新思考二者之间互通的可能。罗峰研究员说："《古希腊悲剧在中国》这部书的一个重要贡献，在于恢复了戏剧的'实践活动'的属性，而不是将其看成'困于纸面死去'的对象。"罗峰研究员指出："对戏剧研究者而言，这部书其实提出了一个亟需思考的问题，那就是如何让古希腊戏剧重新焕发思想活力。动态的舞台实践或许不失为一种有效的手段。当然，这其实也重新绷紧了文本研究和演出实践的张力，因为在确定了中西跨文化演出能'复活'古老艺术形式的活力之后，我们又不得不回过头，去思考'复活'之后应该传达什么内容的问题。"

在论坛上，一些学术新锐与导演新秀也在座谈中发表了阅读《古希腊悲剧在中国》一书后的收获与启示。清华大学助理教授颜获是剑桥大学古典学博士，也是《奥瑞斯提亚》的译者，她说："对古希腊研究的学者而言，跨学科、跨文化研究难度很大，而陈戎女教授的这部著作无疑是此类研究的范本，它在演出、舞台和文本等不同层面都进行了深入的探讨。”颜荻老师从三个角度对该书进行分析：“首先是文化史。这部书思考的是，我们如何在跨文化戏剧发生的历史语境里理解自身、理解他者。其次是戏剧接受史。这本书‘接受’的跨度非常大，而且是纵向的时代接受与横向的文化接受相交叉，与此同时，它又敏锐地发现文化对文化的改编的重要性，那就是能体现出被改编文化真正重要的东西在何处。所以我相信这本书不仅会对国内的戏剧研究、跨文化研究有支持，也一定会反哺到古典学研究之中。最后是专业性。这部书的跨学科视野令人赞叹，关键在于作者能深入所跨越的每个学科中，这一点是更为难得的，尤其值得我们青年学者学习。”

中国艺术研究院李唫导演曾经将古希腊悲剧《被缚的普罗米修斯》改编为环境戏剧进行演出，他从舞台实践的角度分享了自己在阅读该书后的收获。李唫导演说：“《古希腊悲剧在中国》这部书对我来说真的是一个宝藏。我最受用的一点就是，它给出了舞台实践中理论与实践脱节的应对之法。这部书的理论阐释广阔而不失细腻，更重要的点在于，所有的理论论述都有明确的演出文本和实践支持。比如在《安提戈涅》一章中，陈戎女教授把希腊原剧本、河北梆子《忒拜城》的戏曲改编剧本、舞台演出剧本进行了对照比较，从而可以直观地看出不同剧本之间的差异，这一点已经像是导演的工作了。”

温州大学讲师许双双博士曾受教于陈戎女教授，她在发言中分享了自己跟随陈戎女教授做学问、在高校讲授“外国文学史”课程的经历。许双双老师说：“《古希腊悲剧在中国的跨文化戏剧实践研究》是陈老师走出学术舒适圈、以学习者的心态开拓新领域的最新成果，我很幸运成为这部书的第一批读者，宏大广阔而又细致入微是我对这本书的最直接的印象。”

“中国的戏曲，希腊的古代戏剧，沿着各自的脉络发展，隔着亚欧的千山万水，本来互不相关，直到世界剧坛兴起‘跨文化戏剧’，中西古老文明孕育的现代剧场艺术才实现了从古到今的转化，从希腊戏剧到中国戏曲的跨越。"① 魏晖研究员在致辞中说："《古希腊悲剧在中国的跨文化戏剧实践研究》是陈戎女教授主持的国家社会科学基金项目的结项成果，在结项鉴定中被评为'优秀'，之后入选了 2022 年度国家哲学社会科学成果文库。国家哲学社会科学成果文库的宗旨在于打造国家级高端学术品牌，集中推出反映新时代中国特色社会主义理论和实践创新成果，反映当前我国哲学社会科学研究前沿，体现相关学科领域最高水准的学术力作，充分发挥哲学社会科学优秀成果和优秀人才的示范引领作用，推动加快构建中国特色哲学社会科学。2022 年度共有 43 所高校的 65 项成果入选，可谓是精挑细选，优中选优。此次陈戎女教授的成果入选是我校比较文学与世界文学学科建设取得的一项重要标志性成果，彰显了北京语言大学中国语言文学一级学科的深厚实力和巨大潜力。"

"跨文化论坛"是北京语言大学比较文学与世界文学学科的品牌论坛，由北语比较文学研究所发起承办，自 2012 年起已成功举办过七届。本次跨文化论坛暨新书座谈会通过腾讯会议和哔哩哔哩网站全程直播，线上线下共有四百余名师友参会。中国新闻网、光明网、中国社会科学网、中国作家网、《北京青年报》客户端、《社会科学报》等多家主流新闻、学术媒体报道、转载了论坛盛况。其中，中国新闻网报道阅读量达 71 万，引发了良好的学术反响。

推动多元文明互鉴，在北京语言大学不仅是历史，也是现实，更是未来所向。"跨文化论坛 2023"借陈戎女教授新著出版之机，邀请诸位学术名家与青年学者立足当今世界文化交流大背景、文明互鉴大格局，以敏锐的学术眼光和广阔的学术视野展开跨语言、跨文化、跨学科的深入讨论，碰撞新知、激扬思维，为跨文化戏剧研究中国范式的形成与发

---

① 陈戎女，《2022 年度国家哲学社会科学成果选介之〈古希腊悲剧在中国的跨文化戏剧实践研究〉》，《光明日报》，2023 年 9 月 6 日。

展提供助力，为中国比较文学前沿研究取得新突破注入智慧，为加快中国特色哲学社会科学构建贡献力量。

作者简介：

杨书睿，北京语言大学文学院比较文学与世界文学专业博士研究生，主要研究方向为西方文学经典与比较文学、世界文学理论。

《当代比较文学》征稿启事

　　《当代比较文学》是由北京语言大学主办、中国比较文学学会协办的综合学术辑刊，每年出版两期，主要聚焦于近年来以比较文学与世界文学为核心的人文社科研究热点和前沿讨论。如蒙赐稿，敬请注意并遵循下列约定：

　　1. 所投稿件须系作者独立研究完成，充分尊重他人知识产权和劳动成果，无任何违法、违纪和违反学术道德的内容。本刊只接受首次发表的学术论文和学术译文的投稿，已发表过的论文和译文（包括网络发表），恕不接受。

　　2. 本刊暂不接受任何大型语言模型工具（例如：ChatGPT）单独或联合署名的论文。如论文中使用过相关工具，需详细说明。如有隐瞒，将对论文直接退稿或撤稿处理。

　　3. 来稿的学术论文以 12000–15000 字为宜，欢迎高质量的长文。请在正文前提供中文论文摘要 200–300 字，关键词 3–5 个。同时请提供论文题目、摘要、关键词三个部分的英文译文。如所投稿件是作者承担的科研基金项目，请在标题页注明项目名称和项目编号。文末请提供作者简介，包括姓名、学位、任职机构、职称、主要研究方向等信息。

　　4. 论文须按学术研究规范和《当代比较文学》编辑部的相关规定，

认真核对引文、注释和文中使用的其他资料，确保资料真实、准确、无误。论文不区分注释和参考文献，采用当页脚注。脚注用上标形式①②③数字表示，每页重新编序。注释的著录项目及标注格式如下例所示（不需要加文献标识码）：

专著：责任者与责任方式/文献题名/出版地点/出版者/出版时间/页码。

译著：责任者与责任方式/文献题名/译者/出版地点/出版者/出版时间/页码。

期刊论文：责任者/文献题名/期刊名/年期（或卷期，出版年月）。

报纸：责任者/篇名/报纸名称/出版年月日/版次。

析出文献：责任者/析出文献题名/文集责任者与责任方式/文集题名/出版地点/出版者/出版时间/页码。

5. 脚注中的外文参考文献要用外文原文，作者、书名、杂志名字体一致采用 Times New Roman，书名、杂志名等用斜体，其余采用正体。

6. 请将来稿电子本发至本刊编辑部邮箱 ddbjwx@163.com。纸质本并非必要，如需寄送，地址如下：北京市海淀区学院路 15 号北京语言大学文学院比较文学研究所《当代比较文学》编辑部 邮编 100083。

7. 本刊采用匿名审稿制度，审稿时长为三个月，届时未收到进一步通知者，请自行处理。本刊不提供评审意见，敬请海涵。

Call for Papers

Contemporary Comparative Literature (hereafter referred to as Journal) , sponsored by Beijing Language and Culture University, is an academic journal published semi-annually focusing on contemporary studies of Comparative Literature and World Literature. It also covers related heated topics and frontier discussions of humanities and social sciences. The Journal welcomes submissions based on the following guidelines:

1. Submitted articles must be independently researched and completed by the future authors, with fully respect for the intellectual property and efforts of other colleagues, without any legal, disciplinary, or academic ethical violations. The Journal welcomes submissions of academic articles and translations and requests that the work is original and has not been previously published elsewhere (including online).

2. Large Language Models (LLMs) , such as ChatGPT, do not currently satisfy our authorship criteria. Use of an LLM should be properly documented in the manuscript. If there is any concealment of using it, the manuscript will be rejected or withdrawn directly.

3. Research article should be limited to 12, 000 – 15, 000 words in

length, but we also welcome longer ones with high quality. Research article should include abstracts of 200–300 words and keywords of no more than 5 words in both Chinese and English. Chinese and English title, author's occupation, position and contact information should also be included at the end of the article.

4. Submissions must adhere to the academic research standards and the relevant regulations of the Journal. Authors should carefully verify citations, annotations, and other materials used in the text to ensure the authenticity, accuracy, and correctness of the information. Articles written in English should follow the MLA format.

5. The email address for online submissions is ddbjwx@ 163. com. Please submit documents in Word and PDF formats. Hard-copy submission is not a necessity.

6. The journal adopts anonymous peer review with a review period of three months. If no further notification is received, please proceed the articles at your own discretion. Please notice that no review feedback will be provided.

7. Inquiries are to be directed to ddbjwx@ 163. com or to this address:

Editor of *Contemporary Comparative Literature*

Institute of Comparative Literature

Beijing Language and Culture University

15 Xueyuan Road, Haidian District

Beijing 100083, P. R. China.